外傳之XV

鴉羽的試煉

Crowfeather's Trial

艾琳・杭特(Erin Hunter) 著
謝雅文、鐘岸真 譯

晨星出版

特別感謝基立・鮑德卓

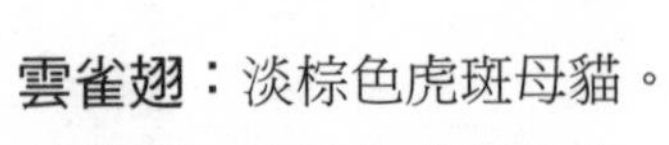

雲雀翅：淡棕色虎斑母貓。

莎草鬚：淺棕色虎斑母貓。

長老　（退休的戰士或退位的貓后）

鬚鼻：淺棕色公貓。

白尾：體型嬌小的白色母貓。

各族成員

風族 *windclan*

族長　**一星**：棕色虎斑公貓。

副手　**兔躍**：棕白相間的公貓。
所指導的見習生，微掌：黑色公貓，胸前有閃電狀的白毛。

巫醫　**隼翔**：毛色斑駁的灰色公貓，身上的白色斑點很像隼的羽毛。

戰士　（公貓，以及沒有年幼子女的母貓）

鴉羽：暗灰色公貓。
所指導的見習生，羽掌：灰色虎斑母貓。

夜雲：黑色母貓。
所指導的見習生，呼掌：暗灰色公貓。

金雀尾：藍色眼睛的淺灰白相間母貓。

鼬毛：薑黃色公貓，有著白色的腳爪。

葉尾：琥珀色眼睛，暗色虎斑公貓。
所指導的見習生，燕麥掌：淺棕色虎斑公貓。

燼足：灰色公貓，有兩隻暗色腳爪。

石楠尾：藍色眼睛的淺棕色虎斑母貓。

風皮：琥珀色眼睛的黑色公貓。

荊豆皮：灰白相間的母貓。

伏足：薑黃色公貓。

煤心：灰色虎斑母貓。

藤池：深藍色眼睛，銀白相間的虎斑母貓。

獅焰：琥珀色眼睛的金棕色虎斑公貓。

鴿翅：綠色眼睛的淺灰色母貓。

玫瑰瓣：深奶油色母貓。
所指導的見習生，錢鼠掌：棕色與奶油色相間的公貓。

罌粟霜：玳瑁色母貓。
所指導的見習生，百合掌：帶白色斑塊的深灰色虎斑母貓。

薔光：暗棕色母貓，後腿癱瘓。

花落：玳瑁色與白色相間的母貓。

蜂紋：有黑色條紋的淡灰色公貓。
所指導的見習生，籽掌：金棕色母貓。

貓后 （懷孕或照顧幼貓的母貓）

亮心：帶著薑黃色斑點的白色母貓。（生了一身蓬鬆皮毛的白色公貓——小雪；淡薑色母貓——小琥珀；灰白色相間的公貓——小露珠）

黛西：來自馬場的乳白色長毛母貓。

長老 （退休的戰士或退位的貓后）

波弟：肥胖的虎斑貓，曾是獨行貓，鼻口灰色。

雷族 *Thunderclan*

族長　**棘星**：琥珀色眼睛的暗棕虎斑公貓。

副手　**松鼠飛**：綠色眼睛的暗薑黃色母貓，有一隻腳掌是白色的。

巫醫　**葉池**：琥珀色眼睛、有白色腳掌和胸毛的淺棕色虎斑母貓。

松鴉羽：藍色盲眼的灰色虎斑公貓。

戰士　（公貓，以及沒有年幼子女的母貓）

灰紋：灰色長毛公貓。

塵皮：暗棕色虎斑公貓。

沙暴：綠色眼睛的淺薑黃色母貓。

蕨毛：金棕色虎斑公貓。

雲尾：藍色眼睛的白色長毛公貓。

蜜妮：藍色眼睛的條紋灰色虎斑母貓。

刺爪：金棕色虎斑公貓。

蛛足：琥珀色眼睛，四肢修長，下腹部棕色的黑色公貓。

樺落：淺棕色的虎斑公貓。

白翅：綠色眼睛的白色母貓。
所指導的見習生，櫻桃掌：薑黃色母貓。

莓鼻：乳白色公貓。

鼠鬚：灰白相間的公貓。

長老　**蛇尾**：深棕色的公貓，有一條虎斑環紋的尾巴。

白水：白色長毛母貓，其中一隻眼睛失明。

鼠疤：深棕色公貓，背上有一條長長的疤痕。

橡毛：嬌小的淺棕色公貓。

煙足：黑色公貓。

扭毛：深灰色虎斑母貓，毛長而雜亂。

藤尾：黑白褐三色母貓。

影族 *shadowclan*

族長　**黑星**：白色大公貓，腳爪巨大黑亮。

副手　**花楸爪**：薑黃色公貓。

巫醫　**小雲**：嬌小的棕色虎斑公貓。

戰士　（公貓，以及沒有年幼子女的母貓）

鴉霜：黑白相間的公貓。

褐皮：綠色眼睛的雜黃褐色母貓。
所指導的見習生，草掌：淡褐色虎斑母貓。

鴞爪：淺棕色虎斑公貓。

焦毛：暗灰色公貓。

虎心：暗褐色虎斑公貓。

雪貂爪：乳白和灰色相間的公貓。
所指導的見習生，釘掌：深棕色公貓。

松鼻：黑色母貓。

鼬毛：消瘦的薑黃色公貓。

撲尾：深棕色虎斑公貓。

貓后　（懷孕或照顧幼貓的母貓）

雪鳥：純白色母貓。

曦皮：乳白色母貓。

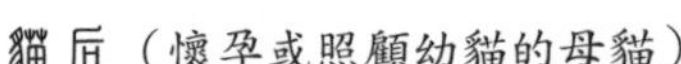
貓后（懷孕或照顧幼貓的母貓）

花瓣毛：灰白相間的母貓。

長老（退休的戰士和退位的貓后）

撲尾：薑黃色與白色相間的虎斑公貓。

卵石足：雜灰色公貓。

急尾：淺棕色的虎斑母貓。

河族 *Shadowclan*

族長　**霧星**：藍色眼睛的灰色母貓。

副手　**蘆葦鬚**：黑色公貓。
所指導的見習生，蜥蜴掌：淺棕色公貓。

巫醫　**蛾翅**：有斑紋的金色母貓。
柳光：灰色的虎斑母貓。

戰士　（公貓，以及沒有年幼子女的母貓）
薄荷毛：淺灰色虎斑公貓。
鯉尾：深灰與白色相間的母貓。
錦葵鼻：淺棕色虎斑公貓。
所指導的見習生，黑文皮：黑白相間的母貓。
草皮：淺棕色公貓。
暮毛：棕色虎斑母貓。
苔皮：藍色眼珠，玳瑁色母貓。
所指導的見習生，鱸掌：灰白相間的母貓。
閃皮：銀色母貓。
湖心：灰色虎斑母貓。
鷺翅：暗灰與黑色相間的公貓。
冰翅：藍眼睛的白色母貓。

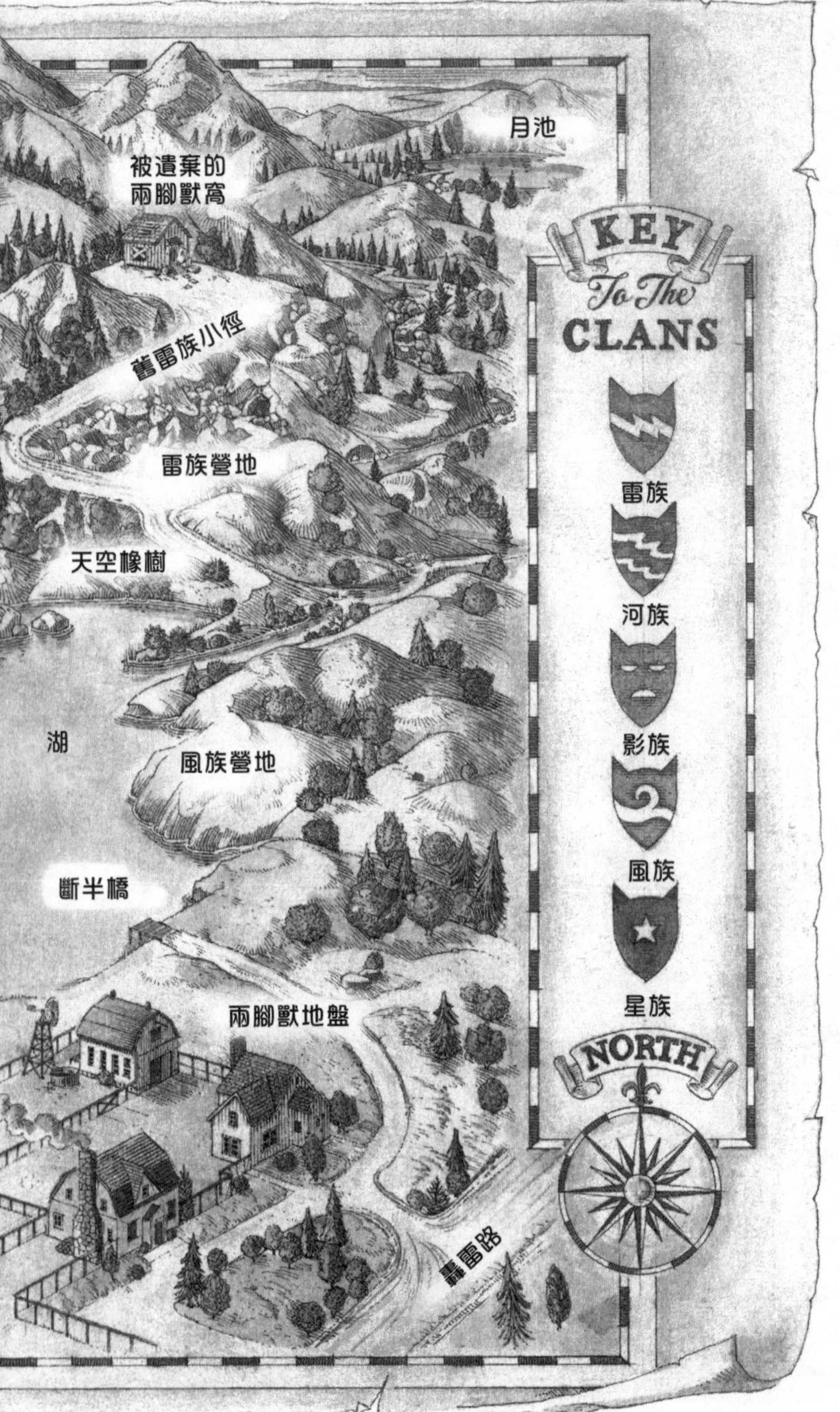
月池
被遺棄的
兩腳獸窩
舊雷族小徑
雷族營地
天空橡樹
湖
風族營地
斷半橋
兩腳獸地盤
轟雷路
KEY
To The
CLANS
雷族
河族
影族
風族
星族
NORTH

綠葉
兩腳獸地盤
兩腳獸窩
兩腳獸小徑
兩腳獸小徑
空地
影族營地
半橋
小轟雷路
綠葉
兩腳獸地盤
半橋
CAT VIEW
小島
小河
河族營地
馬兒地盤

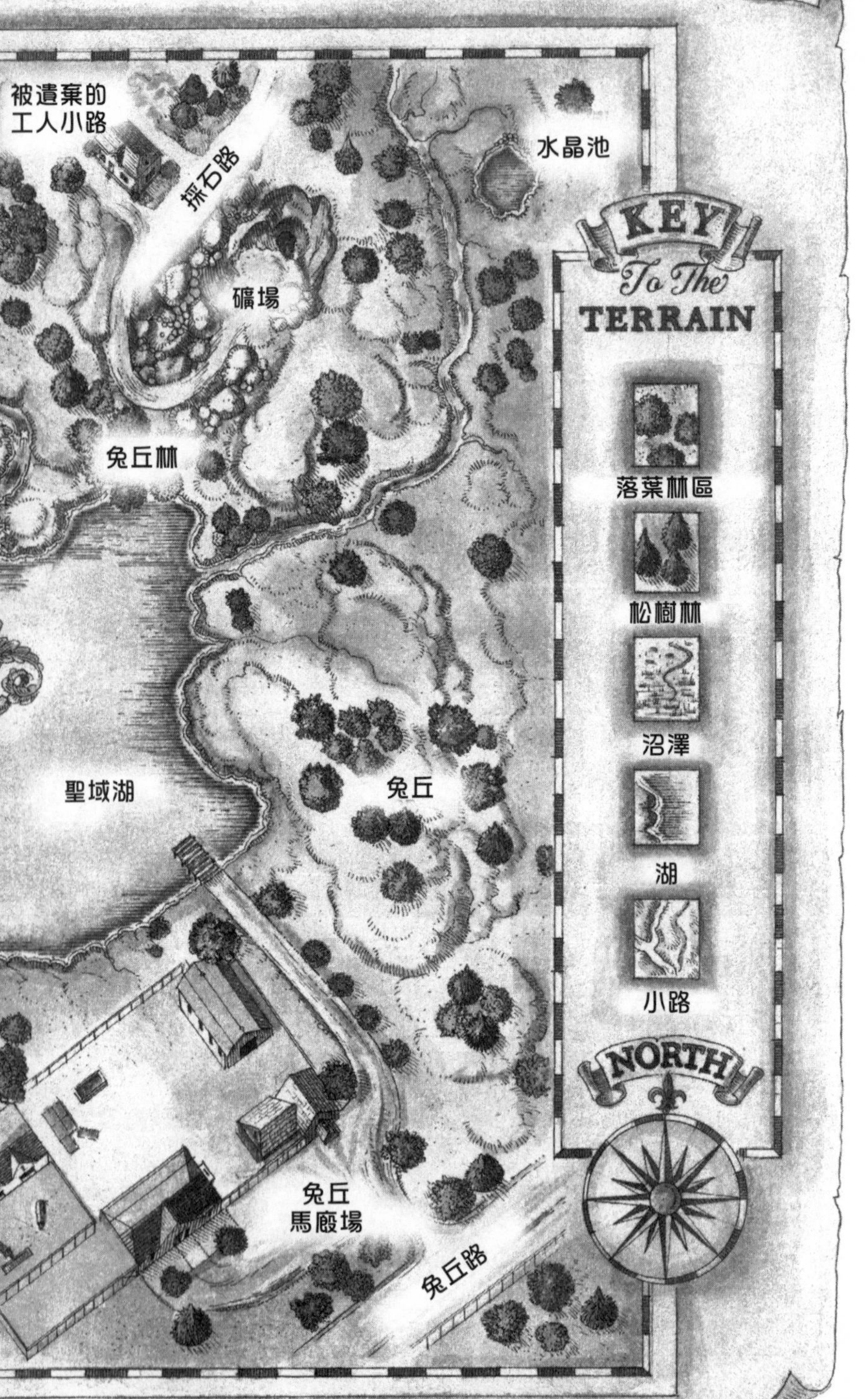
被遺棄的
工人小路
採石路
水晶池
礦場
兔丘林
聖域湖
兔丘
兔丘
馬廄場
兔丘路
KEY
To The
TERRAIN
落葉林區
松樹林
沼澤
湖
小路
NORTH

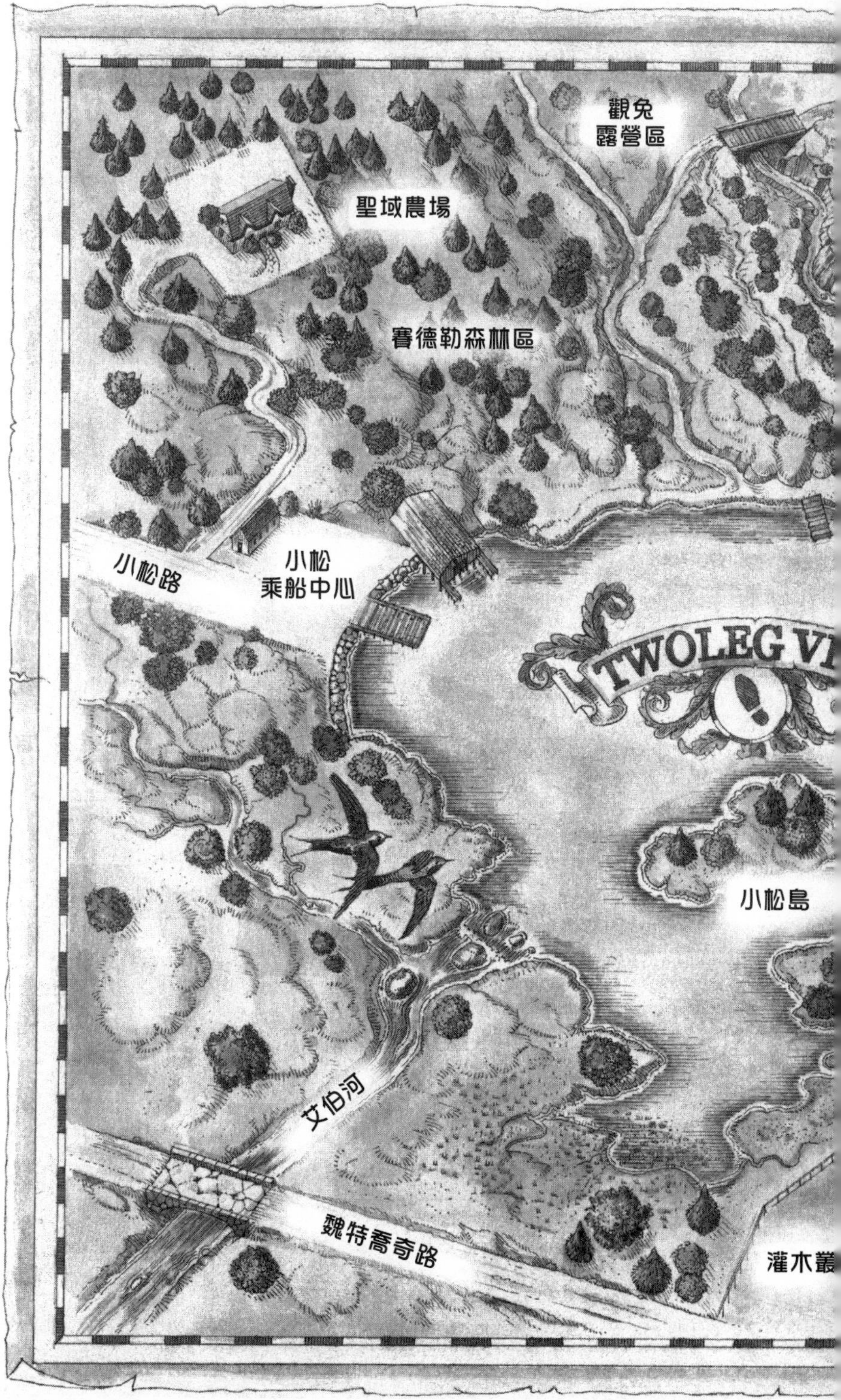

觀兔
露營區

聖域農場

賽德勒森林區

小松路

小松
乘船中心

TWOLEG VI

小松島

艾伯河

魏特喬奇路

灌木叢

序章

鴉掌緊縮進裂縫。尖銳的岩石刺進他的毛髮，他咬牙苦忍；他們說這個地方不夠深，保護不了他的。他抬頭凝視尖牙，那隻巨大獅貓不斷陰森逼近的頭與肩膀，讓他不禁驚聲尖叫。尖牙在他面前屈身，伸出一隻腳掌抓扒岩石。月光透過瀑布，在他的臉上投射一道光，照亮鴉掌外翻的嘴唇，伴著猙獰的咆哮、彎曲的尖牙和垂涎的下顎。尖牙的臭味撲上鴉掌的臉，牠怒目俯視，流露飢餓的凶殘面貌。

沒想到我會這樣死去！鴉掌絕望地想。都經歷了這麼多風風雨雨！離鄉背井、跋山涉水，面對無數險境。**我們遇見了名叫午夜的那隻獾，發掘各部族全新的命運。我好想參與其中……我想一同參與我們的未來！但如今一切都結束了……**

鴉掌聽見了部落貓的哀嚎，看見他們骨瘦如柴的形體或灰或棕，棲息在高處的岩架上，離洞穴地板很遠。他驚慌的目光搜尋羽尾，瞧見她淺灰色的毛皮後，他心頭一暖。她正蹲在她哥哥暴毛的旁邊，就在屋頂下方的岩架上。

她好美啊！我可不希望就這麼掛了，沒機會……

然後，不知怎地，在其他貓兒淒厲的叫聲和尖牙的咆哮聲中，鴉掌聽見了羽尾的聲音。

「那些聲音，我聽得很清楚了，」她說。「這是我該做的。」

那一瞬間，鴉掌的恐懼轉為困惑。**什麼聲音？**

一道銀光在月光下閃現，只見羽尾從岩架上縱身一躍，落在懸於屋頂的其中一塊尖石上。有那麼幾秒，她只是用爪子緊抓著岩石不放。

鴉掌聽見暴毛嚎叫：「不要啊！」

他忘了自己正生死交關，只是驚恐地望著石塊啪嗒一聲從屋頂裂開。它承受不了羽尾的重量，馬上就要墜落了。「羽尾！」他叫道。「不要啊！快從那裡下來！」

但羽尾在劫難逃。石塊吱嘎一聲裂開，急遽落下。羽尾還是緊抓著它，朝尖牙筆直墜落。這一幕鴉掌幾乎看不下去，卻又無法抽離目光。

獅貓抬頭看；尖石插入牠的頸部，牠的咆哮也轉為痛苦尖叫。牠倒在地上，痛得扭曲；羽尾則從尖石跌落，撞上牠身旁的洞穴地板。鴉掌凝視這隻溫柔的母貓，一度嚇得動彈不得。她閉著雙眼。鴉掌看不出她還有沒有呼吸。**她還活著嗎？**

暴毛從岩石奔向妹妹的身邊。他們旁邊的獅貓抽搐了幾秒，再劇烈地抖了一下，然後就一動也不動了。

尖牙死了。

「羽尾？」暴毛輕聲呼喚。

依舊驚魂未定的鴉掌踉踉蹌蹌地走出裂縫，蹲在兩隻河族貓旁邊。「羽尾？」他扯開粗嘎的嗓門說，連好好說話都有困難。「羽尾，妳沒事吧？」

儘管羽尾沒答腔，鴉掌卻發現她的胸膛仍有微弱起伏。「她還活著！」他燃起一線希望，肉趾興奮地刺痛。

「她不會有事的。」暴毛的嗓音沙啞，彷彿他也不相信自己說的話。「她非好起來不可。她……還有預言等著她去實現。」

然而恐懼在鴉掌的心頭萌發。**萬一羽尾剛才就是在實現預言呢？**預言說有一隻銀色的貓會從獅貓可怕的魔爪下拯救大家。鴉掌從沒想過它有成真的一天，也沒想過那隻銀毛貓就是羽尾。但這是否意味著她的故事就此畫下句點？

要是她沒能返家，幫助領導她的部族找到新家園？

他緩步向前，直到鼻尖碰到羽尾的肩膀。他深吸一口氣，讓自己被她的馨香包圍，並輕輕舔起她亂了的毛髮。他想起他朝思暮想的未來，等到那一天，分屬兩族的他們也能找到辦法共結連理。「醒醒啊，羽尾，」他說。「求妳醒過來。」

看見羽尾顫動著眼、睜開雙眼，他驚喜地倒抽一口氣。她衷心地望著鴉掌，然後微微轉頭，仰望暴毛。

「哥哥，我沒辦法和你一起回家了，」她呢喃道。「拯救部族就靠你了！」

「羽尾。」悲痛萬分的他，喉嚨像是有個腫塊，低沉沙啞地呼喚。接著她又稍微挪動頭部，目光再次聚焦在鴉掌身上。她碧眼中散發熾烈的愛意，令他看了感動不已。**我配不上她，**他心想。**我永遠都配不上她。**

「你以為你有九條命啊？」羽尾低語道。「我救過你一次……別逼我再次出手。」

「羽尾……羽尾，不要啊！」眼看她在自己面前愈漸虛弱，鴉掌感覺有千斤重擔壓在他的胸口，讓他難以言語。「不要離開我。」

「不會的。」話語如此微弱，鴉掌幾乎聽不見。「我和你永遠都不分開。我保證。」說到這裡，羽尾便閉上眼，再也沒有移動或說半句話。

鴉掌轉頭望向尖牙血淋淋並逐漸冰冷的屍體。羽尾殺了獅貓，實現了部族的預言，但這一切沒半點對勁。假如羽尾非得犧牲自己的性命，那換回鴉掌和部族又如何？他無語仰天，一聲悲嚎，嚎叫聲在穴壁迴盪，他的愛與痛也傾瀉而出。黑暗在他周遭打旋，他在羽尾身邊蜷縮，他感覺全世界的光明都被吸乾了。他要怎麼帶著這般創痛活下去？

在黑暗中，話語從他身旁飄過：他聽見暴毛自責把羽尾帶回營地。他轉頭仰望河族貓。「都是我不好。」鴉掌的嗓音粗啞微弱。「假如我拒絕回洞穴，她就會留在我身邊了。」

「不……」暴毛輕柔地說，並向鴉掌靠近，但後者只是低著頭。

他聽見溪兒和尖石巫師試著安慰暴毛，但這對鴉掌而言，起不了任何作用，或許永遠都無法撫慰他。

「殺無盡部落說的都是真的，」尖石巫師說。「銀貓救了我們大家。」

對，鴉掌暗忖，**但沒有貓去救她，而如今各部族將不復以往。不復以往。這幾個字在心頭**

縈繞，直到心碎。我們永遠都無法成為伴侶或傳宗接代了。我永遠都見不到她了。永遠……

醒來以後，鴉羽直打哆嗦。晨露浸溼了他的皮毛，但這不是他感到寒意刺骨的原因。儘管羽尾犧牲自己除掉尖牙的事已過了無數個月，但在夢中彷彿重演了一遍。失去羽尾的痛猶如一道新的傷口。

我以為我再也不會對另一隻貓動心了，他心想。沒想到如今……

他俯視棘叢下蜷縮在他身旁的淺棕色虎斑母貓。失去羽尾的哀痛將他吞噬，花了好幾個月的時間才重拾方向、走出黑暗。他也不明白葉池是怎麼走進他的內心，為他注滿的喜悅是他不曾奢望能再次體會的。

她和羽尾一樣，是隻來自異族的貓。但跟羽尾不同的是，葉池是名巫醫，發過誓永遠不會進入家庭。這使得他們的戀情比第一段更為艱辛。**我真會把事情弄得複雜**，鴉羽想到這裡，自我解嘲地抽動鬍鬚。他和葉池若想要廝守，只能做出巨大的犧牲，那就是離開各自的部族，拋下他們所知的一切。

但他們還是決定放手一搏。**真是不可思議**，鴉羽一邊揣想，一邊凝視葉池起伏的胸膛，**我們竟能共同擁有一個未來**。

葉池甘之如飴地跟著他一腳踏進未知的領土。可是後來，就在昨晚，他們遇見一隻睿智的獾，她名叫午夜，說有一群兇猛的獾正在招兵買馬，準備向各貓族進攻，這會是一場激戰，勢必將掀起腥風血雨；貓兒會因此喪命。葉池和他誰也沒提要回族裡去，但他望著熟睡的她，心裡很清楚她醒來後會對他說什麼。她對雷族的付出與忠心，正是他愛她的原因之一。

而這也意味著他們白頭偕老的夢很快就要破滅。

「哦，葉池，」他高聲嘆息。「如果可以，我想要守護妳到最後。」

葉池彷彿被他的話給驚醒，她驟然起身，心煩意亂地瞪大眼。「鴉羽！」她喘著氣說。「我不能待在這裡。我們必須回去。」她注視著他，一雙大眼寫滿了懊悔。

鴉羽抬起頭。「我知道，」他回話的同時，悲傷有如氾濫的小溪湧上心頭。「我也是這麼想。我們得回去幫忙族裡。」

她用口鼻與他緊緊相挨，他則看出她眼中的寬慰。他真希望時間能就此暫停，但她隨即嗚了一聲，說：「我們走吧。」

他們長途跋涉、橫越荒原之際，儘管誰也沒開口，但鴉羽心裡有數，他即將失去另一位伴侶，雖然不像失去羽尾那樣慘烈，但終究還是要分離。葉池選擇返回她的部族，因為他們需要她，不能沒有這位巫醫，而這表示鴉羽唯一的選項就是跟風族團圓。踏進他沒想過會再見一眼的營區會是怎樣的感受，他試著去揣摩。想必一切看來都會很陌生；他自己也會像個陌生人。

前提是他們肯接納我，他心酸地推想。**他們全都知道我去哪裡，又為何而去，勢必會怪我當初離開的決定，也肯定會質疑我的忠誠度。**

「我們共有過的一切，我永遠不會忘記。」葉池呢喃道，和他走近橫越小溪、通往雷族領土的墊腳石。她雖然愁容滿面，表情卻也愈加堅毅。

「我也不會忘記。」鴉羽答覆。他在溪畔止步，緊挨著葉池的側身，張大嘴再聞她最後一次氣息。**我會非常想她**，他在心裡說。**她的溫柔、她的堅毅和勇敢。還有我們像是重返童年，如小貓那樣天真無邪地玩耍……**

葉池將鼻頭埋進他的肩膀，琥珀色的眼眸洋溢著對他的關愛。

但這樣不夠。她不夠愛我。她的心留在這裡，跟她的部族在一起。她是如此忠誠……但願她對我也同樣忠心。

「別了，鴉羽，」葉池輕輕說。「等這一切結束後再見了。」

「什麼意思？『別了』？」鴉羽刻意用沙啞的嗓音說。不然他會像隻迷路的小貓開始嚎啕大哭。「有兇狠的獾在附近徘徊，我是不會拋下妳的。」

「但你得去提醒風族啊。」葉池持反對意見。

「我知道，我會的。但先讓我送妳回營地吧，要不了多久時間的。」

葉池沒再爭辯。但當鴉羽跟著她踏過墊腳石、奔入樹林，他便發現自己只是在延長傷痛。**就這樣吧**，他邊跑邊想。當葉池消失在濃密的灌木叢下，他知道往日情再也不復見。他們或許會在大集會或其他部族活動重逢，但勢必得保持距離，彷彿從未相愛過。他不忍想像這會有多痛，也想不到還有什麼更椎心刺骨的事了。要是他走運的話，或許被獾分屍了倒好。

假如我活了下來，他心想，就再也不談兒女私情了。情愛最終只會帶來失去與傷痛，他的胃好像吞了鋸齒狀的石子一樣疼痛。**從今爾後**，他一邊起誓，一邊逼著自己追隨葉池，**我只會專心對我的部族效忠，這輩子再也不談情說愛了。**

第一章

鴉羽和族貓在小山頂一同起立，任吹過荒原的風，吹皺他一身暗灰色的皮毛。他們以族長為圓心，圍成一個參差不齊的圓圈。一星站在一小堆石塊的旁邊。尋找正確數量的圓潤石頭，再把它們堆上斜坡，到貓兒選定的地點，這項任務有多艱辛，鴉羽難以忘懷。他的腳掌仍因出力而疼痛，他伸起一隻前掌，舔了舔肉趾的一處刮傷。

但這麼辛苦是值得的。

「我們要向大戰中捐軀的同胞致敬，」一星說。「這裡的每顆石頭代表一位不幸罹難的戰士，這樣我們將永遠記得他們的犧牲奉獻。從今天起，巡邏隊每天都要來這裡複誦死者的名字與致謝。」

是的，鴉羽心想。**如此一來，他們的英勇，我們便永誌難忘。是他們救大家脫離黑暗森林的。**

族長頓了一下，接著向站在他身旁棕白相

間的公貓點了個頭。「兔躍，身為我族新任的副族長，」他繼續往下說：「該由你放置最後一塊石頭。」

鴉羽聽了身子一僵。看到兔躍把最後一塊石頭推過荒原有彈性的草地，再整齊地嵌入為它保留的裂口，他就必須有意識地努力，不讓肩部毛髮倒豎。

「這塊石頭用來紀念灰足，」兔躍莊嚴肅穆地說。「她為我族貢獻良多。」

喪母的哀痛再次湧上鴉羽的心頭，黑暗森林的戰士以利爪劃破母親的喉頭，慘痛的畫面歷歷在目；他也發覺傷痛交雜著失望，因為他沒獲選成為族裡新任的副手。他察覺有些族貓正斜眼瞥他幾眼，彷彿也以為副族長的位子非他莫屬。畢竟他是名資深戰士，又被挑選踏上旅程，去太陽沉沒之地與午夜會面。**我的父母都做過副族長**，他在心裡暗忖：**而我對族裡的付出，比任何一隻貓都還要多……不過，我大概永遠都當不成副手吧。這個嘛，一星想藉由選擇黑暗森林的貓來釋放訊息，無論那條訊息有多麼鼠腦袋，它還是傳送出去了**。

他按捺一聲嘆息，向自己坦承這段時光對族裡來說很難熬，大戰過了將近一個月，他們試圖凝聚向心力而齊聚一堂。**這簡直就像隼翔為了療傷，只把蜘蛛網鋪在傷口上，卻沒先清理傷口或敷任何藥草**。

鴉羽瞇起眼凝視族長。一星看來愜意而滿足，他琥珀色的眼眸微光閃爍，彷彿他真心相信風族已再次團結。但鴉羽很清楚，傷口沒那麼容易癒合。或許這是另一個他沒被選上副手的理由。他無法假裝過日子有那麼簡單。

等最後一塊石頭就定位，風族的巫醫隼翔走上前，站在石堆旁遙望地平線。微風吹皺他毛色斑駁的灰色毛皮，但他的嗓音在荒原上依舊清晰響亮。「我們為陣亡的族貓心存悼念，但也深信星族會對他們敞開雙臂。願他們在星族狩獵豐碩、健步如飛，有遮風蔽雨之處得以安睡。」

他微點個頭，表示內心深切的敬意，接著退回眾族貓中。風族之中贊同聲此起彼落，但在這莊嚴肅穆的時刻，講話聲立刻靜了下來。

一星再度開口了，但鴉羽難以專心，因為他瞧見兒子風皮在邊緣徘徊，面露憤怒且不自在的表情。鴉羽揪心地揣想：**他總是這個死樣子**。他攔不住思緒，只好任憑它飄回大戰的場景，當時他必須伸出利爪狠耙風皮的肩膀，把他拽回來，才能阻止他殺死同父異母的哥哥獅焰。

他知道一星已原諒風皮以及其他在黑暗森林受訓的貓。他們都已重新起誓要對風族效忠。可是鴉羽心裡有數，其他族貓可不像族長那麼輕易釋懷，而他們最難以原諒的正是風皮。就連現在他還是能看見狐疑的目光掃向兒子，也很清楚他們一回營區，免不了會聽到閒言閒語。

所有黑暗森林的戰士都已有所覺悟，與風族並肩作戰，唯獨風皮例外。事實上，他與黑暗森林站在同一陣線，替他們賣命奮戰。

看來要過好幾個月，這段恩怨才會被淡忘。

鴉羽注視兒子的同時，風皮轉過頭來，有那麼一秒鐘父子倆四目相交。風皮的眼神幽暗且寫滿困惑。鴉羽火速轉移目光，不想讓風皮發現他目光流露出自責與嫌惡的複雜情感。

我這個做父親的，怎麼會失職地這麼徹底？我怎麼會把一個跳蚤腦袋養大，最後變成風族的叛徒？他簡直跟死狐狸一樣沒用。

一星致辭完畢，隨著儀式告一段落，族貓開始解散，三兩成群地下山走回營區。鴉羽注意到其他黑暗森林戰士：兔躍、雲雀翅、荊豆皮和鬚鼻一起走下坡，彷彿有自覺他們和其他族貓格格不入。

這就是我擔心的，鴉羽暗忖。雲雀翅因為在大戰表現英勇而受封戰士，有鑑於鬚鼻在同一場戰役身負重傷，一星特許他退休，並在長老窩安享晚年。而兔躍則晉升為新任副族長。不過，倘若得不到族貓的支持，這些偉大的頭銜全都沒用。**這點一星怎麼會想不透呢？是蜜蜂飛進他腦袋了嗎？**

鴉羽跟在一群族貓後頭，獨自走回營區。

「真不敢相信！」金雀尾驚呼。「一星要我們謹記陣亡的戰士，卻縱容害死同胞的叛徒留在族裡。」

「喂，這麼講有失公允吧，」伏足表示抗議，這位新戰士面向前任導師，薑黃色的毛皮隨之倒豎。「風族貓絕沒有自相殘殺。大多數和黑暗森林一同受訓的貓兒，在發現事實後都與他們反目成仇。」

「大多數，」葉尾甩了一下虎斑色的尾巴複述道。「不是全部。」

貓兒同步轉頭面向風皮，只見他和石楠尾肩並肩地從他們身邊走過。

「我知道你指的是誰，」金雀尾呢喃道。「風皮還留在族裡也太不合理了吧。我知道因為他沒試圖殺過一隻風族貓，所以一星沒把他當作叛徒。可是與黑暗森林同一陣線同樣令人髮指，不是嗎？以後要怎麼相信他？」

「總之我是不會信的。」葉尾堅定地說。

「假如風皮有什麼三長兩短，對族裡反而是解脫，」金雀尾幽幽地說。「比方被獾好好照顧之類的。」

鴉羽嚇得忍不住倒抽一口氣。**偉大的星族啊，難道他們是羽毛腦袋嗎？**雖然風皮信不信得過還有待商榷，但他不敢相信自己居然親耳聽見有貓巴不得同族的戰士不得好死。

閒聊是非的四隻貓停下腳步，臉上寫滿驚恐地轉頭看他。他們顯然沒料到道人長短的這番閒話會被外人聽見。

「呃……鴉羽……」金雀尾想解釋什麼。

鴉羽對她充耳不聞，沒心情給他們意料中的訓斥。**這些跳蚤腦袋在想什麼，我一條鼠尾巴都不會放在心上……他們根本不配我花精力羞辱**。他只是垂著頭，大步走向營區。感覺族貓的目光像黃蜂的刺一般扎人，他的毛皮便氣到發燙。

聽別人這樣談論兒子就已經夠難受了，更糟的是……他還沒辦法反駁。

回到營區，鴉羽便找起他的見習生羽掌，只見她在新鮮獵物堆附近，和微掌以及呼掌共享一隻田鼠。看到她灰色虎斑毛皮梳理得很整潔，以及她發現他走近時警覺的眼神，他不禁暗自嘉許。他腦袋一歪，向她示意。

「走吧，我們去打獵。」

羽掌急忙吞下最後一口獵物，舌頭舔了嘴巴一圈，然後起身。「太好了！呼掌和微掌也要出去。我們一起打獵好不好？」

鴉羽正準備要回絕，微掌的導師兔躍卻朝他們這頭溜達走來。呼掌的導師夜雲也跟在他正後方。

「好主意，」兔躍親切地附和。「見習生能見識到愈多狩獵技巧愈好。」

鴉尾暗自哀嚎。他最不想一起共享時光的就是新任副族長和夜雲，後者是他的前任伴侶以及他風族兒子的母親。**我實在不該和她結為伴侶的**，他暗自懊悔。**跟自己族裡的貓共組家庭是個鼠腦袋的嘗試**。失去葉池，他既憤怒又悲痛。他從沒愛過夜雲，為此她也永遠無法原諒他。這個主意夜雲也不是很熱衷，可是一想到能一起受訓，這三名實習生便互換喜悅的眼神。

鴉羽覺得自己別無選擇；況且，他也不想令羽掌失望。

「好吧。」他咕噥道。

「一星要我們到雷族邊界附近打獵，」兔躍宣布，掃了一下尾巴，召集巡邏隊。「我們收到回報，那裡瀰漫著怪味，而且獵物莫名稀少。」

鴉羽點點頭。「前幾天我試圖在那裡打點野味，但無奈空手而歸。」

兔躍領著巡邏隊離開營區，往下坡走，朝風雷兩族的邊界前進。見習生們沿途蹦蹦跳跳、你推我擠，吹牛說他們會抓到多少獵物。

料峭寒風已轉為徐拂微風，雲朵間也有大塊淡藍色的天空出現。鴉羽嗅了嗅空氣，聞出野兔的氣味。

「今天我有好預感，」兔躍宣布。「獵物一定會很豐碩的。」他雖然語氣興高采烈，但鴉羽覺得他和夜雲之間的緊繃氣氛，兔躍肯定察覺到了。夜雲正高視闊步地和呼掌並肩而行，彷彿把鴉羽當作空氣。

她有什麼毛病啊？無所謂，我才不會求她多看我幾眼呢，她們都沒有。

副族長話還沒講話，一隻兔子就出其不意地鑽出長草叢，在荒原上疾馳。夜雲朝牠直奔而去；見到她強壯而優雅的躍步，以及她的肌肉在黑色毛皮下條理分明地動彈，只能教鴉羽望之興嘆。

但她已不再是我的伴侶了，不過我也無所謂。單身的日子更輕鬆愜意。

他按捺惱怒的情緒，免得哼出鼻息，轉頭面向羽掌。「仔細看夜雲，」他下指導棋。「看到她反應多快了吧？兔子轉向的時候，她一步也沒錯過。為什麼？」

羽掌歪著腦袋搜索答案。過了一會兒，她瞪著寫滿問號的大眼睛回頭看他。「我不知道……」

「因為傑出的獵手時時刻刻都在動腦，」鴉羽對她說。「總是留意獵物的最佳逃生路徑。妳不能老是跟在牠後面跑，妳得洞燭先機，預測牠會往哪裡跑。夜雲現在就是這樣。」

羽掌點點頭，目不轉睛地注視那隻黑色母貓。「她真厲害！」

她開口讚美的同時，兔子消失在露出地面的岩石後方，夜雲則緊跟在後。一聲淒厲的尖叫戛然而止，不一會兒，夜雲從岩石那頭現蹤，嘴裡銜著兔子了無生氣的屍體。

「她抓到了！」呼掌驚呼。

「抓得漂亮！」兔躍由衷地稱讚，夜雲也走來和巡邏隊的夥伴會合。

「是啊，好樣的。」鴉羽和她的目光瞬間交錯，於是跟著附和。

夜雲旋即別過目光。「謝了，兔躍。」她說。

鴉羽嚥下一股怨氣，不想在見習生面前面露慍色。**肚量真小，連我的讚美都不肯接受。**

夜雲耙土埋死兔，準備晚點回來拿，然後巡邏隊繼續往小丘深處走。

鴉羽率先瞧見蜷伏在地面淺坑的野兔露出一雙黑色耳尖。

「誰能告訴我問題是什麼？」兔躍壓低嗓音問見習生。

羽掌興奮地搖尾巴，但她很懂事，知道要輕聲細語回答。「微風是從我們這頭往野兔那頭吹的。」

「答對了，」兔躍說，鴉羽則為自己見習生率先搶答感到自豪。「所以，早在我們逼近並撲向牠之前，牠就能聞到我們的氣味。這樣的話，你們說我們該怎麼辦？」

這回換呼掌答題了。「轉移陣地，取得更佳戰略位置？」

「很好，」兔躍讚賞道。「現在這個時候，團隊合作比獨自狩獵要好。鴉羽，我要繞到野兔另一頭，等等會給你打信號，你再把野兔追到我那兒。」

鴉羽點點頭，心想著要是由他帶領巡邏隊，會把這項任務交給其中一名見習生。**不過我大概是鼠腦袋吧，畢竟人家兔躍是副族長欸。我懂什麼？**「好。」

兔躍即刻出發，腹毛拂掠草地，任何找得到的掩護都善盡利用，躡手躡腳地移動。在堅韌的草叢間，鴉羽幾乎看不出他棕白相間的毛皮。見習生皆縮緊利爪，滿心期待地張望。

可是兔躍還沒來得及就定位，一陣強風便吹過草地。野兔從遮蔽處抬起頭，抽動鼻子。接著牠縱身一躍，往小丘那頭奔逃撤退，後腿強而有力地擺動，驅使牠前行。兔躍見狀也起身行動，挫折地抽了一下尾巴。「狐狸屎！」他氣急敗壞地驚呼。

鴉羽則對野兔急起直追，但很快就發現有個黑色身影閃電般地穿過他身邊。**夜雲。**

「我想辦法超越，」她喘著氣說。「把牠逼到你這頭。」

她加把勁衝刺，風馳電掣地超越野兔，再齜牙咧嘴地掉頭揮爪面對牠。野兔原路折返奔下小山時，還差點翻倒。鴉羽後腿出力、凌空一躍，往牠身上一撲，利齒插進牠的喉頭。

待野兔斷氣，鴉羽才氣喘吁吁地站起身子，等夜雲與他會合。他想要分享成功獵殺的喜悅，畢竟他對任何族貓都一視同仁，但夜雲只是把他當空氣似地直接從他身邊走過，和其他貓兒會合。**誰在她的新鮮獵物上拉屎了嗎？**鴉羽一笑置之，拾起野兔，跟在她的身後。倘若她想要來相應不理這一套，我不會表現出一副很在乎的樣子讓她稱心如意。

「哇，這隻真大！」鴉羽將獵物扔到兔躍腳邊時，微掌不由自主地驚呼。

鴉羽對副族長點了個頭。「如你所說的，團隊合作。」他乾巴巴地說。

兔躍貌似有點尷尬。「再往裡走吧，」他提議。「或許可以在溪邊找到一些小型獵物，見習生們也有機會小試身手。」

「這樣也能經過一星要我們檢查的區域。」夜雲補充道。

他們埋好獵物後，兔躍便再次率隊，在以小溪為邊界的風族領土這頭探索林地。一群貓還沒走到樹林，副族長便於蔓生山腰的金雀花叢邊緣止步。坡底有一塊平地通往布滿坑洞的陡峭堤岸。

「一星覺得這裡怪怪的，」他說。「我們去一探究竟吧。」

呼掌的尾巴筆直聳入半空。「我們要進隧道探險了嗎？」他問道。「酷斃了！」

「你哪兒都不准給我去探險，」夜雲嚴厲地告誡他，用尾巴輕彈他的肩膀。「見習生全都留守後方。」

「什麼都不准我們做。」呼掌垂著尾巴咕噥道。

「你再給我吊兒啷噹的話，就準備幫長老抓蝨子吧，」導師警告他。「好了，來看看能聞到什麼味道吧。」

鴉羽張大嘴嚐空氣的味道，一股陌生的氣味立刻向他們湧來。「你們聞到了嗎？」他喵聲問道。

「這就怪了……」兔躍嘀咕道。「味道很熟悉，可是……我又說不上來。」

「可能是從隧道飄來的。」夜雲發表意見。

鴉羽慢慢轉一圈，環顧四周。堤岸上的隧道口在風族領土的地底向內延伸，不知長達多少條狐狸尾巴，一路通往雷族。陡峭堤岸側面最近的一個隧道口只離他們幾條尾巴遠。若要說有什麼動物把那裡當窩住，也不無可能。

「味道肯定是打那兒來的，」他回答夜雲。「或許該進去瞧瞧。」

鴉羽雖然嘴巴上這麼提議，一想到要踏進地底伸手不見五指的黑暗中，他還是懼怕地豎直毛髮。現在還使用隧道的貓少之又少，所以裡面變成什麼情況他一無所知。「羽掌，都叫妳別往前了。」看到見習生伸長脖子探向隧道口，他再次叮嚀。

兔躍頓了一下，若有所思，他張大嘴，後來甩甩腦袋。「氣味挺汙濁的，」他說。「無論以前住了誰，可能老早就走了。」

又或者改在隧道最深處紮營。不過，這句話鴉羽沒說出口。新任的副族長顯然已決定不要擅自調查，鴉羽也必須坦承，能待在露天的戶外他如釋重負。

「那我們到底還要不要打獵？」夜雲惱火地問。

「當然要，」兔躍回答。「看看能在附近有什麼收獲好了。氣味汙濁的話，獵物說不定會回來的。」

「那只能祈求好運了，」夜雲嘀咕道。「大戰結束不久後，領土這一頭的獵物就少得可憐。」

兔躍聳聳肩。「還是可以試一試，搞不好會找到什麼有用處的線索。」

於是三名戰士帶著各自的見習生解散。鴉羽在地面上聞不到獵物，只有從空氣中飄來微弱的氣息，最後他終於瞧見有隻麻雀棲息在尖凸的岩石上。給見習生練身手再適合不過了。

他剛開始指導羽掌如何飛撲，堤岸遠處就傳來一聲淒厲的嚎叫劃破天際。

「星族啊！」他驚呼道。「怎麼回事？」

他猛然轉身，沿著堤岸朝僵直站立的呼掌狂奔。只見他目光緊鎖另一條隧道入口，渾身毛髮倒豎的他，看上去是實際尺寸的兩倍大。

鴉羽也嚇得皮毛聳立，天曉得是什麼把見習生嚇成這副德性。呼掌不容易被嚇倒的；他平時膽子很大，是隻愛冒險的年輕貓兒。

「撐著點，我來了！」鴉羽一邊呼喊一邊加速，猜想大概會看見狐狸或獾從隧道現蹤。**問題是他沒聞到狐狸或獾的氣味。**

鴉羽停在呼掌身邊，好像在隧道口瞧見什麼白色發亮的東西，晃了一下就消失眼前，遁入黑暗。

看起來像條尾巴……他揣度著。**還是我眼花了？**

「怎麼了？」夜雲扔下獵物問道。「拜託你跟我說你沒進隧道，不是叫你別進去了嗎？」

「我沒進去！」呼掌抗議。「可是我……我看見裡面有東西。有隻我從沒見過的動物，好像一隻純白、會發光的貓！牠直視著我，好像想跟我說話。」

「哦，看在星族的份上，別這麼鼠腦袋了，」夜雲吼他。「沒有什麼會發光的白貓，只有星族能像星辰般發光。老實說，你發出這種慘叫，我還以為你被獾剝掉一層皮咧！」

「我沒騙你們，」呼掌倔強地說。「我從沒見過這種玩意兒。嚇死我了！」

兔躍一副若有所思的神情。「馬場的小灰曾告訴過我：有時寵物貓在死後會渾身散發白光地返回塵世，探望他們的兩腳獸。他說他親眼看過鬼魂。」

「這是我聽過最跳蚤腦袋的話了！」鴉羽瞪著兔躍驚呼。呼掌嚇得毛骨悚然已經夠糟的了，不需要兔躍繼續搧風點火。「或許寵物貓相信這一套，但他們根本無法和星族交流。」

兔躍一度回瞪他，但最終貌似難為情地迴避目光。**他是應該感到難為情**，鴉羽惱怒地揣想。

這就是一星覺得強過我的對象？一名連兔子都抓不到卻迷信鬼神的戰士？這種貨色也能夠當

副族長嗎？

「我看到一隻會發光的白毛。」呼掌很堅持。雖然毛髮已攤平，他的雙眼依然驚恐圓睜，鴉羽看得出來羽掌和微掌也開始面露擔憂，朝隧道洞口投以緊張的目光，彷彿那位見習生看到的東西隨時會衝出暗影。

鴉羽明知這是無稽之談，他在內心深處卻還是放心不下。**倘若真有貓靈**，他暗想：**也差不多是這個時候現身。畢竟我們在大戰有那麼多同袍為族裡捐軀。**但他很快就摒除這個想法。顯然他受到見習生和他們鼠腦袋副族長的影響。無論呼掌究竟看到什麼，總會有個合情合理的解釋，只是時候未到罷了。

「今天的狩獵行動就到此為止，」他心意已決地說。「把獵物叼回營區吧。」

兔躍張嘴彷彿想要反駁，卻又馬上閉嘴點頭。鴉羽知道副族長八成不滿由他發號施令，但他自己也急著離開這個鬼地方，就沒必要挑他毛病了。巡邏隊不再討論，隨即啟程，在返家的途中拾回獵物。副族長要見習生負責銜獵物，並派他們先走，他和鴉羽以及夜雲則殿後。鴉羽不由自主地發現見習生現在全都悶悶不樂，和先前歡樂嬉笑的模樣大相逕庭。

「不曉得呼掌是著了什麼魔。」夜雲還是語帶惱怒地說。「平常他很講理的。」

「是啊，」兔躍答腔。「所以我才相信他沒撒謊。」看見夜雲的怒容，他又往下解釋。「聽著，我沒說那是什麼發光的白貓，但他肯定見到**不尋常的東西**。」

「是真的，」鴉羽若有所思地說。「我這麼肯定，是因為我也看到了。」

「哦，是嗎？你也『看到不尋常的東西』了？」夜雲將不可置信的目光投射到他身上。

「該不會是隻發光的白貓吧？」

「不是。」**羽毛腦袋**。鴉羽嚥下怒氣，不想跟夜雲脣槍舌劍。「反正就是個白白的東西……像是有條尾巴溜進隧道。可能那裡住了別的動物。」

「但荒原上哪有白色的動物啊？」兔躍反對。「話說回來……我們還是該向一星呈報。」

「他又能拿它怎麼辦？」夜雲問道。

「不曉得，」兔躍回答。「但上面交待的，我們辦到了，在這一區偵察之後，這是我們發現的結果。況且，萬一這事日後引起什麼麻煩，而我們又沒呈報，族裡就無法事前準備啦。要是真出了什麼亂子，那我們難辭其咎。領土內的大小事，一星都必須掌握。」

令鴉羽詫異的是，他自己竟低聲附和。如果他有這個權力，或許不會選兔躍當副族長，卻也不得不承認他剛說的話都合情合理。他斜眼瞥了兔躍一眼。或許這隻公貓不算是史上指派的最差副族長。

鴉羽加快腳步，追上見習生。羽掌拎著夜雲稍早捉到的兔子，步履艱難地前行；她抬頭瞄了鴉羽一眼，他察覺到她眼神中的擔憂。

「跟妳說，不會有事的，」鴉羽安撫她。「假如隧道裡真有什麼，一星也會幫我們查個水落石出。」

羽掌對他眨眨眼。「我知道，」嘴裡銜著獵物的她咕噥著說。「我只是希望可以確定呼掌看到了什麼。」

「快了，」鴉羽答覆。「話說回來，無論那是什麼，風族都有辦法應付。」

聽到這裡，羽掌在半空中豎直尾巴，雙眸也變得澄澈有神。「說得好！風族可以應付任何難關。」

想到她這隻年輕貓兒有多冰雪聰穎，鴉羽就讚許地點點頭。她一定會成為一名偉大的戰士。他不禁想像，如果是她的父親，他會有多自豪。但這個念頭令他胃絞痛，畢竟想到風皮，他突然感到很內疚，自己和見習生的關係居然比和親生兒子更要好。

⚡⚡⚡

回到營區後，鴉羽發現一星正在自個兒寢室外，在禿葉季微弱的日光下伸展。兔躍領著巡邏隊穿過營地向他走來，他便警醒地坐直身子。「在那兒有沒有什麼新發現？」他問道。

兔躍開始解釋大夥兒在隧道附近聞到的怪味，以及呼掌跟鴉羽，在其中一個隧道口看到的異象。

「有鬼！」呼掌插嘴。「一隻發光的白色貓靈！」

一星一臉茫然。「有鬼？」他複述道，大惑不解地抽動鬍鬚。

兔躍話說從頭，表示馬場的小灰聲稱他見過寵物貓死後，變成發光的白色「鬼魂」回來。

鴉羽看得出來一星雖然聽得很認真，但一個字也不信。

「我知道你們全都很勇敢，」等兔躍說明完畢，族長對見習生們說。「但是依我看，這世上沒有『貓靈』這種東西。只有星族。你們看到的一定是光線造成的錯覺，不然就是想像力太豐富了。」

呼掌還是一副桀驁不馴，但他還沒失去理智，知道不該跟族長辯駁。

「困擾我的是那個怪味，」一星接著說。「似乎有**什麼東西**在隧道附近蟄伏，感覺不太對勁。依我看，我們該另組一支巡邏隊到隧道裡一探究竟。」

「你要的話，我現在就可以帶隊外出。」兔躍提議。

一星搖搖頭。「你們還沒抵達，太陽就下山了，」他答覆。「明天再去吧。我猜是某種動物把隧道當成家了，」他繼續說。「這種事不是沒有前例可循，尤其是在禿葉季。但如果是活著的東西，我們就得把牠趕跑。那些隧道是**我們的**。」他寬慰地低頭看見習生，並補充道：「呼掌，你發現了潛在危險，大功一件。但我不希望你們在營區散布謠言。我需要每隻貓兒保持鎮靜。其實沒什麼好擔心的。」

族長所展現的權威和他安撫見習生的方式令鴉羽十分佩服，只不過他很懷疑呼掌能把見鬼的事守口如瓶。一旦他從震驚中平復，就會無比興奮，**而且羽毛腦袋**，管不住他的大嘴巴。

「好了，」一星說：「去吃點東西，填飽肚子吧。鴉羽，你請留步，」巡邏隊準備離去時，他又補了一句。「我想跟你說句話。」

鴉羽止步。他在心裡犯嘀咕：**又想怎樣？**

一星等到巡邏隊的其他成員離開才再度開啟話閘子。「再跟我說一次你看到了什麼。鉅細靡遺地跟我說。」

「我一聽見呼掌嚎叫，就馬上跑到隧道入口，」鴉羽向族長解釋。「我驚鴻一瞥，只見有個白白的東西隱沒在黑暗之中。看起來像條尾巴，但我不能確定就是了。或許誠如你所說的，那只是光線造成的錯覺……或是我想像力太豐富了，才以為凶險近在眼前。」

一星聚精會神地聆聽，完全沒有插嘴，讓鴉羽話說從頭。後來他哀傷地搖搖頭。「倘若風族貓真要看見鬼魂，那肯定非此刻莫屬，」他的說法呼應了鴉羽先前的念頭。「畢竟我們有太多同胞在大戰中陣亡。」

鴉羽點點頭，突然感到喉嚨很乾。想到以後再也見不著那些貓了，他心裡很難過。

「灰足走了一定給你帶來很大的心理創傷，」一星流露同情的眼神接著說。「你一定每天都很想她。」

鴉羽迎上一星的目光，族長提及母親令他倍感意外。就連聽到她的名字，他都哀傷地揪緊胸口。現在聊他的喪母之痛仍舊錐心刺骨。他費很大的勁回答，才不致於崩潰。「對，是很難熬……沒錯。」最後鴉羽坦承，逼自己把這幾個字吐出口。

「或許你能在剩餘的家族成員中找到慰藉，」一星提議。「夜雲和風皮。」

聽到這裡，鴉羽便繃緊肌肉、不發一語。**他腦子裡鑽進蜜蜂了嗎？我在他們身上找不到慰藉，這點一星再清楚不過了。**

「但你就是辦不到，對吧？」一星繼續往下說。「風皮跟我說自從大戰開打，你就沒正眼看過他一眼。這是真的嗎？」

鴉羽開始積累滿腔怒火。**我不想談這件事！**「大概吧。」他咕噥道。

「跟我說說為什麼，」一星打破砂鍋問到底。「我以族長的身分說得很清楚了，我原諒風皮在大戰中所扮演的角色。而他也立下新的誓言，表示會對風族效忠。那麼，身為風皮父親的你，為什麼還要拒他於千里之外？」

「我知道你說的都是事實，」鴉羽回答，努力別把自己按捺的沮喪發洩在族長身上。「可是……這個你也知道，我發現風皮正準備殺害獅焰。」

「雖然獅焰是你兒子，但說到底他都是雷族貓，」一星語調平穩地回答。「風皮是風族的貓。在我看來，你該向誰展現忠誠再清楚不過了。」

鴉羽把嘴脣往後噘，準備齜牙低吼，無奈族長的論點他沒有話能反駁。他知道一星的話合情合理。他只是難以假裝過往與葉池相處的那段時光，以及他們擁有的愛的結晶，對他來說毫無意義。

除了我以外，沒有別的貓能理解這種心情。

一星沉默了幾秒鐘。「鴉羽，」最後他再次開口：「你知道灰足死後，許多貓以為我會選你當副族長嗎？」

鴉羽這下更不自在了。無論其他貓是怎麼想的，副手誰當都是由族長決定，而鴉羽從未想過要反對一星選擇兔躍的決定。雖然他確實覺得這個抉擇很鼠腦袋。

「對，我知道，」他實話實說。「不過——」

「你知道我為什麼做這個決定嗎？」

鴉羽深吸一口氣，以保持冷靜，同時希望自己能參透這些問題背後的用意。**因為你是鼠腦袋？**

「我猜你藉由選擇兔躍，釋放出黑暗森林的貓可獲信任的訊息。」

「沒錯，」一星表示贊同。「不過，我沒選你還有另一個原因。」

鴉羽驚訝地豎起耳朵。「是嗎？」

「是，」一星堅毅地說。「因為你在意自己憤怒與偏見的程度高於你對風族的關心。」

「沒有這回事！」**真的嗎？**

「倘若我說的不是事實，那你為什麼不肯接納風皮？」一星質問他。「他不但是你的族貓，還是你的親生兒子。接納他顯然對你的宗族才是上上策。」

鴉羽無言以對。他別過目光，感覺自己正氣到抽動鬍鬚。

「我是你的族長，」一星接著說下去：「我說了要相信他，你卻偏偏跟我唱反調。與其選擇相信自己的兒子，你卻寧可沉浸在憤怒和失望中。」

鴉羽保持沉默，不斷收放爪子，想辦法讓自己平靜下來。他有那麼點衝動，想撲向一星，伸出利爪去扒族長的虎斑皮毛。可是理智告訴他這麼做太瘋狂了。倘若他敢動一星一根汗毛，就會被永遠逐出風族。光是想到要對族長施暴就令他吃驚又困惑。他為什麼總是氣憤填膺？

「鴉羽，我對你的期許很高，」一星繼續往下說。「你是一名才華洋溢的英勇戰士。可是你必須了解自己問題的根源，再次破繭而出，成為真正的風族戰士。」

「你知道為了效忠風族，我放棄了什麼嗎？」鴉羽質問道；他終究還是按捺不住怒火。「我做出這麼大的犧牲，但你連一條鼠尾巴都不放心上！」可是在說這些話的當兒，內疚也悄悄爬上他的心頭。他確實有那麼一陣子起心動念，要追隨葉池而離開風族；是她的決定，他倆才回到湖畔的狩獵地。從一星凝視他的眼神，鴉羽知道他大概也猜到了。

一星點了個頭。「我很清楚你犧牲了什麼，或自以為你犧牲了什麼，」他說。「但如果你真把風族貓的身分凌駕一切，今天就不會落得這步田地。如果你認清一切，就會接受這段關係必須結束，也就不會為此鬱憤難平。」

鴉羽滿腔怒氣與不解，展開利爪，狠狠插進土裡；他感覺自己熱血沸騰、毛髮倒豎。他不知該如何回應。

「你可以走了，」一星甩尾把他打發走。「隼翔今晚要去參加半月集會，」他又補了一句。「或許星族會給他一些指引。明天我也會派另一支巡邏隊出門調查，看看那些隧道究竟是怎麼回事。」

鴉羽先等毛髮攤平，再向族長尊敬地點個頭，高視闊步地離開。他走向新鮮獵物堆的同時，瞧見夜雲和風皮在講話。他倆突然住口，抬頭注視他快速經過，多疑地瞇起眼睛。鴉羽想到一星剛說的話，要他別再自囚於憤怒之中。

但我還沒準備好這麼做。時候未到。

這下鴉羽火氣更大了，他從獵物堆銜起一隻畫眉鳥，叼到營區邊緣，遠離其他貓兒。他獨自生悶氣，三兩下就吃完了。

我為族裡付出所有，他忿忿不平地想。**一星還想要我怎樣？**

第二章

鴉羽在荒原追兔，沉醉在寒風吹拂毛髮的感覺，以及肌肉伸縮，驅策自己毫不費力地追逐獵物。他奔跑的速度風馳電掣，彷彿腳掌都沒碰到荒原草地。

有個洞口的堤岸在前方若隱若現出現，那是通往其中一條隧道的入口。兔子直撲而入，鴉羽不假思索地跟上去。他在隧道狂追野兔，左彎右拐的次數多到他記不得了，隧道愈來愈窄，直到他感覺到自己的毛髮在黑暗中貼著兩側內壁。

最後鴉羽停下腳步，喘得側身不停起伏。他再也聞不到兔味，也聽不見兔掌在隧道石地的抓扒聲。溼冷的氣息從肉趾向上襲來，他這才驚覺通道已窄到他無法掉頭了。他不曉得自己身在何方。

如今鴉羽慢慢前行，感覺有水在腳掌周圍流動，他愈往前走，水就愈深，他的心跳也愈加猛烈。

有貓在這裡溺死過，他暗忖著。

當他瞧見前方有道微弱閃爍的光，水已深及他的腹毛。一心想要找出路的他，加快腳步涉水，最後來到一個地方，只見隧道內壁從一側鑿開，形成類似窩的空間。鴉羽認出坐在裡面的貓，不可置信、又驚又喜地張大嘴。

「灰足！」他哽咽地說。

他的母親昂首端坐，尾巴圍住腳掌。鴉羽分不清白光是打哪兒來的。像是從灰足身上自體散發，但她的毛髮卻沒有星族貓的正字標記：霜凍般的閃光。

灰足注視著她的兒子，起身往隧道深處狂奔，腳掌宛若在水面浮掠。

「等等！」鴉羽一面嚎叫，一面笨拙地在後面淌水。「灰足！妳別走！」

無奈的是，她走了，那道光也隨她而逝。鴉羽孤伶伶地在黑暗中，流水在他的肩膀周圍拍打。「灰足，妳怎麼會在這裡？」他問道，好像母親還能聽到一樣。「妳怎麼不在星族？」

這個問題得不到回答，只有灰足的尖叫如雷貫耳在隧道迴盪。恐懼從鴉羽的耳朵震搖到尾梢，他猛然驚醒，發現自己在星光下的戰士窩裡。他氣喘吁吁地躺著顫抖，等待駭人的景象在眼前消失。

那是什麼？只是一場夢嗎？呼掌在隧道入口看到的真是鬼嗎……是灰足的鬼魂？她是不是想捎什麼訊息給我？念頭一在鴉羽的腦中萌生，他就憤怒地搖頭，氣自己居然想出這麼鼠腦袋的情節。問題是，這個念頭他又拋不掉。**假如灰足真有訊息要傳達給我，那會是什麼？**

鴉羽再次試圖甩掉那個情緒，叫自己別傻了。在夢裡，灰足的毛是灰的，跟她生前一樣，而非呼掌形容的，或是他親眼在隧道瞥見的亮白色。

再怎麼說，都不可能是鬼，他對自己說。**小灰八成只是在耍笨罷了。**

無論如何，鴉羽還是飽受驚嚇、心有餘悸，在天空露出魚肚白前只能淺眠、時睡時醒。

ϟϟϟ

太陽還沒升起，一星威嚴的嗓音就響徹營區。「年紀大到足以自己獵食的貓，請來高岩下，召開部族大會！」

鴉羽勉為其難地起身，只見一星棲息在高岩頂端，亮起的天光映著他身影的輪廓。兔躍和隼翔則站在岩石底部。

真的有必要只為了宣布今天誰去巡邏就大費周章召開集會嗎？鴉羽很納悶，張嘴打了一個大大的呵欠。不然族長還有什麼別的好說？

放眼望去，鴉羽周圍有更多戰士從窩裡起身，甩掉身上的苔蘚碎片，為清早的寒意打冷顫。鴉羽瞧見夜雲和風皮走到空地，肩並肩地坐在高岩附近。鴉羽有隻前腳在抽動，彷彿想要走去跟他們同坐；但他後來還是掉頭，在群聚貓兒的另一側找位子坐下。

反正他們也不想與我同坐，想到這裡，他的內心意外感到沉重。

白尾和鬚鼻從廢棄獾窩做的長老窩走出來。「他是哪裡有毛病啊？」鬚鼻犯嘀咕，停下來使勁搔一隻耳背。「不管有什麼事，不能等太陽出來再說嗎？」

四名見習生從窩裡手忙腳亂地爬出來，在聚集的貓群邊緣撲通一聲坐下來。從他們瞪大的眼睛和興奮的表情，鴉羽猜想他們正在期待什麼重大消息，至於葉尾的見習生燕麥掌，雖然昨天沒參與狩獵隊，看起來卻和其他貓一樣亢奮。

叫呼掌不要大嘴巴根本是白費唇舌，鴉羽挖苦地想。**那個羽毛腦想必已經跟所有的見習生說了。**

莎草鬚走到戰士窩邊上，坐下來梳理自己的毛髮；燼足則蹦蹦跳跳地跑來坐她旁邊。雲雀翅準備加入他們，可是這兩隻貓對她使了一個冷淡的眼色。鴉羽看見雲雀翅轉向，蜷在鬚鼻身旁。

我不喜歡這樣冷眼以對，鴉羽暗忖。**我們再也不該對黑暗森林的貓那麼差勁了。**他感到不安，想起自己隨葉池而去，後來返回風族的那段時光。他時常遭到這樣的冷眼相待；所有的族貓再次接納他，已是好幾個月以後的事。**如果他們當初是這樣對我的，或許也要同樣長的時間，才會考慮把黑暗森林的貓當作真正的同胞。**

不過會議召開在即，鴉羽沒時間多想他剛才看到的互動。

一星的目光掃視營區，確定族貓全員到齊。「隼翔昨晚造訪月池，參加半月集會，」最後他開啟話閘子。「他得到一則預言，一則令我和他都感到擔憂的預言。隼翔，把你稟告我的事向全族報告吧。」

看見這位年輕的巫醫起身向全體發言，鴉羽感到些許期待。「昨晚星族的吠臉走向我，」他對大家說：「給了我一則預言，和介於我們與雷族間的隧道有關。」

鴉羽頓覺警醒，連肉趾也因驚懼而陣陣刺痛。這不可能是巧合。肯定跟他和呼掌昨天看見的異象有所牽連。

又說不定和我做的那場夢有關。

「吠臉帶我去看隧道入口，」隼翔繼續往下說：「我觀察的同時，發現黑水如激流般從洞口湧出，如此大的洪水足以把貓兒沖走，將營地完全淹沒。」

他發言的同時，焦慮的低語也此起彼落，從他周圍的貓兒傳開。鴉羽發現許多族貓在互換驚懼的目光。聽起來厄運正逐漸籠罩風族，彷彿有一隻巨獸悄然跟在他們身後。鴉羽對吠臉心懷感激，畢竟有這位風族的前任巫醫在看顧他們。**至少星族向我們示警了。**

「起初，」隼翔接著說：「起了一陣強風，將洪水擊退。但最後風勢停了，洪水繼續暴漲，形成第二波驚濤駭浪，最後將一切吞噬。」轉述回憶的灰色公貓說到這裡不禁皺起眉頭。「狂潮聲震耳欲聾。」

一想起夢中獨自站在隧道，水深及肩的那個驚恐時分，鴉羽只能設法按捺顫慄。

「但這代表什麼意思？」坐在莎草鬚旁邊的燼足高聲問道。

隼翔遲疑了一下才回答。「依我看，有什麼危險的東西蟄伏在隧道中，」最後他吐露心底話。「風勢主導著洪水，意味著風族能贏得這場紛爭。但風勢驟停或許代表了這會是一場激戰。」

有好一會兒，風族貓只是面面相覷。接著突然喧囂四起，貓兒爭相解讀異象的意涵，然後又攻擊對方的盲點。一星發聲斥責，要大家保持肅靜，但沒有貓聽得進去。

「隧道確實淹過水。」颸毛的音量蓋過其他族貓。「也許洪水要再次來犯。」

這下全族靜了下來，思索他的話語。過了一會兒，兔躍說：「你說得或許沒錯，但昨天我跟巡邏隊的其他貓——在隧道口聞到一股怪味。而且呼掌還看見——」

「貓靈！」呼掌插嘴。他一躍而起，肩上的毛髮倒豎。「我看見貓靈！」

見習生抬起胸膛，站得直挺挺的。鴉羽猜想，呼掌雖然害怕，倒也挺樂於成為眾所矚目的焦點，此番發言也讓他覺得自己舉足輕重。夜雲大概不喜歡看見她的見習生在宗族大會出鋒頭，所以不悅地瞅他一眼。

雖然我不是巫醫，卻能預見呼掌未來要被罰替長者除蝨，鴉羽半挖苦半好笑地揣想。

呼掌的這番話引來眾貓懷疑和困惑的嚎叫，一星則惱怒地彈了一下尾巴。「夠了，」他厲聲責備。「呼掌，跟族貓說說你看到了什麼。」

「貓靈！」呼掌敬畏地瞪圓眼回覆。「全身白得發光，盯著我看，像是想向我傳遞什麼訊息。」

「向你傳遞訊息？」鬚鼻嗤之以鼻地說。「幹麼向見習生傳話？」

「什麼訊息？」金雀尾問道。

呼掌難為情地舔了一下胸口的毛。「祂什麼都沒說就隱沒在隧道中。」

石楠尾挖苦地喵了一聲。「祂該不會長了翅膀飛走了吧？」

「才不是呢！」呼掌忿忿不平地喊道。「我親眼看見的準沒錯。況且鴉羽也是目擊證人。」

當所有貓都把目光轉向他，鴉羽得繃緊身子，才沒往後縮。「我只是**驚鴻一瞥**，」他坦誠道。「但那不是貓靈。這世界上沒有所謂的貓靈。」

令他驚愕的是，他的族貓像是信了呼掌的話，全都面露驚恐。他否認看到的是貓靈，大家卻覺得那是他一廂情願的片面之詞。族貓緊張地你看我、我看你。他們懷疑地竊竊私語，驚慌失措地瞪大眼。

他們是不是都蜜蜂鑽腦了？鴉羽不禁納悶。

「依你看，有沒有可能是黑暗森林的貓？」伏足嗓音顫抖地問道。「他們是不是回來復仇的？」

「當然不是，」鬚鼻斷言道，並輕蔑地掃了一下尾巴。「黑暗森林的貓才不會以白色的形體現身，不是嗎？白色是星族的代表色。那些貓一定曾與我們並肩作戰！隼翔，大戰中陣亡的貓並沒有都在星族現蹤，對不對？」

儘管這些影射令隼翔一臉不安，他還是鎮定地點點頭。「對，沒有全都現蹤。」他答覆。

「所以說不定有方法把祂們帶回來！」雲雀翅興奮地提議。

鴉羽氣得毛皮又刺又痛，彷彿整窩的螞蟻都爬上身。「貓死了是不會復生的，」他怒嗆對方。「只有族長才有多的命可活。看在星族的份上，妳到底懂不懂貓不會死而復生？」

淡褐色的虎斑貓噘起嘴，對他嘶了一聲，隨後別過目光，不再吭聲。鴉羽頓覺內疚；這隻年輕的母貓在族裡的日子並不好過，他無心讓她的狀況雪上加霜。**偉大的星族，大戰開打時，她只不過是名見習生，連怎麼替自己梳理毛髮都不會！**

「不管怎麼樣，」一星揚起尾巴，吸引族貓的目光說：「都不是貓靈！但或許有動物跑去隧道裡住，對我們可能會造成威脅。那個區域的領土已有好一陣子獵物短缺，這意味著我們面對的是真實的血肉之軀。」

「有道理。」伏足低語，似乎比較開心了。

「因此，我決定派支巡邏隊探勘隧道，看看有什麼新發現，」一星繼續往下說。「在此同時，我們大家都要提高警覺。要是那裡真住了不懷好意的動物，我們必須做好隨時開戰的準備。」

「那還用說嗎？」石楠尾喊道。「我們可是戰士！」

一星點點頭。「巡邏隊由兔躍領軍，」他宣布。「有沒有誰自告奮勇要跟他同行？」

一時半刻間，沒有半隻貓答腔；他們只是交頭接耳，互換懷疑的目光。

「如果我們應付的是黑暗森林的貓靈，」伏足咕噥道：「那就該派風皮去。」

鴉羽瞥向另一頭的兒子，只見他臉上浮現一貫受傷又憤怒的表情。伏足的這番話顯然傷了他。

但鴉羽也很清楚，這是一項風皮不願接受的挑戰。他小時候捲進隧道裡的一股洪流，從此心裡便產生陰影。

鴉羽對兒子寄予同情，正要張口替他辯護的時候，風皮竟出其不意地走向前，自豪地挺起胸膛。「好，」他說。「我去。」

一星流露欽佩的神情，向風皮點頭示意。「這正是如假包換的風族戰士。」他向其他族貓宣告。

好樣的。鴉羽始料未及又不禁佩服，沒想到風皮竟自願參與這麼危險的任務。但高岩周遭卻傳來反對的聲浪；顯然並不是所有貓都認同族長的讚譽。

夜雲挺身而出，走到兒子身旁，這才平息了眾貓的私語。「我也去。」她說。

鴉羽瞥見前任伴侶和兒子互換目光：她的眼神散發關切的母愛，他的則充滿感激。看見母子倆對彼此的愛與信任，他呼了口大氣，想要忽視有如荊棘扎胸的疼痛。**他倆對我從沒有過這般感受**。

風皮還小的時候，夜雲就對他寵愛有加。或許因為他是他們唯一活下來的孩子吧。反觀鴉羽則動輒得咎，陪他玩的時候不是太兇就是太嚴。**看他如今變成什麼樣子！**鴉羽哀傷地反思。**易怒、自我防衛、暴躁……**

這時鴉羽赫然發現一星正在對他說話。「鴉羽，你意下如何？」

老鼠屎。我錯過什麼了？「你說什麼？」他試圖擺出專注的臉孔說。

「我說，想請你加入巡邏隊，」一星答覆。「畢竟你也看到那隻異獸了。荊豆皮和石楠尾也會同行。」

鴉羽忍住不爆發，點頭同意。他是呼掌之外唯一看到異象的貓，選他加入巡邏隊也不為過。但從一星流露的神情看來，他覺得事情沒有那麼單純。

那個鼠腦袋想逼我多花點時間跟風皮相處。

鴉羽瞄了夜雲和風皮一眼，他倆擺明對他的加入不為所動。灰足的驚魂惡夢這時又湧上心頭；要重返隧道，他可是一點都興奮不起來。

這下可有好戲看了。

集會結束，兔躍派黎明巡邏隊和尋常的狩獵隊出門，留下選中前往隧道的六隻貓。等到日正當中，他們與族貓會合，在出發前圍著新鮮獵物進食。鴉羽蜷著大啖老鼠，半避著兒子和前任伴侶。

「隧道裡的大概是老鼠，」金雀尾滿口田鼠的說。「呼掌看到的或許是一隻雪白的貓，一隻寵物貓，正在追老鼠。」

「所以妳覺得那隻貓不是鬼魂囉？」葉尾問她。

金雀尾頑皮地捲起她灰白相間的尾巴。「就算當時不是鬼，現在也是了！一隻寵物貓單槍匹馬也敢在沒後援部隊的情況下，跟一群老鼠拚戰，真夠鼠腦袋。」

「這不跟我們的處境一樣？」微掌問道；鴉羽發現，置身於一群戰士間，這隻初出茅廬的小貓竟顯得自信滿滿。「只派六隻貓出去巡，天曉得那裡有多少隻……算了，不提也罷。」

「我們派出的是六名**菁英**，」一星指出。「我相信，無論隧道裡的是什麼，風族的戰士都能戰勝。」

微掌點點頭，接受族長的鼓勵；但鴉羽卻看見其他族貓在互換懷疑的目光。

他們八成是對風皮起疑心，他暗忖道。他必須向自己坦白，等兒子非得進幽深的隧道，他也不確定他會作何反應。鴉羽只希望，要是黑暗激起風皮從前的恐懼，他千萬別亂了方寸。**不然就是在丟他們父子倆的臉**。

「我倒有點期待看見貓靈，」石楠尾惆悵地說。「很想見見戰亡的那些同袍，畢竟通常只有巫醫能與星族的戰士交流。」

「都說了不是貓靈。」一星溫柔地提醒她。

「沒錯，」隼翔補充道。「如果祂們真是貓靈，難道巫醫不會知道嗎？」

「假設我們的族貓真的化為鬼魂回來，」雲雀翅呢喃。「你們有什麼話要對祂們說？」

「我會說聲抱歉，」白尾答覆。「抱歉沒能救得了祂們，讓祂們繼續以風族成員的身分活下去。」

「我會說聲：『我愛祢們』。」葉尾輕聲說。

其他貓兒聽了無不流露哀傷的眼神，頹喪著頭部和尾巴。鴉羽察覺深深的悲痛與失落正席捲他的族貓。他失去的摯親也浮上心頭，他宛如被獾的利爪千刀萬剮。

灰足……還有羽尾……還有葉池。她雖然沒死，卻已不復見，跟死了沒兩樣。

「好了，」聽著懊悔聲此起彼落，一星終於發聲。「千萬別回首過去，否則我們會被哀痛淹沒的。或許那正是隼翔幻象的宗旨所在。」

「要怎樣才能免於哀痛？」白尾問他。「大家都被失落包圍。」

「我們要向前看，」一星語氣堅定地回答。他望向鴉羽，接著說：「首先我們要查出隧道裡究竟是何方神聖。」

鴉羽回望族長，對他點了個頭。儘管他倆都對呼掌看見貓靈的說詞抱持存疑，但鴉羽知道一星很高興這回有了明確的任務。在大戰過後派出巡邏隊保衛邊界，或許正是風族能安定民心的方法。

第三章

「依我看，進了隧道之後，大家不要走散，」巡邏隊朝下坡走時，風皮發表意見。「天曉得裡面窩了什麼？」

有夠笨的！鴉羽氣得頸毛倒豎。「有蜜蜂飛進你腦袋了是不是？」他厲聲問道。「要是我們全擠在一塊兒，隧道密密麻麻的，怎麼搜得完？當然要拆成不同小組分頭找。」

風皮怒目以對，好像準備要為自己辯護，卻又調頭就走，拋下其他巡邏隊的成員，獨自奔往下坡。鴉羽萬般懊悔，內心隱隱作痛，他太晚才意識到兒子之所以叫大家不要走散，是因為他害怕。**但再怎麼說，這還是個鼠腦袋的提議。**

「你非得這麼兇嗎？」夜雲走到鴉羽旁邊，這個問題呼應他的想法。

「我說是誰呀？夜雲，妳終於肯跟我說話了，是不是？」鴉羽回嘴，不知自己究竟是高興還是生氣。「我一時還沒發現呢。畢竟從大戰開打後，妳就沒跟我說過半句話。」

夜雲惱怒地嘆了口氣。「之前我無話可說。現在有話要講了。」

鴉羽翻了一個白眼。「那肯定是什麼金玉良言。請開尊口，我洗耳恭聽。」

「別的戰士是怎麼對風皮的，想必你都看在眼裡吧？」夜雲往下說並放慢腳步，讓他們落在其餘巡邏隊員之後。「你必須為其他貓樹立典範，開始對他好一點。要是連親生父親都待他如腐肉，其他族貓又怎會願意重新接納他？」

「要去親近一隻眼裡只有自己的貓有點困難，」鴉羽對夜雲說，一聲嘆息隱忍不發。「不假思索，就斷定所有的貓與他為敵。固執到連為自己犯下的錯假裝難過都不願意。」

「是嗎？」夜雲呢喃道。「聽起來跟我認識的另一隻公貓簡直一模一樣。」

真是一堆獾屎。聽到這番對比，鴉羽便氣憤難消，毛皮隱隱作痛。但他也很清楚，貓繼承的不只是父母的眼睛或毛髮，就連他們的個性和性格也會遺傳。

即使如此，鴉羽和夜雲都不是易怒或充滿仇恨的貓。那他們的兒子為什麼總是好鬥又滿腔怒火？風皮的恨意到底是從何而來？

一襲寒意從鴉羽的耳朵竄到尾梢。**風皮會不會生來就是個壞胚子？**

「你難道看不出來風皮急著想得到族貓的認同嗎？」夜雲繼續壓低音量，惱火地說。「那一定是因為他覺得父親——本應該展現父愛的貓，過於疏離他！」

鴉羽迴避目光，深怕夜雲會從他臉上看透他腦中流轉的思緒。

我不知道我能否向風皮展現父愛。我可能從來都沒展現過。

「我知道為什麼我們之間走不下去，」夜雲接著說。「你從沒愛過我，我也無法維繫一家人的親情。」她嗓音哽咽，一時別過目光。後來，她回望他。「但這些都不要緊。重要的是風皮，要是連他的親生父親都對他這麼不屑，動不動就對他反脣相譏──這樣的話，其餘族貓可能會覺得他不值得信任。倘若真發生這種事，而他還是沒被族裡善待接納，他就有可能又被逼走。」她的音量壓得更低，怒氣也轉為焦慮。「這樣我會無法承受，你行嗎？」

鴉羽不知該做何回答。夜雲說得對：鴉羽不願接受兒子可能會離開族裡的想法，或者更糟的話，犯下什麼叛亂罪，遭族裡驅逐。但他就是找不到貼切的詞彙回應前任伴侶。

夜雲等了兩秒，後來氣急敗壞地呼了口氣，加快腳步追上其他隊員。鴉羽步履艱難地跟在隊伍後，不知是否有誰能讓他照自己的意願、依自己的時間表原諒風皮。

如果我能原諒他的話。

風皮在山腳下最近的隧道入口等待。兔躍領著其他隊員和他會合，離那個幽暗的大洞有一條尾巴那麼遠。

「別走散了，先走到好幾條分岔路的洞窟，」兔躍宣告。「到時候再解散。鴉羽，你和石楠尾一組。夜雲跟風皮。荊豆皮，妳跟我。」

「然後呢？」鴉羽問道。

「然後就看我們找到什麼了，」副族長答覆。「總之呢……大約花上黎明巡邏隊外出的時間，最後回洞口會合。願星族守望我們每一位。」

他轉身和荊豆皮一同帶路走進隧道。夜雲和風皮跟著，鴉羽和石楠尾殿後。

鴉羽戒慎恐懼地在暗中踱步。又直又寬的隧道在他們面前向外延伸，天花板的裂縫透出微光將他們照亮。他的腳掌很快就黏在又溼又滑的地上，寒意透進皮肉，令他不禁打了個冷顫。

鴉羽張嘴嚐空氣的味道，但只聞到自己和族貓的氣息，另外還有潮溼的苔蘚和偶爾從岩石縫冒出來的蕨叢。至於聲音只有他們的腳步聲和輕柔的呼吸聲。儘管表面一切風平浪靜，鴉羽頸部的毛還是倒豎著。他想起瞥見的白獸和夢裡的灰足，內心惶恐不安。

雖然無聲無息又看似安全，但我知道事有蹊蹺……

巡邏隊一會兒就走到兔躍提及的那個洞窟，它的天花板是盤根錯節的綿密樹根。從這裡分了好幾條路，向黑暗蔓延。鴉羽知道每條隧道都陡然地向下延伸、深入地心，一想到頭頂是沉重的泥土和岩石，鴉羽就只能強迫自己別發抖。

「我們就在這裡解散，」兔躍宣布。「大家都要當心。」

夜雲走向其中一條通道，只見風皮弓著背、瞪大眼，但還是意志堅定地昂首跟進去了。鴉羽覺得他將自身的恐懼控制得宜。

石楠尾頭一扭，向鴉羽示意。「走這裡。」

是哪隻貓死後命妳為石楠星的？被曾經當他見習生的資淺戰士吆喝，鴉羽差點就要出聲回絕，後來想想還是算了，一聲不吭地跟著這隻虎斑母貓。

等身後的光一暗，他們就只能在伸掌不見腳趾的黑暗中步行。鴉羽拉長耳朵，聚精會神地聆聽通道前方最細微的聲音，同時把嘴張著，希望嚐到昨天在隧道外聞到的怪味。不過，一開始什麼也沒有。

一陣冷風拂來，鴉羽因此得知這是條側邊的隧道；從風吹來的方向，他也聽見微弱的水波蕩漾。

「我們聽見的是地底河流嗎？」他問石楠尾，盡量別讓語氣洩露他內心的焦慮。

「不是啦，我們還沒走到那麼深。」石楠尾的嗓音愉悅而自信。「水源通常在那裡匯聚，沒什麼好擔心的。」

「妳似乎對這些隧道瞭若指掌。」鴉羽不由自主地讚許。

「這個嘛……」石楠尾答話時流露出些許內疚。「我還是見習生的時候常溜來這裡。」

「我怎麼都不知道？」盛怒下的鴉羽毛髮倒豎。從前他以為石楠尾是名模範見習生，如今她卻坦承自己做了某件要是被發現就得替長者除蝨整整一個月的勾當。

石楠尾喵地一聲輕笑。「本來就不該讓你發現嘛！不然你會把我的耳朵給扒爛。」

「說得對。我確實會。我們往下走吧。」

鴉羽繼續往漆黑的隧道走，每走一步，焦慮值就往上提升。**星光是照不到這裡的。這是否意味著我們不在星族的守望範圍？**他再次回想起灰足的夢，她不似星族戰士閃耀著冰霜般的微光。**她怎麼沒前往星族？沒前往她的歸屬？**

他們不斷往深處探尋，直到鴉羽能在溼冷的空氣中嗅到一股新氣味。

「什麼**味道？**」他嘀咕道。

他踉踉蹌蹌地撞上石楠尾，感覺她的尾巴拂過自己的臉，這才驚覺她已停下腳步。

「很臭……很像腐食。」她說。

「的確是腐食，」鴉羽又吸了口氣。「一定有誰把獵物帶來隧道，然後任憑它腐爛。」

「真是鼠腦袋！」石楠尾驚呼。「誰幹的好事？」

「肯定不是貓靈，」鴉羽嘀咕道。他很想換他來帶隊，可是通道太窄，他無法從石楠尾旁邊穿過去，只能再補一句：「繼續走，但**務必**小心。」

又走了幾隻狐狸那麼遠，鴉羽從腳步的回音判斷他們已從隧道走進更寬敞的空間。腐食的臭味愈來愈重，最後實在臭不可聞。

「噁心！」石楠尾聽起來像是快要吐了。「我剛不知道踩到什麼了。又黏又滑，怪恐怖的。」

「一定有誰在這裡囤積獵物，」鴉羽表示。「起碼現在知道窩在隧道裡的**是**動物了。而且無論是什麼動物，看樣子牠們短期內都沒離開的打算。堆了那麼多**吃**的。」

「這些是拿來吃的？」即使在黑暗中，鴉羽也能想像石楠尾嫌惡的表情。「什麼動物會吃腐爛的獵物啊？」她又問一次。

「不知道，我大概也不想知道，」鴉羽凝重地答覆。「回去向大家回報吧。」

但他們才剛調頭面向來時的隧道口，鴉羽就聽見駭人的咆哮和一陣狂亂的腳步聲。接著他感到身上有股壓力。有東西朝他直撲而來；他的腳掌在溼滑的岩石表面打滑，側身撲通一聲倒地，一口氣喘不上來。他還來不及爬起來，就被進攻者的重量壓得死死的，然後肩膀爆痛，因為一排獠牙咬住他的皮肉。

鴉羽一聲慘叫，後腿拚了命地亂踹。其中一隻腳踢到硬硬的東西，於是他用爪子一耙，感覺刷過一個毛茸茸的身體。突襲他的動物發出尖聲驚叫，這才鬆開他的肩膀。

鴉羽耳畔傳來一聲狂吼，他發現那是石楠尾加入戰局。

「抓到了！」她喘著氣說。「牠——」話沒講完，她就痛得慘叫。

鴉羽二話不說就往叫聲那頭衝。他展開的四隻腳壓住一個瘦長的身體，使牠在地上不得動彈。被爪子制伏的牠不停蠕動，但他算是暫時擺平牠了。

「石楠尾，妳沒事吧？」他問道。

「沒事。」暗處傳來回答。「那隻狐狸屎疥癬皮咬我尾巴！」

石楠尾說話的同時，鴉羽腳下的動物使勁挪動身子，將他擺脫。他一個踉蹌，腳掌在又臭又黏的東西上打滑。

「鴉羽，這裡！」石楠尾急切地說。「我們得離開這裡。」

「我贊成。」鴉羽跟著她的腳步聲，走得跌跌撞撞，後來發現他們又回隧道了。有那麼幾秒鐘，他聽見腳爪在隧道地面竄動；那群動物尾隨在後，不過聲音漸漸消失。

「感謝星族！」他氣喘吁吁地說。

他也感謝石楠尾對隧道的動向有充分掌握；如果他是隻身前往，肯定找不到出路。他沒料到通道這麼快就透出微光，於是加緊腳步，跟著石楠尾奔向第一個洞穴。沒過多久，他們就重回戶外，只見夕陽在荒原投射長長的陰影，兔躍和荊豆皮也在那兒等候。

「你們怎麼了？」荊豆皮一邊問，一邊瞪大眼，詫異地望著走向前的鴉羽和石楠尾。她皺起鼻頭。「我的星族啊，你們好臭！」

「謝謝，妳可真有見地，」鴉羽乾巴巴地說。「妳去了我們到過的地方，保證也會很臭。」

「有個洞穴滿滿都是腐食。」石楠尾解釋，接著描述那堆腐爛的獵物和他們在隧道碰到的惡獸。

「是何方神聖？」兔躍問道。

「我也搞不清楚，」鴉羽沒好氣地回覆。「我們看不見，除了噁心的腐食之外，什麼也聞不到。不過，我能確定一件事：那不是貓靈。沒有鬼魂會張牙舞爪的。」

「你們都受傷了，」兔躍邊說邊聞鴉羽肩上的咬傷。「該讓隼翔看看。可能要來點牛蒡根。」

「一回營地我就去見他，」鴉羽表示贊同。「你們有什麼發現？」他問兔躍。

副族長看似有點難為情。「我們在隧道裡迷了路，」他坦承道。「花了很長時間才找到回來的路，不瞞你說，一找到出口，我們就不想再踏進隧道半步。不過我們沒遇見任何動物，連貓靈的鬼影子都沒瞧見。」

「不曉得夜雲和風皮有什麼新發現，」荊豆皮說。「他們應該快回來了。」

夕陽西下，落日餘暉籠罩著整片荒原，幾隻貓耐著性子等候。他們保持警覺，自然不敢闔眼；寒風拂過樹林，星辰襯著夜空燃燒炙烈光芒，但他們依舊沉默警醒。隔了許久，兔躍才不安地挪動一下腳掌。「現在也該回來了吧。可能跟我們一樣迷路了。」

鴉羽憶起風皮對隧道的恐懼，焦慮有如針扎。**但願他沒亂了手腳，做出什麼蠢事**。

最後石楠尾說話了，擔憂寫滿她的雙眸。「該不會出什麼事了吧?萬一他們遇上同一批動物呢？」

「他們都是經驗老道的戰士。」兔躍試圖安慰她，可是他同樣緊張的神情出賣了他。「應該有辦法應付的。」

「可是他們說不定——」石楠尾欲言又止，縮緊腳爪，扯爛一叢有彈力的荒原青草。

現在每一秒鐘感覺都像一個月那麼漫長。鴉羽抬起頭，赫然發現每雙眼的目光都鎖定他。只是他不確定族貓是不是在等他一聲令下，叫大家一塊兒去找他的兒子和前任伴侶，還是期望他隻身前往。

「還是……」最後鴉羽提議：「還是我們去找找好了。石楠尾，由妳帶路——」

說時遲那時快，一聲淒厲的嚎叫打斷他的話。大家猛一轉頭，凝視隧道入口。不消一秒，嚎叫再起，而風皮從堤岸幾尾遠的另一個入口竄了出來。他驚懼地瞪大眼，全身毛髮倒豎。

鴉羽看見他身後有團白雲似的東西湧出隧道口。但下一秒鐘他便驚覺白雲其實是一群齜牙咧嘴的猛獸，低吼著追趕逃跑的風皮。牠們目露兇光，從隧道蜂湧而出，一路往上坡追。牠們既不是鬼魂，也不是難以捉摸的寵物貓。他從沒見過白色的，但無庸置疑的是，這些動物正要追上他兒子。

「白鼬！」鴉羽喘息道。**雪白的白鼬！**

第四章

鴉羽一度不知所措地呆站原地。他以前從沒見過白鼬。但他只容許自己驚愕個幾秒鐘。那群鼬分成兩隊，宛如河流在中游流經石塊一分為二。有的繼續對風皮窮追不捨，有的轉向鴉羽和被眼前景象嚇得呆住的族貓。

「保持鎮定！」兔躍一吼，把鴉羽的思緒拉回現實，他全身緊繃、準備開戰。

鼬的體型雖然比貓小，但動作敏捷，精瘦細長的身體可以輕易躲過貓兒的攻勢。鴉羽和兔躍並肩作戰，試圖把這些畜生趕回隧道。可是敵多我寡，鴉羽對一隻鼬進攻，可是又有兩、三隻撲向他，想爬到他背上或害他重心不穩。他很清楚，要是他失去平衡而跌撞的話，就再也沒有爬起來的機會。想像那些荊棘般尖銳的牙齒劃破他的喉嚨，他就在心裡打了個寒顫。

現在我知道剛才和石楠尾在隧道對上的是何方神聖了！

過了一會兒，鴉羽便看不見兔躍的蹤影，也不知其餘族貓的下落。偶爾一聲尖叫蓋過鼬的吼聲和啁啾，但他分不清那是出於痛苦還是挑釁。鮮血從他額頭的抓傷滴落，導致他視線模糊不清。

最後他聽見兔躍在一片喧囂中提高音量。「撤退！撤退！」

起初鴉羽覺得自己無路可退。畢竟太多鼬向他步步近逼，空氣中瀰漫著牠們的臭味，令他喘不過氣。牠們白色的身體在漸暗的天色下散發詭異微光，他伸出前爪往牠們身上劃，試圖殺出一條血路，往上坡爬。

萬一我們逃不了呢？

打到又疼又累、頭暈腦脹的鴉羽，覺得與其讓這些兇殘的敵人知道風族營地怎麼走，倒不如下去跟牠們殺個你死我活。

接著，他聽見附近傳來石楠尾在呼喚他的嗓音。「鴉羽！這裡！」

鴉羽把流到眼睛的血眨掉，轉頭發現石楠尾正從一簇金雀花叢下向外望。他跌跌撞撞地走去，咬著牙鑽進荊棘中，忍住尖頭刺進皮肉之痛。

他原以為那群鼬會追進灌木叢，直到發覺牠們往後撤才如釋重負。他蜷伏在荊棘間，聆聽鼬在灌木叢外帕嗒帕嗒的腳步聲和兇狠的咆哮，後來這些聲音才漸漸散去。

鴉羽尾隨石楠尾，一路鑽過灌木，最後在彼端現身。見到族貓同樣一路挺過荊棘，他便更加放心。大夥看起來全都心力交瘁，側身要不是少了幾簇毛，就是有鮮血從傷口流淌。但至少他們都還活得好好的。

「我說呀，」石楠尾說。「現在總算知道窩在隧道的是什麼狠角色了。是鼬！風皮，多謝你引這麼多隻出洞，讓大家都有機會練身手。」

「太可怕了！」風皮依舊驚魂未定，連站都無法站直。「我和夜雲被那群噁心的傢伙團團包圍。我以為這下肯定要去見星族了。後來我們找到一條逃生的路，於是拔腿就逃……」

這番話引來貓兒憂慮地交頭接耳，但鴉羽不發一語，他猛然警醒，宛如閃電劃過晴空。他環顧四周。

「等等，」他說。「夜雲呢？」

⚡⚡⚡

「到底發生了什麼事？」一星問道。

返回風族領土後，潰不成軍的巡邏隊倖存者站在營地中央，被族貓圍繞著。鴉羽幾乎無法面對他們焦慮的目光，或注視一星複述這個問題時迫切的神情。

如今夜幕低垂，寒風吹過荒原，使破碎的烏雲蔽日，深探貓兒的毛皮。可是沒有半隻貓起心動念要回寢室，或到窩裡安睡。他們全都為在隧道出沒的白鼬和消失的夜雲而憂心忡忡。

風皮低著頭，盯著自己的腳掌，似乎無法抬頭面對他的族長，更別說回答他的問題。鴉羽猜他是不敢向原本就對他毫無信任的族貓解釋這場災難。

「風皮？」一星催促他。「你得把事發經過跟我們說。夜雲呢？」

「我不知道！」風皮怒目以對，語氣百般絕望。「情況比……比我們料想得還要複雜。我們一進隧道，就有一股不同的氣味撲鼻而來，味道很濃，而且有別以往。接著，那群……那群動物就一擁而上。裡面太暗了，看不清對方是誰，也無法得知牠們的數量。」

「你們做了什麼？」金雀尾提問，一雙碧眼死命盯著風皮。

「還能做什麼？」風皮回嘴。「當然是拚了。其中一隻動物弄傷夜雲，我過去幫忙，讓她脫身。最後我們設法逃走，可是那群動物窮追不捨。」

「白鼬，」鴉羽打岔。「現在已經知道牠們是白鼬了。」

風皮點了個頭，狀況看起來糟透了。「夜雲叫我快跑，」他接著說：「所以我照辦了。以為她就跟在後面。可是等我終於逃了出來，竟然沒看見她。我們到處去找，卻遍尋不著她的下落。」

「我們也不能回隧道找她，」兔躍補充道：「因為白鼬守在洞口。」

風皮再次低頭，張開腳爪扒地。「星族啊！」他可憐兮兮地哽咽道：「拜託別讓她被那些東西給殺了。牠們好狠哪……而她是那麼勇敢……」

眼見風皮難過得無法自拔，鴉羽感覺心裡流過一股悲憫的暖意，宛如撥雲見日。他對兒子好久沒有這種感覺了。同情和焦慮如兩對利爪令他揪心。

有個教他膽寒的念頭一閃而過，鴉羽彷彿面前裂了一個大坑。

夜雲驍勇善戰。要是她認定白鼬危及風皮的安全，肯定會出手保護他；必要的話，不惜一切戰到最後一口氣。說不定她真的戰亡了。

鴉羽覺得胸口像是吞進一根帶刺的玫瑰莖。夜雲選擇救兒子而犧牲自己的性命，這也說得通；但想到她在黑暗中孤死，他就心痛不已、懊悔萬分。

「雖然在傷口上撒鹽不太好，」葉尾開口，打破風皮發言後的沉默：「可是，風皮——你逃離那群白鼬的時候，為什麼不確定夜雲有跟上來？」

風皮不敢正視這隻虎斑公貓的目光。「我剛說了……我以為她跟上來了。」

葉尾輕蔑地哼了一聲。「你『以為』。這樣我懂了……」

葉尾的嗓音散去，其他族貓互換不安的眼色。鴉羽發覺每隻貓都在想風皮是否沒有善盡孝道，奮力保護母親。他為兒子辯護的心油然而生，頓覺頸背的毛開始倒豎。

風皮和夜雲一向很親。我知道風皮絕不會讓其他任何動物傷害她的。只是疑心病好似一條蟲，在鴉羽的胃裡翻攪蠕動。**但萬一他……**

風皮的目光在對他緊盯不放的族貓間慢慢移動。最後他怒視葉尾。「你在暗示什麼？」他問道。「暗示我會拋下母親不顧？」

沒有貓兒答腔。

風皮將腳爪插進泥地。「我們離開隧道時，我很確定夜雲有跟上來！」他抗議道，顯然想證明自己的清白。「其餘我也不能做什麼。」

葉尾狐疑地抽動一下鬍鬚，但沒再多說什麼。

鴉羽開嘴想替風皮說句公道話，但被一星先聲奪人。

「風皮，你不必為自己辯護，」族長說。「我相信你，因為你是光明磊落的風族戰士。」他的眼神威風凜凜地掃視群聚的貓。「我要你們每一位都相信他說的話。族裡目前深陷危機，大家務必團結一致。大批白鼬在隧道出沒，這意味著牠們太靠近營區了。」

族長發言的同時，族貓紛紛焦急地你一言、我一語。他們的注意力暫時從風皮身上移開，只見他沉默不語地站在貓群中央，頹喪著頭和尾巴。看樣子，儘管一星相信他忠貞不二，他卻絲毫沒有受到鼓舞。

「一星，你認為我們該去提醒雷族嗎？」兔躍問道。「畢竟隧道也是他們的。白鼬也可能在他們的領土惹麻煩。」

「不必了，」一星回答，唐突的語氣吸引了眾貓的目光。「暫時不要對外人說。這個問題，風族可以自己解決，不用雷族或他們缺乏經驗的新族長干涉。」

兔躍點了個頭，表示同意，只是鴉羽覺得他仍面有狐疑。他的疑慮，鴉羽明白；但一星的遲疑，鴉羽也不是不懂。火星喜歡插手別族的家務事，這點一星總是大為光火。或許他希望如今換上棘星當族長，他和雷族之間也能有番新氣象。

「說不定夜雲被困住了，或者被白鼬挾持當人質，」一星往下說。「這樣的話，我們得專注心力，設法救她。」

「對！」希望如突如其來的陽光，在鴉羽的心底躍升。**大家這麼灰心喪志，好像夜雲死了似的，但她說不定還活著呀。要是我們能及時趕回去就好了……**「我們明天就得派出巡邏隊——這次由我領軍。」

但願可以確定她不是孤軍奮戰，淪為食腐動物的獵物，這是他沒說出口的心底話。**或被扔在那堆腐食上。**這個畫面差點讓他作嘔，他得費好大的勁才按捺下來。

「好。」一星對鴉羽點頭稱是。

鴉羽遲疑了一下，才開口提議：「也讓石楠尾一起來吧。」一星歪著腦袋，彷彿猜不透鴉羽為什麼特別指定石楠尾。鴉羽不知該作何解釋，才不會洩露石楠尾常在隧道流連忘返的事實，幸好他的族長只是聳聳肩。「好。我還需要兩、三隻貓自告奮勇。」

鴉羽看見石楠尾如釋重負的表情，這時伏足說話了。「我願意。」他神色堅定地說。

「我也是。」雲雀翅熱切地接著說。鴉羽猜她想洗刷自己黑暗森林的汙名。

接著許多貓也紛紛出聲，自願加入族貓的救援隊。鴉羽看見一星深受戰士的勇氣感動，自豪地挺起胸膛；但他搖搖頭，馬上就要大家肅靜。

「搜查隊要保持精簡，」他說。「小組模式才不容易被白鼬發現。要是我們的敵人離開隧道、跑來營地，風族有強捍的戰士留守、做好迎戰的準備，才更有機會抵禦外敵。」

「假如有白鼬想侵犯風族的領土，」燼足咆哮道：「牠就休想活命。」

聚集的族貓異口同聲地贊同，鴉羽將族裡的萬眾一心看在眼裡，內心像是有股暖流蔓延。歷經那場與黑暗森林陣營的激戰之後，他知道全族上下都願為族貓和領土拚命，隨時迎戰任何威脅。

哪怕威脅不是貓，他們也義不容辭！

風皮抬起頭，雙眸閃爍堅毅的光芒。「我也去。」他說話的同時還不忘瞪著鴉羽，以防會遭到拒絕。

但反對的竟然是伏足。「不用勞駕了。」

「**我一定**要去。」風皮惡狠狠地說。「夜雲是**我的**母親。」

「准你去，」鴉羽還沒來得及回應，一星就發給他通行證。「你比誰都熟悉那些動物的氣味。」

鴉羽對兒子點了個頭，換來風皮訝異的一抹目光，好像他預料會被父親回絕。「我們天一亮就出發。」他說。

那晚鴉羽難以成眠。窩裡的苔蘚和蕨叢彷彿長滿荊棘和尖刺，尖銳的針扎感一再提醒他白鼬的利爪。要是他閉上眼，就會看見牠們盤曲的白色身軀在薄暮中發光、和冷酷陰險的眼神，聽見牠們啁啾的叫聲。他有那麼一兩次驚醒過來，以為惡獸突襲營區，後來才發現這全是自己的想像。

在此同時，鴉羽還是為夜雲的生死懸著一顆心。和她成為伴侶雖是天大的錯誤，他們之間的關係也惡劣到只要同一巡邏隊出門，就很難不惡言相向；但這些都不表示他不再關心她。一想到可能再也見不到她，他就感覺無比沉重，彷彿胃裡有塊石頭；惡運如果真的不幸降臨，無論過去多少愛恨情仇，他都會想念她。想念她的，也不光只有他。

風族需要她！鴉羽或許沒扮好伴侶的角色好好愛她，卻很清楚她的好——智勇雙全又忠貞不二。

那風皮呢？他反問自己。**他的忠誠度正面臨排山倒海般的質疑，此時此刻最需要的就是夜雲。萬一她真命喪隧道，這些質疑的聲浪有可能散去嗎？**

還有其他的顧慮。**萬一他的母親不在族裡了，以後誰來鼓勵風皮，為他挺身而出？**

鴉羽問自己的同時，答案也透過黑色母貓的銳利嗓音傳送回來。**你覺得還有誰呢？跳蚤腦袋？你是他的父親欸，當然是你負責囉！**

鴉羽被想像中她的斥責羞得無地自容，轉過頭去，像在迴避她的目光。因為這個念頭引發一個問題：對，他是風皮的父親；可是……要多久時間他才會感覺這是事實？

接著他發出一聲長嘆，焦急地等待黎明到來。

但願不用太久……

第五章

等到了白鼬昨天現蹤的隧道入口，鴉羽要巡邏隊停下腳步。這隊人馬趁著貪睡的、灰濛濛的拂曉橫越山丘，踏過扎腳的荒原寒霜。山脊吹來一陣凜冽的狂風，但鴉羽體內的那股寒意，從耳朵蔓延到爪尖，卻和禿葉季嚴峻的氣候無關。

「各位聽好了，」他邊說邊轉身面向族貓。「這回挑戰很不簡單。我們要在白鼬的地盤硬碰硬——」

「什麼意思？」雲雀翅打岔。「隧道明明就是**我們的地盤！**」

伏足哼了一聲鼻息。「雷族恐怕不會贊同妳的看法。」

「至少我們的領土從這兒一路延伸到地底河流，」雲雀翅反駁。「還有一件事可以確定，這裡可不屬於那些吃腐食的白鼬！」

「夠了，」鴉羽厲聲喝斥，揚起尾巴要他們別再鬥嘴。他明白族貓之所以會爭辯，是想要迴避馬上要面對的危險。激起怒火就可以不用理會他們內心的恐懼。「重點是，白鼬把這裡當作牠們的地盤。別忘了，昨晚牠們把風皮追出隧道時，跟了我們一會兒就放棄了。可是一進隧道，牠們就信心大增。」

「你能不能說些鼓舞士氣的話啊？」伏足嘀咕道。

鴉羽充耳不聞。「每一位都要步步為營，」他繼續說。「千萬不要分開，盡可能避開白鼬，並盡一切努力找回夜雲。」

問題是夜雲在哪兒？他也沒有解答。**是受困白鼬的巢穴？還是屍躺那堆腐食中？**他不寒而慄。接著他腦中閃過另一個念頭，更令他毛骨悚然。**萬一我們找不到她呢？**

隧道在他們面前張著大嘴，似乎比以往更陰暗詭異。鴉羽瞄了風皮一眼，從兒子琥珀色的眼眸看見恐懼，只是這回他不擔心兒子會慌了手腳，反倒多了心疼不捨。

這個節骨眼不緊張才有鬼，他暗忖道。他不由自主佩服起風皮，儘管先前跟白鼬交過手，他還是毅然決然加入巡邏隊。

他一時衝動轉向兒子，想把內心話告訴他，怎知石楠尾逕自走到入口，把頭往裡探，搶先一步開口。

「我好像聞到夜雲的氣味了！」她驚呼道。

鴉羽趕忙跑上前，仔細聞了聞隧道入口內的空氣。白鼬的臭味撲鼻而來，還有風皮驚慌逃逸時散發的味道。不過確實可聞到夜雲一絲微弱的氣味。

鴉羽面向巡邏隊的其他隊員，正準備和他們商討最佳策略，竟發現石楠尾直接走進隧道。

他只來得及瞥見她的尾巴消失在暗處。

「等等哪！」他惱怒地甩著尾巴喊道。雖說這隻虎斑母貓對隧道瞭若指掌，但這不代表她可以毫無防護地進去溜達。**剛說好的「不要分開」和「步步為營」呢？**他反問自己。**她以為她是隻探索自個兒營區的小貓啊？**

「走吧。」他對其他隊員說道。他想像石楠尾被一群嗜血的白鼬拖走，心急如焚地繃緊肌肉。

巡邏隊正要進隧道時，鴉羽聽見奇怪的抓扒聲，於是駐足聆聽。

聽起來不像貓的腳步聲。

一陣強風吹出隧道，捎來一股氣味，他的鼻子和鬍鬚跟著抽動。那是鼬的氣味——而且很新鮮。

「石楠尾！」風皮嘶啞地驚呼。「她有危險了！」他一躍而起，不過鴉羽速度更快，直接跑進通路。風皮緊追在後，伏足和雲雀翅也跟在後頭。

不久後，最後一道光便消逝，貓兒只能摸黑前進。鴉羽豎直耳朵，拚命想聽清楚前方的風吹草動。他還是可以在空氣中嚐到鼬的味道，夾雜著石楠尾的氣息。直覺要他放聲呼喚她的名字，但他依舊保持靜默，深怕一出聲就會引來更多隻鼬。

這下搞丟兩隻貓了，他暗忖道。**而且完全不知道她們的下落。**

鴉羽每走一步，心臟就捶擂得更大力。他不敢想像風皮此時此刻的感受。鴉羽聽見風皮在他身後踏著穩健的腳步跟進，察覺不出兒子有半點驚慌。就算他有逃跑的衝動，也掩飾地不著痕跡。

後來，頭頂透出一絲微光，鴉羽因而得知隧道變寬，成了一個洞穴。他抬頭望，看見一道纖細的光穿過天花板的洞。抓扒聲又出現了，爪子在刮擦隧道的石子地。在此同時，鴉羽也聽見啁啾般的叫聲，看見白影在幽暗中一閃而逝。他一度停下腳步。

牠們在耍我們，想把我們引到更裡面，他暗忖道。**然後就可以不費吹灰之力，將我們一一殲滅**。

「真是鼠腦袋，」伏足邊說邊走到鴉羽身旁。「我們可能直接走進他們設下的埋伏。」

「問題是我們不得不走下去，」風皮提出異議。「我們得盡一切努力，救回夜雲和石楠尾。」

鴉羽對兒子點了個頭，表示嘉許，為他克服恐懼感到欣慰。「風皮說得對，」他堅定地說，並發現兒子猛一轉頭，眼神驚愕地看著他。「不然我們還有什麼選擇？又把一隻貓弄丟，而且成員連一個鼬影子都沒看見就回到營區？」只是內心有另一個聲音提醒他：**在試圖拯救同胞的時候，貓兒可能受傷，甚至送命……哦，星族啊，救救我們……幫幫我們，讓我們今天全員回營，一個也不能少！**

鴉羽打了一個寒顫。他不曉得在這個星光照不到的地底，星族要怎麼幫得上忙。

「我們繼續走。」他說。

他領著族貓，步伐堅定地橫越洞穴，意識到他們的前方和兩邊都有若隱若現的白色形體。這些動物尖銳的叫聲從四面八方而來，彷彿在呼喚同類。**不然就是耍弄我們**，鴉羽揣想。

接著有隻鼬從鴉羽前方不到一隻狐狸身長的距離衝了過來，速度快到他來不及警告族貓。經過精神緊繃的漫長等待，這也算是一種如釋重負，因為他們期待的攻勢終於展開了。

鴉羽本能地往後退，卻撞上風皮，感覺兒子的身體因緊張和憤怒而變得僵直。父子倆一度呆若木雞，就在那短暫的遲疑瞬間，身體細長的小動物縱身一躍，狠咬鴉羽的側身一口。

吃腐食的疥癬皮！鴉羽痛得尖叫，腳掌使勁一甩，把那動物拍掉。鼬跌落的同時還咬掉鴉羽一撮毛。

真是個難纏鬼！鴉羽知道，照理說，鼬患成災對風族而言很好解決。問題是這群鼬破壞性極強！鴉羽從微光中定睛瞧，發現牠除了尾梢是黑的，全身上下都是白色，和昨晚湧出隧道的那群鼬一模一樣。憶起那幅景象，他不禁打了個冷顫。

太詭異了……我寧願面對狐狸或獾。

那隻鼬不死心，又撲向鴉羽；這回伏足和雲雀翅擠到前面，把緊抓鴉羽肩膀的牠給拖走。伏足扒了牠側身一把，只見鼬抽抽噎噎地逃入暗處。只是隨著牠的消失，愈來愈多白色的身影跑進洞裡，將貓群包圍。鼬在幽微中目露兇光，噘起嘴露出刺狀的獠牙。

牠們總算現身了，鴉羽堅毅地想。**第一隻只是純粹替我們暖身備戰的！**

風皮發出震耳欲聾的叫聲向前衝，看樣子準備好要跟牠們每一隻槓上。鴉羽害怕到胃翻攪，撲上前以肉身擋在兒子和敵軍之間。雲雀翅幫他把風皮拽回通道，伏足則殿後，使出利爪又劈又砍，逼鼬退後，直到貓兒全逃到戶外空地。

「那石楠尾怎麼辦？」雲雀翅喘著氣說。「裡面沒看到她。」

「我去找她！」風皮吼道。

鴉羽還來不及阻止，他就轉身奔回隧道，直接往那群鼬的身上衝，將牠們撞到旁邊殺出一條血路。

「風皮，不要啊！」鴉羽在他身後聲嘶力竭地叫道。可是他的兒子充耳不聞。他一路過關斬將，消失在黑暗中，那群柔韌的白毛鼬也將他團團包圍。急奔的腳爪和砰砰響的腳步很快就聽不見了。

有那麼一秒，鴉羽只是呆站原地，風皮進攻的速度令他驚豔不已。後來，他費了好大的工夫才打起精神。「我們得追上去。」他說。

雲雀翅和伏足互換一個焦慮的眼神，然後點點頭，身子站得更挺直；好像用裝的，也能為自己增添自信。「我們上。」伏足回話。

鴉羽做好準備要重返隧道，與那群致命的鼬交戰，但他還沒開始行動，雲雀翅就吼道：「等等！」

鴉羽轉身面向她，看見她用尾巴一指，於是朝她尾巴指的方向望去，發現一隻淺棕色的虎斑母貓跌跌撞撞地從堤岸遠處的另一個隧道入口出來，一隻黑色公貓則緊跟在後。**是石楠尾和風皮……他們還活著！**他們一出來，風皮就猛然調頭，蹲下來，齜牙咧嘴又亮出利爪。

「噁心的鼬，敢出來試看看！」他吼著說。

鴉羽沿著堤岸狂奔；他可以聽見伏足與雲雀翅跟在後面的沉重步伐。

好幾隻鼬在入口又推又擠，以咆哮回應風皮的挑釁；不過，貓兒還沒發動攻勢，牠們又往回溜，消失在黑暗中。

鴉羽和其他隊員趕到他面前，這時風皮站起來，驚訝地眨眨眼。鴉羽知道風皮曾經差點在隧道溺死，他猜想兒子從沒料到自己會如此英勇，為了尋找石楠尾再次直搗隧道。

他一定真的很想證明自己。

眼看暫時解除危機，鴉羽旋即轉身正視石楠尾。「妳是徹底鼠腦袋了嗎？」他質問道。「妳不顧慮自身的安危就算了，那妳同胞的性命呢?因為妳是個愚蠢的毛球，我們差點失去妳和風皮兩名大將！」

他感覺石楠尾好像心不在焉，這才發現她的目光穿過他，一雙碧眼鎖定他的兒子。

「風皮，謝謝，」她低語道。「你剛剛真的很勇敢。」

風皮用一隻前爪抓了兩下地面。「沒什麼啦。」他咕噥道。

看在星族的份上，別在這個節骨眼談風花雪月。風皮有愛慕者了。**大概情人眼裡出西施吧，**鴉羽暗忖。**無論那個對象有多羽毛腦。**

風皮這麼拚命不光為了證明自己，鴉羽突然間驚覺，鬍鬚一陣刺麻。**他一定真的很在乎她。他們之間說不定郎有情，妹有意……**

他知道，他倆還是見習生的時候，風皮就對石楠尾有意思了。只不過當時她似乎對雷族的公貓獅焰更感興趣。後來那段情誼草草結束，鴉羽才如釋重負。

跟異族的貓談戀愛是不會有好結果的。他一口氣沒嘆出聲。**這種苦沒有貓比我更懂。**

鴉羽對兒子眨眨眼，表示對他行為的讚許。儘管他才剛訓了石楠尾一頓，卻想不出還有哪隻母貓比她更適合當兒子的伴侶。

氣消了以後，他又轉頭面向石楠尾。「妳還好嗎？」他問道。

「我沒事，」石楠尾回答。「剛這麼莽撞衝進去，真對不起。我以為你們跟在後面。」

「抱歉」是填不飽肚子的，鴉羽心想，但還是點了個頭，接受她的道歉。「妳沒事就好。」

雲雀翅正在仔細聞石楠尾的後腿。「她沒事才怪，」她說。「那些受星族詛咒的疥癬皮把她的毛都給剝了！」

鴉羽走去一探究竟。石楠尾有好幾簇大片的毛皮都被扯掉了，鮮血從多到數不完的傷口流淌而下。他還發現她其中一隻後腳少了兩根爪子，這才想起她是怎麼踉蹌走出隧道的。她的傷勢看起來雖不會危及性命，但光是失血就令她元氣大傷。

鴉羽意識到震驚或獲救後心情放鬆，一定是讓石楠尾挺住的原因。一旦激動退燒，她肯定疼痛難耐，屆時會需要罌粟籽助眠。

他再看一眼這隻虎斑母貓的傷勢，很驚訝她居然還沒倒下。**石楠尾很堅強！**

「她真的該回營區見隼翔，」雲雀翅說。「我們都該回去，改天帶多點戰士來，數量要夠應付那些鼬。」

「確定那些是鼬嗎？」伏足問道。「牠們全都是白色的！」

「我從沒見過白鼬，」雲雀翅附和。「會不會是鼬的鬼魂啊？」

鴉羽翻了一個白眼。「星族在上，怎麼每隻貓都變蜜蜂腦袋啦？」他問道。「牠們不是鬼，如果真是鬼，又怎麼碰得了我們？」

雲雀翅和伏足只是面面相覷，雖然嘴上沒有爭辯，但鴉羽猜想自己並沒有說服他們。但至少伏足對待雲雀翅，就像他對其他同胞一樣，彷彿她從未涉足黑暗森林。

「哼。」鴉羽不滿地咕噥一聲。**雖然不知道鬼魂有什麼能耐，但既然敵人不是鬼，那就沒必要去擔心**。

「我應該知道牠們為什麼是白色的，」石楠尾說。「因為現在是禿葉季，地上覆滿了白雪，如此一來，那些鼬幾乎和隱形沒兩樣。白色的皮毛讓牠們更容易追蹤獵物。不過，牠們的尾巴為什麼是深色的，這我就不曉得了。」她事後想想說。

鴉羽對她眨眨眼，為她的冰雪聰穎佩服不已。「我覺得妳說得沒錯，」他回話。「感謝星族，我們終於有隻貓有點常識了。你們統統陪石楠尾回營地吧，」他對其他隊員說。「向一星回報這件事。不過我不能和你們同行。我要先找到夜雲。」**無論是死是活**，他暗自對自己說。

想起昨天前往隧道的途中，他倆為他對待風皮的方式爭執，他感到內疚萬分。吵完之後，夜雲就失蹤了。他不由自主地納悶，不知是不是吵了那一架，她才奮不顧身地追逐那群詭異的鼬。**她可能太生氣、太難過了，才會這麼不顧一切……**

風皮開口，打斷他的思緒。「我跟你一起留下來。」他說。

石楠尾憂慮地瞄他一眼，鴉羽猜想她會持反對意見。後來她只是甩了一下毛髮。「總之進去以後小心為妙，」她提醒他們。「我聞到前方有水的氣味，這表示有的隧道會被水淹。」

她停留在風皮身上的目光變得相當嚴肅，鴉羽不知她是否和他有同樣的顧慮。**萬一我們走

到隧道深處，風皮會不會開始恐慌？

鴉羽一動也不動地站著，目送石楠尾一瘸一拐地離開，伏足和雲雀翅一左一右，在行經艱困路段時攙扶她。

「準備好過去了嗎？」等其他貓的身影在山脊隱沒，他問風皮。

風皮瞥了他一眼，琥珀色的雙眸瞪得老大，既期待又緊張。他遲疑片刻，隨後點了個頭。

「我們走吧。」他嘀咕道。

鴉羽轉身，面對堤岸上一個個咧著大口的黑洞。「從這兒走，」他下指導棋，走向盡頭的那條隧道，也就是巡邏隊昨天走的那條。「至少不用直接面對鋪天蓋地的白鼬。」

隧道的第一段比較寬，又從屋頂透光，不過只有微弱的鼬味，即使有也很陳舊了。鴉羽也能聞到第一趟巡邏隊的氣息，其中也包括夜雲，只是這味道對尋找她的下落無濟於事。

「你跟夜雲昨天是走哪條隧道？」他們走到隧道分岔路的洞窟時，鴉羽問風皮。

「那條。」風皮用尾巴指著答覆。

「那就帶路吧。」鴉羽說。

父親的指令讓他大吃一驚，但他還是謹慎地走向剛才指出的那條隧道。鴉羽注視他好一會兒，確定他能鼓起勇氣，不會被緊張不安擊倒。

等確定風皮沒有從隧道逃跑的打算，鴉羽才跟上去。他從兒子散發的氣味嗅出了恐懼，卻也聞到了決心，他的腳步也堅毅穩定。

沒過多久，他們便置身於伸手不見五指的黑暗，鴉羽也察覺到前方某處傳來潮溼的空氣。

「別忘了石楠尾叮嚀我們的，可能會淹水。」他提醒風皮。

他感覺兒子在發抖，又再一次想起風皮還是見習生時，差點在隧道溺死的意外。

「最好別想過去的事，」他給風皮建議。不知怎地，在漆黑中和他說話要比在光天化日之下容易。「如果非想不可，那別忘了你是怎麼活下來的。這裡造成的慘痛回憶也應提醒你有多堅強、多勇敢。」

他的兒子沉默了好幾秒，只是在隧道默默踏著穩健的步伐。鴉羽已經好幾個月沒讚美過風皮了，對方聽在耳裡是怎麼想的，他也很難預料。**或許我還是閉嘴比較好。**

「我再也不怕了，」最後風皮這麼說。「我很像我母親，而她是我見過最勇敢的貓。所以我深信夜雲還活著。」

鴉羽認識不少英勇的貓後來下場都很淒慘，但他不準備跟風皮說喪氣的話。只是他也納悶，不知該不該勸兒子別抱太大希望。

要是夜雲淹死了呢？或者被鼬殺害了？萬一我們要找的只是一具屍首呢？

鴉羽努力把負面想法拋諸腦後，繼續和風皮在隧道間穿行，隨著通道愈來愈接近地心。鴉羽偶爾聞到水氣，但他們有辦法避開石楠尾說的那幾條淹過水的隧道。此時，最後一絲夜雲的氣味已消失無蹤，不然就是依鴉羽推估，被空氣和滑溜石子地的溼氣給掩蓋。

最終，鴉羽意識到從頭頂透出的微光。流水的氣息依然愈來愈濃，最後貓兒踏進一個巨洞，挑高的天花板有個邊緣呈鋸齒狀的洞，光線從那兒透進室內。地板是輕泛漣漪的石子地，中央有條流動的小河，從洞穴一側的黑洞現蹤，從對岸另一個洞口消失。

鴉羽從河的彼岸吸入更清新的空氣，同時夾雜著一股熟悉的氣味。他和風皮互換了一個眼色。**哦，狐狸屎。**

「是雷族！」

最好別再靠近了，鴉羽暗忖。**大戰過後，一點小事都能引爆各族間一觸即發的衝突。**

「我們還是回去好了。」他對兒子說。

風皮怒目以對。「不找夜雲了嗎？」

鴉羽不安地在潮溼的洞穴石地上縮緊爪子。「進隧道以後，我們就聞不到她的氣息了。沒有證據顯示她往這裡走。」

「但我們總得試著去找呀！」風皮抗議。「假如她負傷倒在某處，救她的時間正一點一滴流逝。她可能會失血過多而死……或無法招架更多鼬的攻擊。」

鴉羽臉部扭曲，不知該如何是好。他最不願意做的就是無端讓兒子身陷險境。但萬一風皮是對的呢？和雷族保持良好關係固然重要，但要是他現在放棄，之後卻發現只要再多堅持一會兒就能救回夜雲，那他會一輩子都無法原諒自己？

他緩緩點了個頭。「好，我們繼續。」

鴉羽沿著河岸行走，走到波濤在深谷洶湧的窄路。「在這裡渡河吧。」他呢喃道。

他往後退了幾條狐狸的距離，奔上堤岸再縱身一躍。他騰躍的剎那，感覺腳掌在潮溼的岩石上打滑，一度擔心自己搆不著彼岸。然後他感覺腳擦過岩石，可是就在邊緣，他一個踉蹌，難以穩住身子，差點就要掉進水流中。他好不容易恢復平衡，及時轉身看見風皮躍起，俐落地落在他身旁，沾沾自喜地抽動鬍鬚。

「跟我來，」鴉羽輕聲說，對兒子的跩樣視若無睹。「走路小聲點，可能有雷族貓在附近潛伏。」

他選了條洞穴遠處像是往上的隧道。光線在他們身後熄滅，隧道走沒幾步就變得好窄，最後他感覺毛髮拂掠兩側的內壁。他們偶爾會穿過通往側邊的隧道，可是地底的空氣霉味很重，要辨別哪條隧道通往空地也絕不是問題。

鴉羽繼續努力發揮嗅覺的功力，但還是嗅不到夜雲的一絲氣息。雷族的氣味反倒愈來愈濃：不只是附著在任何領土的部族味，這味道既新鮮且複雜，混雜了好幾隻貓。

上面大概有三、四隻貓吧，他心想。**肯定是巡邏隊。希望只是路過而已，可千萬別進來探索隧道啊**。

「別出聲。」他壓低音量，輕聲提醒風皮。

他們的頭頂亮起一束綠光；不久後，鴉羽便看見隧道的盡頭覆著懸垂的蕨類植物。他可以認出在外面移動的貓兒形體。鴉羽止步，蜷在隧道地上。他回望風皮一眼，揚起尾巴要他保持靜默。

「我說的是**所有**部族的安全。」聲音傳到鴉羽蹲伏的隱蔽處，嗓門嘹亮、口氣激烈。

鴉羽認得這個聲音。**是新鮮獵物渣「莓鼻」**。

「我們應該要確認其他部族都有考驗那些曾經站在黑暗森林陣營的貓，」莓鼻繼續說。「要是對那些貓的忠誠有所疑慮，森林將永無寧日。」

「可是我們──」另一個鴉羽認不出的聲音試圖插嘴。

「對，我們必須拷問**我們的**戰士。」莓鼻對那隻貓的話置若罔聞。「但要怎麼確定別族的黑暗森林戰士真的值得信賴？信不過的話，就該驅逐出境。」

鴉羽感到有一股怒意從風皮身上傳來，猶如狐臭般地濃烈。他回頭一望，只見兒子肩膀的毛髮倒豎，琥珀色的雙眸閃著怒火。他很確定不消兩秒鐘，風皮就會衝出隧道，撲向莓鼻。

這不只關乎風皮，他揣想著，畢竟還有副族長兔躍；早該榮退至長老窩的鬚鼻；還有荊豆皮和雲雀翅，他們一直力圖表現，希望自己的忠誠能換來風族的認同。**這個跳蚤腦袋的莓鼻憑什麼那麼囂張，要把其他貓給攆走？**

鴉羽開始小心翼翼地退回隧道，並示意風皮也這麼做。

「回去找夜雲吧，」等離雷族貓幾條狐狸遠，他低聲說。「多聽那個笨毛球說的廢話準沒好事。」

「真想把他的皮給剝了。」風皮咆哮道。但令鴉羽寬慰的是，他並沒有試圖爭辯，只是抬起腳，往來時路退。

可是他和風皮走不到幾條狐狸遠，就聽見令他們聞風喪膽的聲音：無數爪子在隧道石地的抓扒聲。

「快跑！」鴉羽嚎叫。

他的話語幾乎還沒出口，碎步快跑聲就將他們包圍，隧道昏暗的光線也反照了那些充滿惡意的眼神。如今臭得再熟悉不過的氣味令他窒息。啁啾般的叫聲從四面八方傳來，兩隻貓還來不及逃跑，就被漲潮似的白鼬吞噬。

第六章

鴉羽把鼬撞到兩邊，勉強穿過通道，同時回眸一望，確定風皮跟了上來。他拿前爪左劈右砍，逼得鼬群退後，他才有機會逃跑。知道風皮緊跟在後，他一路穿行，奔向小河流動的洞穴，沿途不斷聽見白鼬追趕的抓扒聲。

萬一更多隻追上來呢？

腦海中才飄過這個思緒，就有一隻鼬從黑暗中躍向鴉羽，往他的肩膀用力一咬。鴉羽痛得尖叫，將牠甩開，接著轉往側邊的通道逃。可惜的是，當他察覺空氣汙濁，隧道地面突然變得崎嶇不平，兩側的內壁也離他愈來愈近，幾乎要把他的肋骨給壓扁了，他的耳朵也能摩擦到天花板。

這是條死路。

鴉羽倉皇踉蹌地停下來，感覺到風皮從後面一撞，把他推進更狹小的空間。他嘴裡嚐到了泥土，空氣全是濃濃的鼬味，幾乎讓他無法呼吸。

「撤！」鴉羽哽咽地說。

「辦不到——都是鼬！」風皮氣喘吁吁地回覆。

鴉羽感覺風皮壓住他的後腿，而他則緊貼著狹窄的內壁，即使聽見鼬群的啁啾靠近，卡死的他也無法抽身幫助兒子。他做好準備，將腳爪插進土壤，打了個寒顫，感覺天花板有些許泥土如乾雨般打在他的身上。

哦，星族，救救我們！

轉瞬間，風皮壓在他後腿的力量緩解了，鴉羽又能往後移動了。同一時間，鼬群違抗的尖嘯轉為驚恐的叫聲，牠們的抓扒聲也漸漸遠離。

怎麼回事？鴉羽驚愕地反問自己。

「你們可以出來了。鼬都跑掉了。」

鼬味開始散去，取而代之的是另一股更濃的氣息。熟悉的聲音從他身後的某處傳來。

那是那個鼠腦袋莓鼻的聲音，鴉羽赫然驚覺。**不要驚動雷族我們越界的計畫就此告終！**

鴉羽一步步退出狹窄的隧道，最後回到主通道。只見風皮和四隻雷族的戰士正在那裡等他出來。

一想到被異族的貓搭救，鴉羽全身上下的毛都羞恥到發燙。**非得鬼鬼祟祟、尾巴和後腿先出來，真是面子都丟光了。**令他慶幸的是，天色太暗，他看不清雷族的貓有誰；他已經夠丟臉的了，不用看他們幸災樂禍的表情來火上加油。

「謝謝。」這兩個字吐出口，得耗費他九牛二虎的力氣。

莓鼻再次開口，他口吻唐突地說：「跟我們過隧道。」

鴉羽和風皮別無選擇，只能唯命是從；莓鼻和另一隻他身後的雷族貓帶路，剩下兩名雷族戰士殿後。鴉羽覺得自己形同人質，而且得努力壓抑隨時會從喉嚨伺機而出的咆哮聲。他跟風皮最不需要的就是開戰，畢竟一來在異族的領土，二來他們敵眾我寡。

他們穿過懸吊的蕨類植物，走上空地，鴉羽這才認出跟在莓鼻後面的是蛛足；玫瑰瓣和煤心則在巡邏隊的最後方。

那就好，不必擔心。鴉羽抖鬆皮毛、昂首抬尾，試圖在雷族貓面前塑造出經驗老道又能幹的戰士形象。然而，他看見風皮的模樣：毛被扯掉了，身上黏著泥塊，恐怖的回憶令他瞠目驚心；鴉羽這才發現自己看起來恐怕也好不到哪兒去。

「你們上了雷族的領土，」莓鼻怒斥。「你們跑到我們這頭的隧道幹麼？」

「不關你的——」風皮防衛性地回話，但莓鼻充耳不聞。

「風族貓在這裡潛伏，這成何體統啊？」他質問道。「你們上回試圖從隧道發動攻擊的事，我們都記憶猶新。」

「我們來這裡不是找架打的。」鴉羽試著擺出溫和的姿態。

「儘管如此，你也該知道分寸，」蛛足挑明了說，他的尾梢來回擺動。「萬一我們是性子暴躁的一群貓呢？那不出事才怪。」

你這個蜜蜂腦袋，憑什麼訓我？鴉羽還來不及回話，風皮就火冒三丈地嘶了一聲。「聽起來想找麻煩的是雷族嘛，還想教別族怎麼處理他們的黑暗森林戰士咧。說什麼該把他們驅逐出境。惹是生非的又不是我們！」

兒子的這番責難換來了氣氛緊繃的沉默，鴉羽的臉部肌肉不禁抽搐了一下。**風皮，我也很氣，但現在不是發飆的時候。**雷族的兩隻母貓互換一個驚慌的眼色，蛛足更憤慨地彈動尾巴，莓鼻則亮出利爪、攤平耳朵。

「你們是來這裡竊聽情報的吧？」他向風皮出言挑釁。「這就是你們打的算盤吧？風族在暗中**刺探敵情？**」

鴉羽看見風皮的肌肉在毛皮下隆起，趕緊在兒子撲向莓鼻前跨步向前。鴉羽發覺自己的處境很尷尬，竟要試圖安撫另一隻貓的脾氣。因為平常他才是火爆浪子。儘管他很想把莓鼻的疥癬皮剝下來鋪床……他們終究寡不敵眾。況且要是他們一個擦槍走火跟雷族開戰了，一星八成不會高興。

「風皮沒在打什麼算盤，」鴉羽向他們保證。「我們只是剛好在隧道……」他頓了一下，不知是否該把夜雲的事向他們交待。**萬一他們知道我們的一名戰士可能被鼬殺死，或許就會想要插手，因為雷族貓向來好管閒事……**「我們沒在刺探敵情，也沒想惹是生非，」他答得很快，免得雷族戰士因他有所遲疑而惱怒。「那些鼬出其不意地攻擊我們，我們沒想到會離雷族領土那麼近，可是發現時已經太遲了。」

蛛足的目光在鴉羽和風皮間來回移動。「你們或許有你們的理由，」他勉為其難地坦承。「但兩族之前有過那麼多恩怨情仇，實在應該帶你們去見棘星。」

「對，讓他掌握事情的**來龍去脈**。」莓鼻附和道。

「你敢試試看。」風皮咆哮。

鴉羽惡狠狠地瞪他一眼。他能體諒兒子的憤怒，但要是他跟雷族貓打起來，任何人都無法保證他們其中有誰能活著離開。他暗自期望他閉上嘴。

「等等，蛛足，」煤心說。「你是不是太小題大作了？我們又沒有逮到鴉羽和風皮偷獵物。護送他們離開領土豈不是比較好？」

總算啊，鴉羽心想：**有隻雷族貓肯講道理了。**

「我們自己向棘星呈報經過就可以了。」玫瑰瓣補充道。

「呈報是肯定要的。」莓鼻嘀咕著說。

跳蚤腦袋。

他和蛛足互換眼色；接著莓鼻聳了個肩。「他們說的或許沒錯。」蛛足點了個頭，鴉羽便大步離開隧道入口，走向形成風雷二族邊界的那條小溪。風皮跟在後頭，雷族貓則呈參差不齊的半圓尾隨在後。

一開始，鴉羽如釋重負，畢竟緊繃局勢已過，他和風皮沒被迫捲進他所擔心的紛爭。但後來他又想起他們踏進隧道的原因，安心被一陣辛酸給取代，他在喉嚨嚐到作嘔味，彷彿吃進了腐食。

剛才所遭遇的，最壞的情況也不過這樣，他揣想。**但我們還是沒找到夜雲。**

「不准再回來了，」鴉羽和風皮踏過墊腳石，涉溪前往風族領土的同時，莓鼻對著他們吼道。「離隧道遠一點。下回你們再遇到危險，可不一定會有雷族出現救你們的小命。」

風皮張嘴想要反駁，但鴉羽用尾巴甩了他肩膀一下，因此他不得不把嘴閉上。兩隻風族貓默默無語地目送雷族戰士轉身，隱沒在矮樹叢中。

鴉羽的毛氣得隱隱作痛，一部分是氣雷族貓的傲慢，但絕大多數還是在怪罪親生兒子。

「如果你可以管好你的嘴巴，我們就不用跟人家吵了。大戰過後，雷族與風族之間殘留的緊張關係，被你這一鬧恐怕要硝煙再起。」

「可是他們說到要把貓趕走欸，」風皮答覆。鴉羽能從兒子的眼眸看見自己的怒容。「一開始針對的或許是為黑暗森林而戰的貓，可是天曉得他們會不會就此罷休？要是他們決定非得把風族全員攆走，否則雷族不能心安呢？」

「好了，閉嘴！」鴉羽嗆他。「胡扯什麼？」但他暗自承認風皮這番推論有幾分道理。棘星還沒當上雷族族長太久。假如他把風族當作威脅，又會做何反應？**他說不定比火星更快挑起紛爭。**

鴉羽和風皮搜尋隧道，搜到忘了時間。如今只見夕陽西下，禿葉季的短晝即將落幕。

「雷族的事之後再操心也不遲，」他對風皮說。「當下最大的問題是，我們還沒找到夜雲，況且也不能趁夜摸黑尋找。看來得等白天再搜索了。尋找雷族那頭的隧道有其必要，我勢必得跟一星提起。依我看，那些是我們唯一還沒查過的隧道。」

風皮只是咕噥一聲作為回應。悲傷如下在池裡的大雨，嘩啦啦地打在鴉羽心頭。他沒說出口的，也害怕說出口的是：假如夜雲還活著，那她勢必有什麼苦衷，否則不可能不自己回家。如果她負傷或腦筋糊塗了，也就不難理解她迷失在雷族的領土，而非無法從風族那頭的隧道找到回家的路。

他瞄了風皮一眼，只見他一味盯著地面走路。父子倆在隧道中，關係短暫變得親密，但如今看來只是曇花一現。他一度想找點話講，說些或許可以彌合情感裂縫的話，只是言語有如狡詐的獵物離他遠去。

現在不是擔心父子感情的時候，他對自己說。**再怎麼說，夜雲依舊下落不明。鼬群攻擊事件已發生超過一天了。倘若她真的負傷在身，我們是否還有時間去救她？又或者找的只是一具屍體？**

第七章

「我們需要組一支巡邏隊，」隔天早晨鴉羽自信地對一星說：「但這回要把搜索範圍侷限在雷族那頭的隧道。倘若夜雲逃走了，肯定會在那一頭。風族這頭的入口，我們都查過了，但是沒找到她。」

在窩外休憩的一星發出介於咆哮和嗚嗚叫的聲音。這個主意他似乎不太滿意。「你覺得雷族會配合搜索？」他問道。

只要問對貓的話，鴉羽揣想。莓鼻把他們扔在風族邊境時的齜牙低吼，他仍記憶猶新。而且他刻意撇開風皮，隻身靠近一星，就是希望對話不要轉移到與雷族戰士的衝突。「棘星應該會答應。」他答道。

一星的鬍鬚抽了一下。「是嗎？」他流露好奇的神奇，顯然對這個答覆不太高興。

鴉羽猶豫了一下才答腔。他還記得與棘星一同前往太陽沉沒之地所建立的革命情感。這位年輕的族長費了很大的努力，才拋開虎星為他們家族蒙上的陰影。早在他當上族長前，就已證明自己是名英勇又忠誠的戰士。**我有預感他靠得住**，鴉羽沉思，**不管一星相不相信他**。

「我最近不常跟棘星相處，」他說老實話：「但就過往的經驗來看，他很光明磊落。」

一星嗤之以鼻地站起來。「不管他是不是光明磊落，風族的家務事，我都不希望他插手。」他迴避鴉羽的目光，遠望營區彼端，只見燕麥掌正在打掃鬚鼻的窩。

但這只是風族的家務事嗎？鴉羽憶起隼翔看見的異象，不禁納悶起來。**無論面對的是什麼敵人，光憑風的一己之力不足以將它擊退。**

「一星，」他字斟句酌地說。**別說「跳蚤腦袋」；別說「跳蚤腦袋」**。「純粹因為不想把雷族扯進來就放棄尋找夜雲，未免……太不智了……」

「誰說我們要放棄了？」一星面露怒容，轉頭反駁。「要我搜雷族的地盤那就免談。不過，如果你想搜**別的地方**……」

「可是，萬一她在雷族的領土呢？」鴉羽問道，同時盡力隱藏沮喪。**倘若把一星惹毛了，他肯定會把巡邏隊的主意收回。**「這跟我們想去哪裡無關，重點是她跑到哪裡。無庸置疑的是，她出事了。夜雲肯定受傷或一時糊塗了。要是她跑到風族這頭的隧道，現在早就應該回家了。」

「還沒過多久時間，」一星冷靜地說。「別這麼快就輕言**放棄**。夜雲是名驍勇善戰的戰士。只要她還活著，就一定會找到回家的路。」

「我沒打算放棄，」鴉羽咬牙切齒地回嘴。**這個部族的貓都是蜜蜂腦袋嗎？怎麼都沒貓肯**

講理？「纏著你去找她不就證明了我沒放棄？」

一星轉身了，往新鮮獵物的方向走。「好，」他不耐煩地說。「我聽到了，但我不會把雷族扯進來。鴉羽，你要有耐心。她會回家的……如果她還活著的話。」

族長緩步離開，鴉羽感覺自己像隻落入陷阱的兔子挫折揪心。**萬一她還活著，但不能回家呢？**他哀思道。

我又該怎麼向風皮解釋呢？

⚡⚡⚡

早晨稍晚，風皮結束黎明巡邏隊的任務返家，馬上走到鴉羽面前。「我們什麼時候出發？」

「出發？」鴉羽措手不及地說。他正要吃完一隻田鼠，準備帶呼掌和羽掌外出狩獵。夜雲尚未歸隊，所以他暫時收呼掌當第二名見習生。兩名見習生在草地上笑鬧打鬥，玩得不亦樂乎。這提醒了鴉羽他們其實不久前還是小貓。**天真無邪，不知大難將至。**

「去找夜雲啊，」風皮解釋道。他惱怒的語氣彷彿在說「這不是廢話嗎？」「今早我們經過紀念石的時候，我想起了她。風族有這麼多戰士在大戰中陣亡……夜雲肯定知道這個關鍵時期，我們不能沒有她。如果她有辦法自己回來，就絕不會遲遲不歸。」他焦急地望著鴉羽。

「啊。」鴉羽嚥下最後一口田鼠，接著深呼吸。「這個嘛……我今天早上跟一星談過。」

「然後呢？」風皮問他。

他證明自己是個毛球，鴉羽暗自咒罵。**但我不該把族長想得那麼糟糕。**「他……不願把雷族扯進來。」

風皮一臉困惑。「好，所以呢？」

「就像我說的，風族這邊的入口我們都查過了，」鴉羽解釋道。「而且說真的，夜雲就算負傷也有辦法從任何一個入口找到回家的路。所以我研判，如果她還活著的話，一定到了雷族的領土。」

風皮一度表情茫然，後來恍然大悟，兩眼炯炯有神。「你覺得她被雷族挾持了？」

不不不！鴉羽一個勁兒地猛搖頭。**現在最不需要的，就是風皮衝進雷族要他們放了他母親。**

「不是，但我覺得她可能溜進雷族領土，而且躲過他們巡邏隊的耳目。不然就是從他們的地盤出來，瞎走到不屬於任何一族的地方。」

風皮點點頭。「有道理。那一星打算怎麼辦？跟棘星會談？還是偷溜到他們的領土？」

鴉羽迴避他的視線。他不曉得該怎麼向風皮坦白：一星好像打算什麼都不做。

「鴉羽？」風皮問道。

鴉羽的雙眸一轉，對著呼掌和羽掌發光。「你們兩個不要再給我鬧了！已經不是跳蚤腦袋的小貓了！」他喊道。

兩名見習生這才分開，臉上夾雜困窘又好玩的神情注視鴉羽。

「鴉羽，對不起嘛，」羽掌說。「要出發了嗎？」

「就快了，」鴉羽答覆。「先做好準備。」

「你們要去哪兒？」風皮問道。鴉羽轉頭面向兒子，從他的雙眼讀出失望。隨後他表情轉為嚴厲。「今天沒要出去巡邏，是吧？」

鴉羽尷尬地輕彈耳朵。「今天不去……」

「那什麼時候去？」風皮邊問邊面色挑釁地向鴉羽踏出一步。「我們到底要什麼時候去找我母親？你跟一星做了什麼決定？」

公貓揚高音量，這下圍著新鮮獵物堆，一面吃早餐一面放鬆閒聊的其他戰士全都朝他們這頭觀望。鴉羽發現兔躍流露懼怕的眼神望著他倆。就連以往捍衛風皮的燼足，聽到他怒氣騰騰的嗓音，也一臉愁雲慘霧。

他們都在看。鴉羽很難為情，全身宛若針扎又刺又癢。一如往常，他的難為情轉為對風皮的惱怒。

「我們不能隨便閒晃到雷族的地盤，」他斥責道。「風皮，這點你很清楚。」他壓低音量。「更何況，你只要瞥見雷族的戰士，就會馬上和他們開戰！你難道不認為，我們請求雷族幫忙的那一刻，你就會跟莓鼻還有其他貓槓上嗎？」

「你覺得是我的錯囉？」風皮不可置信地高聲驚呼。「我這麼相信你！相信你到讓你獨自跟一星談，結果你卻搞砸了！我們快要沒時間了！」

「我知道，」鴉羽喉嚨發燙嘶聲說。「可是我們得——」

小心為上，他打算這麼說。**或者想辦法說服一星**。

但這都不重要，因為風皮已旋而轉身、踱步離開，甚至沒給他機會把第一個字說出口。

鴉羽目送他離開，感覺所有的難為情和怒氣都已化作失望。他發現其他戰士也帶著反對的目光凝視風皮。

但他說得沒錯，鴉羽暗忖，並回頭召集見習生。**我們得想辦法找夜雲，要不然就來不及了。**

ϟϟϟ

陽光是純粹而刺眼的白色，但空氣依舊嚴寒，鴉羽、羽掌和呼掌的腳嘎吱走在部分荒原地上的堅硬雪塊。晴朗的藍天點綴著銀灰色的雲朵。

「真希望新葉季快點到來，」和羽掌並肩跟著鴉羽走的呼掌說。「禿葉季最難熬了。」

今年的禿葉季確實難熬，鴉羽心想。**但這跟天冷或獵物短缺無關。**「不管難不難熬，身為一隻貓，必須懂得每一季的生存之道。」

他解釋禿葉季地勢的變化會帶來什麼新的挑戰。腳下嘎吱作響的雪，雖是獵物的預警系統，貓兒也可用來扭轉劣勢。

「我們來試新招，」鴉羽接著說下去。「呼掌，我要你在這叢灌木後的那堆雪裡躲著。等獵物靠近灌木，你就移動腳掌去踩雪，這樣獵物就會嚇得往我們這頭跑。然後呢，羽掌，妳的任務是出其不意給牠致命的一擊。」

見習生熱切地答應了，呼掌就定位，躲在灌木後結塊的雪堆。鴉羽爬進地下的一個小坑觀察。三隻貓全都靜了下來。

彷彿過了好久，一隻褐色的小老鼠抖散身上的毛，抵禦寒流，從附近的小洞衝進灌木叢。鴉羽不動聲色，靜觀其變；呼掌瞪大眼，接著慌亂起身抓扒雪地，發出響亮的嘎吱聲。可惜的是，呼掌可能太興奮或冷過頭了，腳步沒站穩，在雪上滑了一跤。呼掌四腳朝天一摔，確實發出預料中的嘎吱聲，但完全不是他的本意。

不過老鼠因此受到驚嚇，往原本的洞口狂奔。鴉羽滿心期待地面向羽掌，只見她笑彎了腰，盯著呼掌的目光如波蕩漾。

當老鼠經過羽掌身旁，她心不在焉地試圖去抓，但顯然注意力還是放在呼掌身上。

「專心！」鴉羽開罵。

結果老鼠輕易溜回洞裡。牠一消失，羽掌和呼掌雙雙笑出聲來。

「對不起！」羽掌說。「呼掌……實在……太搞笑了！」

依舊臉朝天倒在地上的呼掌則是直搖頭。「這是意外啦！雪地太滑了……」

鴉羽怒髮衝冠地站起身，大步走向他倆。「你們覺得很好玩嗎？」

兩名見習生驟然止笑，一臉懊悔地抬頭看他。

「不是……」呼掌說。「只是……」

鴉羽把注意力轉到羽掌身上。「妳覺得搞笑可以餵飽同胞的肚皮嗎？妳覺得傑出的戰士會不顧獵物，跑去跟朋友打鬧嗎？」

這下子羽掌羞得無地自容。「鴉羽，不會。」她將視線投向地面。

鴉羽邁開步伐走到她面前。「妳平常都很乖的，」他呢喃道。後來他發現呼掌杵在原地，不安地轉移兩腳重心，於是補了一句：「呼掌，你平常也很聽話。至少我有理由相信夜雲的話。」

呼掌盯著地面，吞了口口水，點點頭。

鴉羽長嘆一聲。**我對他們是不是太嚴了？畢竟呼掌也失去了夜雲。**

又或許一次帶兩名見習生很不容易吧，鴉尾一邊沉思，一邊大步走回那個地下小坑，坐下之後專心注視呼掌躲的那叢灌木。

又多了一個必須盡快把夜雲找回來的理由……

第八章

鴉羽一瘸一拐地在隧道間穿行，黑暗中的他已分不清東西南北。他記不得是否曾與白鼬交手，可是其中一個腳掌正因咬傷流血，好幾隻腳爪也有撕裂傷。他筋疲力竭，幾乎連踏步往前走的力氣都沒有了。

但我非走下去不可。一定要找到夜雲。

接著，鴉羽忽見眼前閃過一抹動靜，至於如何在伸手不見五指的黑暗中保持視覺，他不得而知。起初他以為是更多白鼬找他算帳，過了一會兒才認出那是貓的尾巴，總是繞過他前方的拐角。

夜雲！

後來他才注意到這隻貓的尾巴是灰的，不是黑的。**那會是誰呢？**最後鴉羽才赫然想起她應該是誰。「灰足！」他大喊，期待著與母親重逢，毛皮流竄著一股暖流。「灰足！」

鴉羽凝聚所有的力氣，一鼓作氣奔向下個轉角。**她在那裡！**灰足正坐在通道變寬成小洞的隧道內壁邊。她灰色的毛髮閃爍著微光，凝視鴉羽的雙眸閃閃發光。

「哦，灰足，」鴉羽輕喚。如今在隧道中，在母親溫柔的目光下，他不必再武裝成族裡熟識的那個難以接近又兇猛的戰士了。「我好想妳……可是，妳怎麼會在這兒？怎麼沒和星族在一起？」

「我還不能離開，」他的母親回答。「有你必須完成的任務。不然你可能會失去一切。」

鴉羽繃起一張臉。「妳是指風皮嗎？」他嘆息道。「連妳也要勸我好好經營父子關係嗎？」

灰足哀傷地搖搖頭，尾巴指向洞穴的另一頭。鴉羽轉頭驚見那頭的洞穴地上有一灘血池，牆邊還有一團黑毛。他大惑不解地瞄了灰足一眼，但他的母親沒多說什麼。他轉身步向那個黑色身影，小心翼翼地繞過黏稠的深色池子。當他猛然發現自己注視的是一隻死貓，嚇得心臟都要跳進喉嚨。

「**夜雲！**」

鴉羽倒抽一口氣驚醒過來。他正躺在星空下自個兒的窩裡，呼吸淺又短促，心臟怦怦直跳，彷彿要從他的胸口爆炸。

那只是一場夢……他安慰自己。**只是一場夢……不代表夜雲真的死了**。不是這樣的。

他一動也不動地躺著，直到呼吸穩定、心跳平緩；不過，他覺得今晚也無法重新入眠了。

他渾身緊繃：擔心夜雲，害怕她已離世，這樣就沒有機會將彼此過去的恩怨情仇做個了結。他不知隼翔預見的洪水和夜雲的失蹤案有無關聯。與雷族戰士的衝突也浮現他的腦海，他幻想他們整族如風皮所說的湧出隧道，準備進攻風族。

他聽見寢室的另一頭傳來貓兒輾轉反側的聲音。是風皮。夜雲才剛失蹤不久，他的兒子仍無法安穩入睡。鴉羽慢慢起身，甩了甩一身毛皮。

事實是，他無法將剛才那個夢拋諸腦後。他雖然不是巫醫，卻很清楚自己不會平白無故地做夢。他也知道一星不太可能答應派出另一支巡邏隊，畢竟夜雲的事，他覺得希望渺茫，就算要再去巡，也絕不會進雷族的領土，但這正是鴉羽打算去的地方。假如有貓發現他離開，也極有可能如此這般好言相勸。儘管如此，他總不能就這麼躺到天明，任憑煎熬將他吞噬。他非得做點什麼。**我必須去找夜雲**。現在啟程的話，就能趁黎明巡邏隊抵達前好好審視雷族的領土。

鴉羽避開族貓熟睡的身體，走向風皮，只見兒子背對著夜雲曾經就寢的窩，那個用苔蘚和蕨類植物鋪的窩如今空蕩蕩的。他會想跟著一起去的。可是等鴉羽走到兒子的窩，風皮似乎睡得熟一點了，鴉羽也因此改變主意。

現在把他叫醒未免太殘忍了。況且，獨自前往被逮的機會比較小。

他猶豫地伸出一隻腳，懸著沒碰兒子的肩膀。他本來打算縮回來的，後來還是搭著風皮的毛髮，輕聲安撫：「一切都會沒事的。」

雖然風皮偶爾還是會抽動耳朵，發出微弱的啜泣聲，但看得出來他睡得更沉了，鴉羽彷彿也得到慰藉。鴉羽離開他，躡手躡腳地走到營區邊界，等待第一道曙光照亮荒原。

等到能辨視營區上方的山脊線和那堆疊的紀念石，鴉羽便神不知鬼不覺地起身，像尾隨老鼠似地輕踏腳步溜出營地。等危機解除，到了不會有貓聽見的地方，他加快步伐衝向下坡，直奔隧道。

尋找夜雲的強烈慾望為鴉羽的四條腿注入精力與能量。他將自己正冒著的風險拋諸腦後，只慶幸他沒帶風皮同行。他不想再讓兒子曝露於更多危險了，畢竟他已經吃過那麼多苦。

我是不是想保護風皮，才急著要找夜雲？他問自己。**夜雲失蹤時，我和她的關係不盡理想，但要是我能帶她回家，他的生活肯定會好過許多……最起碼不會因為失去她而自責。**

這個問題他深思許多，可是連他自己也不清楚他的意圖。他對夜雲虧欠良多，這個他也心裡有數……**或許我必須為彼此難堪的結局向她償還**。不管怎樣，他都不能把她孤伶伶地留在外頭。無論是死是活，都得找到她不可。至少這樣就會知道她究竟發生什麼事了。

鴉羽沒進風族那頭的隧道，反而繞過陡峭的堤岸和幽暗的大洞，循著自己的氣味回到邊界小溪。每走一步路，他都不忘豎直耳朵、張大嘴，尋找白鼬最微弱的聲音或氣味，但寧靜的夜不受一點驚動。

他輕盈地躍過踏腳石，進入雷族的領土，沿途忐忑不安、毛髮倒豎。

要是雷族貓在這裡發現了我，繼昨天的齟齬摩擦，他不禁暗想，**那我肯定麻煩大了。話雖如此，如果能帶夜雲回家，一切都值得。**

雖然黎明巡邏隊不會這麼早出門，但鴉羽還是保持警覺，免得遇見一兩隻夜裡外出狩獵的貓。他鬼鬼祟祟地鑽進矮樹叢，結霜的草刮過他的毛皮，教他直打哆嗦。他來到當初他和風皮撞見雷族貓的隧道口，可是絲毫聞不到夜雲的氣味。

他胃部不停翻攪，走到自己推測的另一個入口位置。這片領土他不甚熟悉，每逗留一秒都擔心會被出其不意的雷族巡邏隊給發現。

鴉羽接近兩塊從林地突起的岩石間，那是下個隧道口的位置，此時早起的鳥兒正開始啁啾。他止步打了個寒顫。距離最近一顆卵石一尾長的地方，他聞到了一種氣味，雖然微弱且陳舊，但肯定是夜雲錯不了。

她曾到過這兒。

鴉羽心中燃起一線希望，他終於找到夜雲活著出隧道的證據了，她沒被白鼬殺死。**風皮說得對，她是名驍勇善戰的戰士……**

後來他驚見岩石上有一抹血跡。**不好了！她受傷了，問題是……傷得多重？倘若她逃出隧道了，那為什麼不回家？**鴉羽一度懷疑這跟他和夜雲的爭吵有關，後來輕蔑地搖了個頭。

鼠腦袋，不是每件事都與你有關！他暗中斥責自己。**夜雲對族裡忠貞不二，只是跟你吵兩句，哪可能就這麼負氣離開，她根本連喜歡你都談不上。**

鴉羽管不了什麼雷族巡邏隊了，鼻子貼地追起夜雲的氣味。味道轉向風族的邊界，但從這兒還有很長一段路才能回家。鴉羽每走一步路，就怕找到的是一具屍體，不過儘管他發現更多血跡，氣味卻沒有消失。

後來鴉羽來到一個淺坑，坑底是蕨類植物環繞的一池水。夜雲的氣味一路探向水中；壓扁和破碎的青草意味著她曾跌落或滑下去。他在蕨類植物間追蹤她走過的路，猜想她一定急著要喝水。**或許她還在那裡，等著族貓去找她！**

但當鴉羽抵達水畔，他僅存的一線希望瞬時熄滅。水池上方的一小塊地植物被扁壓了，這表示夜雲一定在那裡躺過。鮮血滲入地面，在蕨葉上結塊。夜雲的氣味也幾乎要被水池周圍混雜的其他氣味給掩蓋：惡犬和兩腳獸微弱且陳舊的腥味，以及濃烈的狐臭。

鴉羽不禁打了個寒顫。是不是給狐狸吃了？很有可能。畢竟她已身負重傷、筋疲力竭，自然打不過對方了。他想像那隻虛弱又負傷的黑毛母貓，光亮的毛髮變得蓬亂、玷汙著血跡，她張牙舞爪地迎戰狐狸，在窮途末路之下，用盡殘餘的最後一丁點力氣試圖逃離牠的利齒。

她是這麼勇敢……不會輕易淪為獵物的。

鴉羽在那塊壓扁的植物前低著頭聞夜雲的氣味。他感覺胸口一陣猛烈的疼痛，彷彿森林裡的每根荊棘都刺向他。**她是名忠心耿耿的風族戰士，這裡離雷族的領土不遠……她應該曉得自己置身何方。倘若她還活著，一定會不顧一切設法回到營地。哦，夜雲哪……**

他明白雖然他和夜雲從來沒有伴侶貓該有的樣子那般相愛，但他對她的關心超乎言語所能表達。他欣賞她的堅強與忠誠，還有她總是為風皮挺身而出。鴉羽心裡有數，她當了這麼好的母親，但他從沒為此表達過感謝。

但願我曾跟她說過……但如今已太遲了。她不在了。

第九章

鴉羽坐在戰士窩的邊上，強迫自己嚥下一隻田鼠。那天稍早觸目驚心的發現湧上心頭——蕨類植物中那個被鮮血浸溼的窩，玷汙水池周圍空氣的狐狸臭味——害他最後一點食慾都沒了。但他還是勉強自己進食，因為他知道他需要力氣去面對接下來要做的這件事。

夜雲肯定死了……我該怎麼向風皮開這個口？

在回營區的路上，依舊為這項發現驚魂未定的鴉羽差點忘了他在擅闖敵族的領土。他在前往邊界小溪的途中，鑽進一排蕨類植物，從另一頭出來時，瞧見雷族巡邏隊正在離他兩尾長的灌木叢中穿行。**狐狸屎！**

他趕緊鑽回蕨類植物，蜷在那裡往外看，猜想自己的氣味隨時都會出賣他，而且這回他大概會被帶去見棘星了。**一星肯定會把我的頭給砍了。**後來，他發現那四隻貓全都銜著獵物，這才如釋重負。幾乎不敢呼吸的他，向星族祈禱新鮮獵物的氣味會蓋過他的體味，至少等巡邏隊經過都別發現他躲在那裡。算他走運——他們貼得很近，身子拂掠他藏身的簇葉，卻沒瞧見他，也沒聞到他的氣息。鴉羽杵在原地好幾秒，從耳朵抖到尾梢，直到心情平復才離開。

鴉羽返回營區後，哪裡都找不著風皮的身影，但他反而鬆了一口氣。這無可避免的噩耗起碼還能再拖個一下。**他母親的死訊，我怎麼向他開得了口？**這時，鴉羽發現他嘴裡銜著一隻兔子，高視闊步地走回營區。石楠尾和兔躍與他同行，同樣帶了獵物返家。

鴉羽的目光跟著風皮，只見他步向營區另一頭，把獵物扔在新鮮獵物堆。他的內心忐忑不安，琢磨該跟兒子說什麼。

不能再拖下去了……

風皮一把獵物扔掉，馬上面向石楠尾。鴉羽距離夠近，能偷聽到他們的對話。

「妳一定得幫幫我，」風皮焦急地說。「不是要妳回隧道，只要告訴我裡面的布局就好。我要回去找夜雲，沒有貓攔得了我！」

「可是，風皮——」石楠尾開口。

風皮說話的同時，鴉羽奔向兩隻青年貓，趁石楠尾把話講完之前打岔。

「不必了。」他溫柔地對風皮說。

看見兒子眼中閃爍的希望光輝，他的心有如被獾爪撕裂。

「你去了？找到她了嗎？」風皮問道。

鴉羽在腦海搜尋適當的詞彙，但有好一會兒，他能做的只有垂著頭，哀傷地搖頭。「昨晚我輾轉反側，」最後他娓娓道來：「於是又外出找夜雲，到了雷族那頭的隧道。只可惜沒找到她，只聞到她的氣味，循著味道一路走到有座小池的林間空地。她的血浸入泥土，還能聞到可怕的狐狸臭味。依我看……風皮，她可能被狐狸吃了。」

鴉羽原以為兒子會暴跳如雷、拒絕接受事實，或者撕心裂肺地慟哭。但事實是，希望的火焰在風皮眼眸熄滅，這隻黑毛公貓彷彿完全皺縮起來。如此這般的改變教鴉羽看了揪心。

「希望你不要自責，」他說。「那不是你的錯。」

隔了幾秒，風皮才回話。「我不怪自己。這都是牠們的錯。」他的嗓音無比平靜。「是牠們害死她的。」

「誰？」鴉羽大惑不解地問，不確定風皮指的罪魁禍首是誰。**雷族？一星？**

「白鼬。那些在隧道出沒、心狠手辣的疥癬皮。」風皮目露兇光，彷彿仇敵站在面前似地繃緊肌肉。「夜雲膽量過人，是名出色的戰士。那群白鼬肯定把她傷得很厲害，否則她一定有辦法擊退狐狸或者逃跑。」

「風皮，我很遺憾。」石楠尾邊說邊用尾梢輕撫他的腹脅。

風皮似乎壓根沒注意到她。「我們不能再拖了，」他對鴉羽說。「我們一定要把剩餘的白鼬殺個片甲不留。牠們對夜雲下毒手，我要牠們血債血還！不計一切代價。」

「別激動，」鴉羽嚴厲地告誡。「對，白鼬的行徑確實很殘忍，但牠們只是一群愚蠢的食腐動物，談不上是血腥殺手。我們會把白鼬趕走，阻止隼翔預言的恐怖場面發生，但你千萬不能輕舉妄動。」

兒子對他使出的眼色宛如禿葉季掃過荒原的風那般凜冽。「我不在乎隼翔的預言，」他嘶聲說：「也不在乎你是怎麼稱呼那群動物。我只要白鼬死光光。夜雲是唯一真正關心過我的貓，但牠們卻把她給害死了。我要牠們為向我母親伸髒爪後悔一輩子。」

鴉羽嚇得一度語塞，風皮憤怒的力道令他瞠目結舌。他知道他該安慰風皮，告訴他還有父親會照顧他，但不知為何這句話就是卡在喉頭說不出口。

風皮也有點嚇到他了。**這是不是他給族裡其他貓的印象？易怒又陰晴不定？**

他還沒想到該跟兒子說什麼，葉尾就悄悄走向他們，琥珀色的眼眸流露狐疑的目光。「你剛說你不在乎隼翔的預言？」他問道。

哦，看在星族的份上，你別鬧了。

鴉羽想叫葉尾別煩風皮，畢竟他才剛得知母親的死訊。可是他還來不及張口，風皮便怒氣沖沖地對這隻虎斑公貓齜牙低吼。

「我不在乎！我要把寄居隧道的畜牲給殺了。我在乎的只有這個。」他甩了一下尾巴，大步離開，走進戰士窩。

如今有更多貓兒圍觀，他們好奇但沉默地聆聽這段交談。

「那證明了一切，」葉尾的目光犀利地掃過群眾，向大家宣布。「倘若風皮真的效忠風族，就會對巫醫表示尊重。每隻貓都曉得隼翔的預言有多重要！要是我們不同心協力，又怎能阻止洪水來襲？」

贊同聲從其他戰士那頭此起彼落地傳開，其餘圍觀的群眾則互換懷疑的眼神。被激怒的鴉羽提高音量，蓋過群貓的竊竊私語。

「少在那邊道貌岸然、自命清高了。風皮當然在乎預言了，」他咆哮道。「可是他才得知夜雲的死訊，自然會滿腔怒火。要是那些畜牲殺害你們的母親，你們這群跳蚤腦又會做何感想？你們覺得自己比他高尚？拜託！給他點時間面對喪母之痛吧。」

這下圍觀的貓全都靜了下來，互換不可置信又震驚的目光。「等等，夜雲死了？你怎麼知道的？」葉尾質問鴉羽。

「我找到的跡象證明她在隧道身負重傷，後來又被狐狸攻擊，」鴉羽回答。「假如夜雲很健康，狐狸說什麼都不會是她的對手，但是她受了那麼重的傷……一定虛弱無比。我剛把這事告訴風皮，他很難以接受。你們應該可以體諒。」

伏足抽動幾下鬍鬚，語帶譏諷。「風皮這麼難以接受，或許是因為他知道自己沒有盡全力救他母親。畢竟當初是他單獨跟她在隧道。」

鴉羽再次發現許多族貓同意伏足的看法，因為他們用絲毫不帶憐憫的眼神目送他離開。但石楠尾面對他們時，憤慨地豎起肩膀的毛髮。

「我不敢相信你居然說出這麼沒良心的話！」她怒斥伏足。「風皮對風族的忠誠不亞於你們任何貓，甚至比你們還要忠心。就像你說的，當時他和她在隧道，為了全族將自己置身險境——那個時候你又在哪裡？」

「我是第二巡邏隊的！」伏足氣得辯解，但石楠尾充耳不聞。

她旋而轉身，要去追風皮，但被鴉羽攔住她的去路。她這樣力挺他的兒子，他全身洋溢著感激的暖意；但風皮的個性他太了解了，在這個節骨眼，他不會想見任何貓的，石楠尾也不例外。「給他一點空間吧，」他這麼建議。「他正在氣頭上，別給他機會說無心的氣話。」

「是啊，省省力氣吧，」葉尾插嘴。「夜雲死了，我們都很難過，但風皮這個傢伙信不得。他內心有黑暗面，畢竟他曾效忠黑暗森林嘛。或許降臨在他身上的壞事，全都是他咎由自取。」

石楠尾憤怒且不可置信地瞪大眼。「你……你這個沒心沒肝的跳蚤皮！」她咆哮道。「怎麼會說這麼天理不容的話？人家才剛喪母欸！」她甩了一下尾巴，轉身順著窪地的斜坡往上跑、奔離營區。

其餘的貓目送她離開，然後轉頭看著鴉羽，顯然等著看他下一步怎麼做。

鴉羽想加入石楠尾，為兒子出聲平反，但族貓對黑暗森林的恨意瀰漫在空氣中，宛如夜雲葬生的水池邊那股揮之不去的狐狸臭。他感覺胃部灼燒，喉嚨像是有個腫塊讓他有苦難言。

效忠黑暗森林固然不對，但風皮始終是我的兒子，縱使父子關係從來不親也罷。還要他為過去犯的錯贖罪多久？

他站著凝視自己的腳，然後絕望地甩甩腦袋。他知道大戰過後，風皮就一直對風族忠心耿耿，但忠誠並沒為他帶來任何好處。他的族貓總是帶著有色的目光懷疑他。**或許他命中注定要永遠當個邊緣人。**

對風皮的擔憂快要讓鴉羽崩潰了。他兒子經歷的苦難，任何貓都承受不了：敗壞了名聲、遭受白鼬攻擊，如今又接到喪母的噩耗。**他早就滿腔怒火、傷痕累累，我不希望這個情況變本**

加厲。

問題是鴉羽不曉得該怎麼接近風皮，又該怎麼安慰他。他這才發現，他只想跟夜雲一起討論兒子的事。她會有辦法安慰風皮的。**可是她不在了。如今風皮只有我……這個父親。**

當他向自己坦承他沒有答案可給風皮，只有更多的問題和疑慮，這時彷彿有千斤重擔壓在鴉羽的肩頭。而他也沒有答案能向族貓交待。他們鐵了心不相信風皮，他也不確定他們是否完全相信他。這是無論他說什麼，都無法改變的。

他緩緩轉身，往風皮的反方向走。是時候和一星聊聊，告訴他夜雲的死訊。

第十章

「今晚，我們將一同為夜雲守夜，」一星宣布。「表揚她這位英勇的戰士和族裡難能可貴的成員。」

鴉羽發現夜雲葬生之處的隔天，太陽一昇起，一星就召開部族大會。鴉羽溜進雷族領土的事他並不高興，但當他得知夜雲的死訊，怒氣便和緩下來。她是名深受愛戴的風族戰士，失去她，族長顯然很哀痛。尤其在傷亡這麼慘痛的大戰後。

群聚而來的每隻貓都悶悶不樂，鴉羽也沉不住氣、坐立難安。

我想出去做點什麼事，而不是站在這裡聽族長發言。

儘管夜雲的死令鴉羽悲痛萬分，知道白鼬依舊在隧道蟄伏同樣教他擔憂。他難以忘懷的是，隼翔那場暴風雨的預言，暗示著風族如果不能共同擊退威脅，可能會慘遭滅族。他免不了要想到風勢不夠強勁，無法阻止洪水。**這是**

否表示我們需要別族幫忙？一星的打算是不是徹頭徹尾地錯了？

黎明時分，風皮試圖離營，想要單槍匹馬進隧道復仇，白鼬見一隻殺一隻。總共動員了五隻貓才有辦法攔住他，最後石楠尾說服他稍安勿躁。她說他們會對白鼬發動功勢，但前提是他得百分之百恢復元氣。他得先好好靜養。他爭執了一下，但最後妥協了，如今由石楠尾在一旁看守他睡覺。

但他醒來之後呢？鴉羽悲觀地問自己。**我要怎麼幫他走出傷痛，而不要莽撞地一頭栽進白鼬設下的伏擊。**他沒有答案。自從宣布夜雲的死訊，他還沒機會跟風皮說上話，也不認為他的支持，兒子會領情。

「我還有一項任務，」一星繼續往下說。「呼掌，夜雲是你的良師；但如今她走了，我們得安排另一名導師，帶領你走完剩餘的見習之旅。金雀尾，妳冰雪聰明、忠心耿耿，相信妳會將這些特質傳授給呼掌的。」

金雀尾的臉龐洋溢著驚喜。「一星，我會全力以赴。」她答覆。

鴉羽對這隻灰白交雜的母貓眨眨眼，對這項宣布五味雜陳。一方面，只帶一名見習生，他鬆了口氣，這下訓練羽掌就比較輕鬆了。但另一方面，鴉羽無法忘記金雀尾曾公然奚落風皮，說他不值得信賴。這樣看來，選她帶夜雲的見習生似乎是不智之舉。

呼掌垂頭喪氣地與其他貓圍著一圈站著。鴉羽知道他在為死去的導師哀悼。但當一星提到他的名字，他抬起頭、甩動毛皮。他走向金雀尾，與她互碰鼻頭，顯然下定決心要好好努力。

雖然訓練兩名見習生頗為艱難，但鴉羽對這位堅定又好學的年輕見習生很有好感。**縱使金**

雀尾不是我最欣賞的貓，但我相信她會試著當好呼掌的導師。我也會緊盯他的進度，這是我唯一能為夜雲做的了。

「兔躍，是時候派遣狩獵隊了，」一星邊說，耳朵邊指向副族長。「但暫時誰也不准到隧道附近打獵。」

族長才剛下令就迎上群起的反對低語。伏足扯開嗓門：「難道那塊領土要白白送給白鼬了？」

「當然不是，」一星惱怒地彈了一下尾巴。「但我們折損了夜雲，幾位戰士也因為上回的小規模戰役負傷。我打算先等每隻貓都復原、恢復強健體魄，如此一來我們才有時間計畫下一步。在此同時，我不想挑釁那群動物。假如牠們以為貓不會回頭攻擊，或許就會變得懶散懈怠，這也意味著比較容易對付。」

伏足聳聳肩，嘀咕了幾句，但沒再表示抗議。

一星宣布集會結束，兔躍開始組織狩獵隊。

「兔躍，你行行好，讓我跟呼掌一起打獵，好不好？」羽掌詢問向她和鴉羽走來的副族長，鴉羽聽了目光犀利地瞪了見習生一眼。「那不是由妳決定的。」他斥責道。

羽掌似乎受了責備也不為所動，還是以滿懷期待的目光凝視兔躍。

「有何不可？」兔躍仁慈地說。「我去跟金雀尾說，再多找兩隻貓和你們同行。」

鴉羽正準備告訴羽掌，所謂見習生的工作是乖乖閉嘴、服從命令，但這時卻聽到身後傳來竊竊私語。

「我還是覺得很可疑，夜雲怎麼會好端端地在隧道失蹤？我要說的是，又沒有貓在那裡見證事發經過……呃，除了風皮之外。」

鴉羽感覺自己繃緊肌肉，全身的每根毛髮都豎直了。他認出那是鼬毛的聲音，一隻耳朵往後彎，想聽個仔細。

「就是說嘛，今天早上的哀嚎和慟哭。」那是葉尾的聲音。「感覺都是裝的。實在很可疑，對吧？」

鴉羽微微挪動身子，設法偷看那兩隻貓一眼，又不讓對方發現他聽得到。鼬毛和葉尾交頭接耳，旁邊還圍了幾名等著被派去巡邏的族貓。

「風皮為什麼那麼肯定夜雲死了？」鼬毛繼續說。「再怎麼說，我們都只有風皮的一面之詞，他又曾經效忠過黑暗森林。搞不好他就是兇手，所以才這麼肯定夜雲已死，而如今他被罪惡感淹沒。這要我們怎麼相信他或其他黑暗森林的貓嘛？」

他不是當真的吧？要我說多少次，風皮絕對不會傷害夜雲的！鴉羽只能獨自生悶氣，按捺撲向鼬毛和他對質的衝動，但他逼自己按兵不動，聽這隻薑黃色的公貓還有什麼無稽之談。

「哦，有完沒完啊。」燼足對鼬毛的指控高分貝抗議。

「荒謬至極，」莎草鬚贊同。「難道喪母的懲罰對風皮來說還不夠重嗎？你們非得在這個節骨眼做這些愚蠢的指控？」其他貓置之不理，他們兩個只好自討沒趣地掉頭走開。

葉尾目送他們離開，接著點頭同意鼬毛的看法。「不懂一星為什麼不乾脆把去黑暗森林一同受訓的貓給趕走。這麼做才是明智之舉吧。免得後悔莫及。」

鴉羽伸出利爪、插進地面。**這些貓為什麼要與風皮為敵？他才剛喪母欸！他們一定很清楚他絕不會下毒手傷害她的。無論風皮和族貓之間有什麼過節，他自始至終都很敬愛夜雲。**

一想起最近才對兒子多所懷疑，鴉羽就自責地揪心。如今看來，風皮會傷害夜雲的那些理論是多麼的鼠腦袋。他也預見愈多貓與風皮為敵，就表示全族要有麻煩了。倘若一星如鴉羽預期，為風皮挺身而出，貓兒們勢必會選邊站，這意味著族裡將會產生幾乎無法弭平的分裂。

「我也這麼想。一星應該直接趕走黑暗森林的貓。我要說的是，他們雖然宣示效忠，卻也曾經毀約。何必冒這個風險，把他們留在族裡豈不後患無窮？」

羽掌的聲音從正後方傳來，把鴉羽嚇了一跳。原本他沒發現她近到可以聽見颮毛和葉尾的對話。令他震驚的是，謠言竟已在易受影響的見習生之間傳開；光是戰士說這些不智的話就已經夠糟了。

鴉羽來不及開口，便聽見金雀尾的回答，她正和呼掌並肩走來。「因為我們是同一族的，」她咆哮道：「即使族貓犯下滔天大錯，我們也會原諒他們。趕快去打獵了。雲雀翅也要與我們同行。」

鴉羽對金雀尾投以感激的目光，和她一起將見習生從颮毛與葉尾身邊趕走，上坡來到營區邊陲和雲雀翅會合。令他欣慰的是，一星選了她；看樣子這隻灰白相間的母貓已對黑暗森林的貓改觀，起碼是多數棄暗投明的貓。

呼掌和羽掌肩並肩走路，鴉羽看得出來他們期待外出狩獵，興奮地豎直毛髮，也很慶幸有點事能讓呼掌分心，別去思念他的導師。

但對你我來說，都只能暫時逃避，他哀傷地默想。今晚他們將為夜雲守夜，到時候就不得不面對哀痛了。

ϟ ϟ ϟ

夕陽西下，徒留幾道日光戀棧天際。已有幾位星族戰士出現在荒原上的黃昏。鴉羽仰天凝望。

夜雲，妳是否在守望著我們？或仍在尋覓通往星族的路？

鴉羽站在戰士窩的邊緣，其他貓兒不斷從他身邊經過，前往營區中央。一星已經抵達，準備為夜雲守夜。

鴉羽瞄向風皮蜷在窩裡的黑暗身影。令鴉羽寬慰的是，他沒再試圖前往隧道跟白鼬拚命。鴉羽覺得自己該試著跟他說些什麼，卻又不知該從何說起。

鴉羽猶豫再三，在其他戰士窩之間穿行，最後走到風皮身邊。他的兒子雖然醒了，見到鴉羽靠近卻沒起身，只是用意興闌珊的眼神仰望他。

「想不想跟我一起過去守夜？」鴉羽問道，猜想風皮會兇他，說他又不是見習生，不需要別人陪。

但風皮真實的反應更令父親意外。「不了。我不需要別人陪，因為我不打算去。」

「為什麼？」

風皮瞬時展開爪子，咬牙切齒地低吼。「族裡的貓沒一隻信任我的。」他怨恨地說。「他們亂猜我對夜雲下毒手的事，我都聽說了。」

所以流言傳到風皮耳裡了，鴉羽琢磨著，嚥下老肉般不好嚼的一口怒氣。

「不是每隻貓，」他想起颼毛無端指控時，好幾位同胞出聲抗議。「石楠尾就為你挺身而出。」

風皮的臉龐閃過一抹欣慰感激的表情。「是嗎？真的假的？」

「真的。風皮，我知道聽到族貓散布謠言有多難受，但你能做出最好的回應就是抬頭挺胸。你我都知道你沒做錯任何事。」

風皮對他眨眨眼，彷彿很訝異父親會展現同情與支持。鴉羽一度以為他會起身陪他一起去守夜。後來，風皮長嘆一聲。「我還是不去了。我就是……辦不到。」

「好。我明白。」鴉羽回答，雖然他不確定自己是否真的明白。他有點擔心風皮缺席會助長謠言。颼毛這種壞心眼的貓會做最卑劣的假設：風皮因夜雲的死自責，所以不願為她守夜。**這個嘛，嘴巴長在他們身上，那些跳蚤皮愛怎麼想是他們的事。風皮如果沒準備好面對部族和守夜，我不會逼他。同胞要自己想辦法釋懷。**

「我會替你發聲，」鴉羽繼續對風皮說。「我會讓每隻貓知道你有多愛她，她又是多稱職的母親。」

「謝謝。」風皮說。他閉上眼，頭躺在腳掌上，用尾巴裹住鼻子，彷彿要把全世界拒於門外。

鴉羽用鼻頭輕碰風皮的前額，隨後轉身走向營區中央，族貓已在那裡以一星為中心，圍成一個參差不齊的圓。族長旁邊的空位，理應放置夜雲的屍體，如今在全族的核心裂著大口。

鴉羽就定位時，一星朝他凝重地點了個頭、向他示意。鴉羽察覺其他貓在偷看他，也聽到他們彼此之間交頭接耳。有的貓滿臉怒容，有的貓戒慎恐懼，好像難以直視他。他這才發覺大夥兒一直在等他到場，好展開守夜儀式。

哼，活該。探視風皮的狀況很重要。

一星還是一度遲疑，或許在期待風皮出現吧。他朝鴉羽投射詢問的目光，好似在問他們是否要繼續等下去。鴉羽搖搖頭，努力不要流露他的沮喪與失望。

一星先是深呼吸，再打開話閘子。「夜雲是位堅強的戰士，也是風族重要的一分子，」他說。「族裡的每一隻貓都會很想念她。」

沒錯，鴉羽在心裡呼應。他知道他會把夜雲看作兒子的母親去懷念，也擔心她的離世會在風皮心裡留下陰影。但如今他赫然發現自己的感觸其實更深。他也會把夜雲當作朋友那般懷念。他知道她在世的時候，他沒有好好待她，但他總是以為自己之後有機會彌補。

現在說這些都太遲了。

鴉羽靜靜聆聽其他貓訴說他們心目中的夜雲，以及她對全族上下有多重要。

「她是族裡數一數二的勇者。」

「也是狩獵高手。沒有兔子能——我是說，她在世的時候——沒有兔子能跑贏她！」

鴉羽察覺有的貓在提到她的時候，還是難以接受她不在世上。**沒有貓知道她究竟是怎麼死的，自然難以為她英勇的犧牲表示哀悼。**

「她進隧道攻擊白鼬，展現了無比的勇氣，」伏足高聲說。「當她在那裡遭到遺棄——」

遺棄？

「等等，先暫停。」鴉羽打斷他的話。他的部分同胞難道真要趁守夜的機會來攻擊風皮？他不能接受。原本他沒有打算在夜雲的守夜儀式質問任何貓，但既然伏足起頭了，他就不能保持沉默。不然外界會以為他認同。**是時候打開天窗說亮話了，尤其趁現在風皮不在場的時候。**

「你是在指控風皮嗎？」他質問道。

「就算是的話，我們也有充分的理由，」伏足答覆。「風皮為什麼會拋下自己的母親，獨自離開隧道？他怎麼可以把她拋下？」

「對，沒有戰士會做出什麼卑劣的事，」葉尾火上加油。「除非風皮和她的失蹤有所關聯。」

「夠了！」一星威嚴的嗓音響徹全場，他的雙眸閃著怒光。「跟你們說過多少次我相信風皮，但你們卻選擇質疑我的決定，而且還選在守夜儀式，這成何體統？」

幾位戰士低訴異議。鴉羽的毛皮因不安而有如針扎。他很感激族長挺身為風皮說話，但一星的信任是否會導致族裡分裂？

他又想起在巫醫夢裡，風勢不足以擊退洪水。**或許隼翔的預言象徵著威脅來自族裡。**

但鴉羽現在沒時間仔細推敲這個。「你們這些跳蚤腦袋全搞錯了！」他面向這群炮火四射的同胞。「風皮雖然易怒，我跟他之前也存在不少問題，但我絕對不會質疑他對母親的愛。每當我和她起了爭執，風皮總是站在她那邊，用盡一切護著她。母子倆總是相互扶持。他說什麼都不會傷害夜雲的。」他堅定地說。

他發言的同時，發現一星注視他的眼神交雜著驚喜與認可。**好啦**，他心想。**是你叫我護著風皮的，這下如願以償了吧。**

「那為什麼風皮沒來？」鼬毛質問他。

「因為他還沉浸在喪母之痛啊，你這個鼠腦袋！」鴉羽嗆他。「好好想想吧。因為他覺得這個族裡沒有貓支持他，而且他說得對，大家都為他沒做的事指責他。」

「不是大家！」石楠尾高聲說。「我也認為風皮絕不可能傷害他的母親——或任何一隻風族貓。他只會照顧大家，我在隧道遭遇白鼬襲擊，也是他拚命相救。在夜雲身上發生的不幸，他萬分難過。散布這些兔腦袋的無稽之談，你們全都該感到羞愧！」

她說話的同時，對著伏足杏眼圓睜；伏足回以低吼，肩膀的毛髮倒豎。「妳只是因為喜歡他才這麼說！」他吼道。「鴉羽則是他的父親。你們當然不希望他留下惡貓的形象，但這不代表他沒做壞事！」好幾隻貓也發出贊同的嚎叫。

一星揚起尾巴，要大家肅靜。「不要吵了!請大家記住，」他說:「無論以前發生什麼事，我們現在都是風族貓。團結一致比什麼都重要。我已經原諒風皮在大戰中的所作所為，我不要再聽到任何貓無端指責他。這是守夜儀式，我們在這裡緬懷同胞。這個場合不是給你們吵架的。」

鼬毛和葉尾在內的每隻貓，似乎都把族長的訓戒聽進去了。緊接而來的是尷尬的沉默，多數貓兒只是盯著地面或自己的腳掌。雖然表面上敵意漸退，鴉羽還是能感到緊張關係下的暗潮洶湧。

突然間，他很慶幸風皮沒出席守夜儀式。即使那些貓沒當著他的面指責他，他卻能感覺身上背負著他們的不信任和敵意。**他在這裡找不到歸屬也情有可原，**鴉羽心想。**我不知道他還要怎麼做，才能向這些貓證明自己的忠誠。或許怎麼做都不夠。**

快要輪到他發言的時候，鴉羽腸枯思竭。**我該如何向夜雲致意？這些貓兒或許也會懷疑我的動機吧，**鴉羽暗忖。**他們全都等著看我為一個從未真正愛過的伴侶哀悼，或為我陌生的兒子辯護。**

不過，等輪到鴉羽的時候，他不假思索地真情流露。「我們都會想念夜雲，」他簡潔地說：「風皮對她的愛也永遠不會抹滅。」

第十一章

夜雲的守夜儀式已是幾天前的事了，如今鴉羽正渡過樹橋，前往集會之島。緊張的他繃緊每一條肌肉，他發誓腳底一尾之遙、拍打著的黑水傳來不懷好意的聲音，湖面閃爍的月光似乎在嘲笑他心裡的陰暗面。

這遠比出席夜雲的守夜儀式還要命。

他希望一星沒選他出席大集會，更希望自己沒選風皮與他同行。**他還沒準備好。**風皮雖然已不再開口閉口就宣示要向白鼬開戰，但他顯然還沒走出傷痛。他幾乎沒有進食，也似乎一直悶悶不樂，無法跟任何貓多說什麼，就連石楠尾也不例外。如今，鴉羽的兒子愁雲慘霧，跟在族貓的後頭。一群貓鑽過灌木叢，走向林間空地時，他停下腳步，留在一株冬青的陰影下，繃著一張臉俯視自己的腳掌。鴉羽考慮走去站在他的身邊，卻又想起一星將在大集會宣布夜雲的死訊。

這個節骨眼我不該把更多注意力放在風皮

身上。但願他明白我用心良苦。我不希望他感覺更受冷落。

此外，鴉羽還在為昨晚的夢左思右想，他在夢裡與灰足重逢，跟著她淺灰色的身影穿過隧道，最後在幽默的地底河畔追上她。

「妳是鬼嗎？」他問她。

「鴉羽，我一直認為你不笨，」他的母親說；她氣得彈了一下尾巴，對他的問題置之不答。「你眼前看到什麼，我就是什麼，在我把訊息捎給你之前，都無法加入星族。」

鴉羽期待地心跳加速。她是不是真有什麼話要說，能讓現狀撥亂反正？**是不是要教我們怎麼應付白鼬，或者如何與雷族重修舊好**？後來他猛然想起自己最想要的解答，這份渴望遠多於風族內部的和睦、與白鼬之間的和平，遠多於一切。

她能教我怎麼幫助風皮嗎？

「什麼訊息？」他焦急地問道。

但他母親的回答只有一個字。「愛。」

「愛什麼？」大失所望的鴉羽脫口而出。死亡使她成了鼠腦袋了嗎？不然怎麼覺得愛幫得了我？「愛幫不了我。我愛妳；我愛羽尾；我愛葉池。看出一個脈絡了嗎？我愛的每隻貓都會離我而去。」

灰足毫不氣餒地對他眨眨眼。她的眼神流露出柔情與諒解。「你不該因此關閉心門，」她輕聲說。「可惜我在世的時候沒和你多說一點，但這是我最後一次機會了……愛。」

「愛誰？」鴉羽絕望地嚎叫，但夢境已開始消逝。灰足的形體變得模糊，最後只能看見她凝視他的雙眸，明亮而深情款款。「夜雲已經死了，而風皮——」

禿葉季耀眼的晨光令鴉羽睡意盡逝；他一醒來就納悶自己在夢裡到底想說什麼。**風皮我愛不了？風皮即使有父愛也沒救？**

他又閉上眼，試圖集中精神，回憶剩餘的殘夢，夢境卻猶如爪間溜走的迷霧。最後他只好放棄，從窩裡起身，沮喪地毛髮倒豎。

如今，和族貓同坐在大橡木的枝葉下，鴉羽為回憶夢境而感到難為情，全身都因此發燙。**幸好其他貓無法看穿我的心思，不然肯定覺得我變軟弱了。我也不是巫醫，這表示我做的夢是無稽之談，跟隨便一隻貓的夢境一樣毫無價值可言。**但在此同時，鴉羽也無法完全拋下母親在夢中說的話。他不斷夢到她，而她又沒歸於星族，這肯定具有重要的涵義……**可能是預言嗎？又代表什麼意義？**

一星前往大橡木，準備與其他族長同坐時，鴉羽環顧四周的其他部族。河族和影族歷經大戰後的緊繃局勢，依然面帶倦容，雷族貓則是毛髮倒豎、身子僵硬，怒視林間空地彼端的風族戰士。鴉羽不禁慶幸還有一條大集會停戰協定：星族禁止在滿月時期開戰。

等四位族長都在大橡木的樹枝上各就各位，霧星的嗓音響徹雲霄。「各族的貓，歡迎出席大集會！」當閒聊的貓逐漸靜了下來，她便對族長們說：「哪位想先發言？」

黑星在他的枝葉上挪了一下身體，接著向眾貓說：「在大會開始前，請大家緬懷陣亡的將士。」

鴉羽對上雲雀翅的目光，看得出來他和這隻淺棕色虎斑母貓心有靈犀。戰士為什麼要這麼熱衷去追憶他們和黑暗森林貓之間的血戰？

不過，當影族族長一口氣唸出名字——「從影族開始：紅柳、破尾、蟾蜍足」——鴉羽不得不承認有種說不上來的寧靜籠罩著大集會。緬懷陣亡的族貓、感激他們的犧牲，突然變得合情合理。

黑星好久才唸完整串名單，但他一唸完，一星便站了起來。「黑星，謝謝。接下來，我必須告訴各族一項令人難過的消息。」在繼續往下說之前，他頓了一下，有那麼一秒與鴉羽四目相交，並對風皮投以同情的目光。「夜雲死了。」

眾貓在林間空地發出此起彼落的震驚嚎叫。替前任伴侶的哀傷，如利爪般又一次劃過鴉羽；當他察覺別族同樣為她的殞落悲痛，才稍微放寬心。夜雲難相處的個性意味著她從來不是萬人迷，但她的勇氣與忠心有目共睹。

「怎麼發生的？」霧星輕柔地問，一雙碧眼流露關切的神情。

「她在大戰的表現相當英勇。」一星還沒答覆，黑星便搶著接話。「她大戰都挺過了，現在卻走了，真是遺憾。」

「白鼬跑來占據風族和雷族間的隧道，」聽到影族族長的這番話，一星點頭示意，進一步解釋。「夜雲——」

「我不意外你從沒提醒雷族要提防白鼬。」棘星語帶嘲諷地打岔。

鼠腦袋，鴉羽暗自咒罵。**莓鼻的巡邏隊在隧道逮到我和風皮，至少從那時候起，你就知道白鼬的事了。你存心想找麻煩是吧？**

「據我所知，雷族老早就知道白鼬的事了，」一星點了個頭說。「你們應該搞得定吧？」

「好得沒話說，」棘星答覆，他肩膀的毛開始聳立。「那一區的巡邏隊我們加了一倍，而且——」

「棘星，現在不是時候，」霧星彈了一下羽毛般的尾巴說。「一星還沒講完呢。」

鴉羽心滿意足地看著雷族族長面露尷尬，他坐回原位，爪子插進樹枝。**棘星，族長不好當吧？**

「如我剛才所說，」一星繼續說：「白鼬以隧道為家，夜雲身為巡邏隊的一分子，試圖趕走牠們，可惜她再也沒有回來。」

真是高招，鴉羽暗自叫好。一星原原本本地說出實情，又有辦法對風皮牽扯其中隻字不提。畢竟這件事風族不想對外透漏。

假如鼬毛沒跳起來將家醜外揚，一切都會平安無事。「沒錯，何不問問風皮她為什麼回不來了？」

鴉羽又緊張起來，胃跟著抽筋。一定要在大集會出洋相嗎？困惑不解的聲浪開始從別族傳開。與其他副族長同坐在大橡木樹根的兔躍吼道：「鼬毛，閉上你的嘴！」

「為什麼？」鼬毛挑戰他。「大家都知道白鼬襲擊時，和夜雲一同潛入隧道的是風皮。為什麼只有他活著出來？」

大橡木枝頭的一星滿臉怒容。鴉羽知道風族的家務事如一塊獵物在其他部族面前亂拋，他的族長有多不高興。這可是大集會欸！風族戰士必須展現團結，而非脣槍舌戰、相互攻訐。

颶毛，等回營區可有你得受了！

然而，此刻一星要做什麼都為時已晚。其他部族的貓全都轉頭對風皮投射指責的目光。莓鼻瞪他的眼神格外銳利，獅焰也用懷疑的眼光打量他。

蜘足屈身和坐在旁邊的灰紋說話。「兒子自己逃跑，她卻被拋下。還真是忠誠啊……」灰紋不悅地推了蛛足一下。「噓，不要說了啦。再惹更多麻煩就糟了。」

太遲了。鴉羽轉頭搜尋兒子，只希望坐在群眾後排的風皮沒聽見這類閒話。但當鴉羽發現風皮抬頭咄咄逼人地怒視鄰座的貓，他感覺自己被冰水澆得溼透。

肯定聽到了……但願風皮沒出席。忍受自己族裡的鄙視就夠難受的了，不曉得被四族公審會是什麼滋味？

蛛足和莓鼻互換一個眼神，然後起身。鴉羽注意到他口鼻部出現灰斑，讓相對年輕的他看起來老得不尋常。他提高音量，和剛才話中帶刺的低語截然不同。

「大戰在我們身上造成的創傷還沒完全癒合，」他打開話閘子：「那些也不僅只於皮肉傷。貓兒們對曾經的叛徒有所質疑也並非全無道理。雖然已有做出一些彌補，可是……」他聳聳肩。

假如我是蛛足的族長，肯定會叫他住口，鴉羽心想。一般的戰士無權在未經允許的狀況下於大集會這樣高談闊論。難道大戰改變了這麼多規矩，現在就連大集會這麼莊嚴肅穆的場合也能亂成一團？

但無論棘星是缺乏經驗，不知該如何應對，還是也想聽聽蛛足有何高見，總之他沒有打斷對方，只是面帶難以捉摸的表情在大橡木枝頭聆聽。

「畢竟，」蛛足往下說：「我相信在大戰前，多數貓兒也不會相信同胞會背叛部族。但事情就是發生了。誰敢保證不會再次發生？」

「就是說嘛，」莓鼻插嘴。「大家遭受這麼多黑暗森林的背叛，現在什麼事都不會令我感到意外。」

莓鼻發言的同時，鴉羽瞧見雲雀翅獨自坐在群眾間，緊盯著自己的前掌。他憐憫之心再度油然而生；聽到這些戰士拒絕相信曾在黑暗森林受訓的貓，她想必也很難受。

後來鴉羽察覺身後有動靜，於是將注意力從雲雀翅身上抽離；他回頭一瞥，驚見風皮起身。其他貓也轉頭看他往前一躍，筆直衝向蛛足。有的貓出於本能地閃開，而擋在風皮路上的貓也被他強勁的腳步撞飛。鴉羽縱身躍起攔截，深怕他要攻擊蛛足，破壞大集會的休戰協定。

沒想到風皮在群眾中央止步，停在雷族黑色公貓面前一尾長之處。附近的貓紛紛轉頭凝視，抖開身上蓬亂的毛髮。

「如果這麼多貓對我有意見，」風皮咆哮道：「應該有話直說，而不是老鼠心似地偷偷摸摸！」

一星從大橡木枝頭俯視，氣急敗壞地甩了一下尾巴。「風皮，你夠了！」他下令。

但鴉羽看得出來兒子沒有正視族長，要嘛沒察覺他說了話，要嘛決定充耳不聞。

「你們怎麼想我的，我心裡有數，」風皮繼續說。「但依我看來，別族有的戰士只是想找藉口開戰罷了。倘若說曾經與黑暗森林受訓或為他們打仗的貓，是日常生活的威脅來源，那這些唯恐天下不亂的貓又何嘗不是?」

「哦,你想推卸責任啊?」莓鼻冷嘲熱諷。他停下來舔了舔一隻乳白色的腳掌,往耳朵一滑。「風皮,不同之處在於,即使發現黑暗森林圖謀不軌,你還是和他們站在同一陣線,還準備殺害獅焰,準備殺害自己的親人!現在你說絕對不會傷害夜雲,這要我們怎麼相信?」

「因為夜雲是唯一關心過我的貓!」風皮立即回嗆。

兒子的回答既坦率又直接,鴉羽知道絕對不是假話,也看得出來他眼底的傷痛,他話一出口馬上懊悔在無意中對充滿敵意的貓流露自己脆弱的一面。

眼看風皮受苦,鴉羽也心如刀割。**我該關心他的**,他絕望地想。**我早該試著了解,而不是讓夜雲獨力應付……**

「我說什麼都不願讓她受到一絲一毫的傷害,」風皮往下說。「你們不在場,在場的是我,只有我知道到底發生了什麼事。夜雲失蹤不是我的錯。是受星族詛咒、霸占隧道的白鼬的錯!為什麼沒有貓敢去處理牠們?因為坐在這裡指責我比較輕鬆吧?哼,都是狐狸屎!」

他開始往後退,轉身走向圍繞林間空地的灌木叢。

「風皮!你要去哪裡?」鴉羽問道。

風皮止步回首,給父親嚴厲的一眼。「回隧道殺白鼬,」他嗆道。「反正沒有貓敢動手!」

蛛足抽動鬍鬚。「是嗎?還是想多偷聽一點雷族的情資?」他喵聲說。

風皮旋而轉身,面對雷族的戰士,他繃緊肌肉、張開腳爪。「你膽子真大啊,疥癬——」

眼見大集會的休戰協定將在幾秒內破壞，鴉羽的胃便開始翻攪。他馬上擋在兩隻敵對貓的中間，不讓流露怒火的眼眸交鋒。

「別激動，」他喵聲說。「這不是——」

莓鼻嗓音嘹亮地打斷他的話。「不，這是個好主意。不如就讓風皮進隧道，單挑那些白鼬？成功的話，不只幫了大家一個忙，也證明他的忠心。失敗的話，白鼬也讓他付出背叛的代價。或許這正是星族的旨意。」

這隻乳白色的公貓曾建議要讓所有黑暗森林的貓接受考驗，以證明他們效忠部族，那番話鴉羽還言猶在耳。**我曾經覺得這挺有道理的……但那真是星族的旨意嗎？要黑暗森林的貓犧牲生命來證明自己忠心不二？**

「你怎麼還在提要考驗黑暗森林的貓啊？」他咆哮道，哪怕他覺得莓鼻的想法有可取之處，卻也不願公開表示贊同。

莓鼻轉向他，未被他挑釁的嗓音震懾。「只有這個辦法能證明他們的忠誠度，」他答覆。「打從逮到風族貓來刺探敵情的那天起，我還是沒有改變主意。」

「偉大的星族啊！」鴉羽多麼希望他們沒在大集會上爭鋒相對。**倘若在別處，我一定會把他那張自鳴得意的蠢臉給撕下來！可是如果在這裡動手，勢必會引發戰爭。**「你這個笨毛球！到底要我跟你解釋幾遍？」他惱怒地抽動鬍鬚說道。「我們哪裡是在刺探雷族的情報！我們是在找夜雲。」

莓鼻聳聳肩，渾身上下的毛都寫滿了懷疑。「風族的承諾對我不管用。」周圍的許多貓開始狐疑地咕噥，其他貓則一臉困惑地保持沉默。

雷族的瞎眼巫醫松鴉羽，正是懷疑鴉羽言論的其中一員。鴉羽分不清他是真的相信他們去刺探敵情，還是和往常一樣對生父與同父異母的異族兄弟充滿敵意。就鴉羽所知，松鴉羽有時即使對喜歡的貓也不太友善，因此難以捉摸他真實的想法。

他這個性是打哪兒來的？

這時松鴉羽提高嗓門。「無論是不是刺探敵情，夜雲和風皮一開始幹麼進隧道？」

「這個我來回答。」一星答覆，鴉羽聽了如釋重負。

他瞥向林間空地對面，瞧見葉池站在松鴉羽的旁邊，鴉羽一度和她四目相交。從她的眼神不難發現她也為兩族之間升溫的緊繃局勢而擔憂。

儘管我們已分開好多好多個月了，我還是能看穿葉池的心思。

「因為白鼬，」一星接著說。「還有隼翔的預言。隼翔，跟大家說吧。」

這下每隻貓都將視線轉向這位年輕的風族巫醫。隼翔起身，即將在大集會發言的他略顯緊張。「我看到……，」他打開話閘子。他的嗓音低沉沙啞，彷彿有塊新鮮獵物卡在喉嚨，於是他清清嗓門，繼續往下說。「我看到驚濤駭浪，」他喵聲說。「湧出隧道，淹沒風族的領土。這明顯是預警。」

惶恐不安的沉默一度將各部族籠罩，貓兒們互換驚愕的眼神。從他們眼底流露的意外神情，鴉羽知道隼翔甚至沒把預言告知其他巫醫。或許這是好事一樁，他在心頭盤算。畢竟現在一星這麼信不過別族和他們的動機。

接著，棘星起身，沿著那根樹枝走到林間空地眾貓都能看到他的地方。他琥珀色的眼眸緊盯著一星。「風族有沒有打算把任何消息分享給雷族？」他質問道。「這個預警不只針對你們，也會對雷族造成影響，畢竟某些隧道通往我們的領土。怎麼都沒貓向我告知？」

一星噘起嘴脣，開始低吼。「風族的預言是用來警告風族的，」他回嗆。「雷族的貓凡事都要插手嗎？」

「不是我愛管閒事，」棘星答覆，顯然難以耐住性子。「但我們必須同心協力面對威脅，免得有貓受到傷害。在我看來，預言似乎和害死夜雲的白鼬有關，」他補充道。「你們是這麼想的對吧？」

一星只是氣得甩了一下尾巴，但隼翔尊敬地對雷族族長點個頭，高聲回應：「對，我們是這麼想的。」

「棘星，你不必擔心，」一星語帶輕蔑地說。「風族正在安排逐出白鼬的計畫。」

「我不擔心才怪，」棘星反駁。「我們察覺隧道洞口附近的獵物日漸稀少，可是在莓鼻的巡邏隊從白鼬爪下救了你們的貓之前，我們對這些白鼬都一無所知。分享消息才是友好的行為，你不覺得嗎？」眼見一星沒有回答他的挑釁言論，他又窮追猛打：「我認為雷族跟風族應該要合作。團結力量大。」

鴉羽憶起他對預言的想法……他自己也納悶，不知這是否暗示各部族應該相互合作。同意雷族族長而非自家首領的感覺怪怪的，但他就是不由自主。他瞧見葉池點頭贊同，但一會兒後，獅焰便站了起來。「我在黑暗森林裡差點被風族貓給殺了，現在哪敢跟風族合作啊？」他質問道。

一星俯視這位金毛戰士。「風族已重新接納風皮，認同他是忠心的風族戰士，」他對獅焰說。「但我能理解你或許難以接受。」

「他只對風族效忠，」獅焰嗤之以鼻，轉頭怒視風皮。「這不表示他會遵守其他戰士守則。要是我們合作，萬一他又攻擊我或其他惹他不爽的貓，誰還攔得了他？他是個惡霸！」

鴉羽必須向自己承認，要是在不久前，他會認同獅焰的看法。但如今他漸漸可以從風皮的角度看世界。他感覺身體裡好像有爪子在抓扒，想要一路穿透他的腹毛。眼見兒子們相互仇視，哀傷如千斤重壓在心頭。連他自己都意外的是，他竟對獅焰這個他沒能看著長大的兒子燃起保護之心。

以往他總是自我催眠、告訴自己，獅焰和松鴉羽，還有他們死於大戰的姐妹冬青葉——不是他的小孩，因為他從沒撫養過他們。但如今……他才發覺他不願見到風皮和獅焰這樣把彼此視作眼中釘。

鴉羽的每根毛都開始倒豎，他明白這樣是不對的。鴉羽深思，儘管這兩隻公貓不是同胞，但再怎麼說都是手足。然而，命運卻讓他們分屬敵對陣營。

風皮氣得瞇眼瞪獅焰。「你說得對，但我已今非昔比，」對同父異母的手足指控，他這麼回應。然後他轉身面向部族的其他貓，接著說：「你們要怎麼想都隨便。我不需要任何貓的幫助。只要一有機會，我就會回隧道殺光白鼬，為母親報仇雪恨——即使隻身前往也在所不惜。」

他旋而轉身，高視闊步地走回林間空地外圍，再鑽進灌木叢中。鴉羽在他身後呼喚，但風皮置之不理。只在身後留下尷尬的沉默。

霧星是第一個發言的，她向大家報告河族的消息，試圖照舊繼續開會，彷彿剛才沒有差點爆發小衝突。

「兩腳獸帶了一條狗擅闖我們的領土，」她告知與會的戰士。「蘆葦鬚和薄荷毛追蹤牠們的下落，幸好牠們完全沒惹麻煩就離開了。」

但眾貓根本無心聆聽，只是針對風皮的一番宣言交頭接耳、竊竊私語；等黑星和棘星三言兩語報告完畢，大集會便宣告解散。各族輪流過樹橋，分道揚鑣步入黑暗，空氣中依舊瀰漫著緊張的氛圍。

鴉羽與一星和其他族貓走過湖畔。每次一想到風皮和夜雲，他的焦慮便開始泛濫。他知道要是夜雲在場，一定有辦法安撫風皮。**可是現在是我的責任了，我卻不知該如何是好。**想到這裡，他揪心到難以呼吸。

這種感覺是否有消失的一天？

⚡⚡⚡

回到風族營區後，鴉羽走向戰士窩，途中瞧見石楠尾在對風皮說話，顯然是想安撫他。兒子氣上來了，用腳爪抓扒地面，看樣子石楠尾的努力沒有太大回報。

鴉羽轉往旁邊想跟他們說說話，卻聽見一星直接從他的寢室外呼喚風皮。

「我有話要跟你說，」族長邊說邊用尾巴向風皮示意。「你過來一下。」

風皮有所遲疑，顯然並不情願。**快呀，**鴉羽暗自催促。**別把場子搞得更難堪**。令他如釋重負的是，過了兩秒鐘，風皮便朝一星的方向走去，石楠尾則尾隨在後。鴉羽也跟上去了，他沒和其他貓同行，而是在幾尾遠的距離止步，好聽見他們聚在族長寢室外的對話。

「風皮，依我看，隻身進隧道不是個好主意，」一星開口說。「我也告訴過你，等每名戰士都從上回的小型戰役康復，我們會馬上發動適當的攻擊。」

一臉反叛的風皮正準備反駁，石楠尾便趁他開口前往前邁步。「他不會隻身前往。我會陪他。」

風皮猛一轉頭凝視這隻淺棕色虎斑母貓，眼神夾雜著驚喜與感激。「可是妳上回的傷還沒痊癒啊。」他提出異議。

「傷好得差不多了，」石楠尾對他喵聲說。「要是我攔不了你，也不會放你自己去。」

「可是我必須自己面對，」風皮抗議。「假如妳跟我同行，有了什麼三長兩短……那我永遠都不能原諒自己。族裡也不會原諒我。我希望妳平安。」

聽了他的這番話，鴉羽的憐憫與關愛油然而生，腳掌隨之隱隱作痛，頓時想要衝回隧道，代替風皮戰鬥。

「沒有我的允許，你們誰都不准去，」一星表示。他雖語氣尖厲，凝視風皮的目光卻流露出同情。「我無法同意一位或兩位戰士自行衝進黑暗的隧道。我不會派你們去殺敵，不過——」

「我必須去面對！」風皮打斷他的話。

「聽我說。」一星的尾梢抽動了一下。「我不會派你們去殺敵，但回去調查白鼬，查明牠們的居住地點和弱點，不失為好主意。這對風族和雷族都有好處。」

「這個我很拿手。」石楠尾急切地說。

可是一星不曉得石楠尾曾在地底混過多少時間。「我不是要你們進隧道，」他對她喵聲說。「那只會激怒白鼬，而我們還沒準備好全面開戰。從外面監視，看能蒐集什麼情資。」

石楠尾抽動尾梢，但沒高聲拒絕。

「可以等天黑再去，」一星繼續說。「如果你們有體力的話，今晚就可以出發。」

鴉羽端詳兒子，不知風皮是否會接受一星的提議，畢竟他在大集會巴不得要把那些白鼬碎屍萬斷。他不確定這隻黑毛公貓有沒有辦法控制自己的情緒。**要是他控制不了，一星又會作何反應？**

風皮和石楠尾互換了一個眼色，然後點點頭。「可以的。」風皮回答。

「白鼬應該外出打獵，」一星往下說。「但要是有任何一隻在隧道附近留守，你們千萬不可擅自進攻。這太危險了。」

鴉羽這回也想知道風皮是否會反對，不過兒子似乎因為有事可做而終於解脫了。「好的，我們不會輕舉妄動。」他保證。

一星認可地點點頭。「不過，光是你們兩個去，我不太放心，」他若有所思地說。「或許再找一隻貓會比較保險……喂，鼬毛！」

正走向戰士窩的薑黃色公貓戛然止步，面向他的族長。

一星再次用尾巴示意，要他過去。

鼬毛走上前，畢恭畢敬地向族長點了個頭。「一星，一切都好嗎？」他邊問邊對風皮投射一個不友善的目光。

「風皮和石楠尾要去隧道外監視，想辦法摸清白鼬的底細，」一星答覆。他對鼬毛說話的同時，眼底閃爍微光，鴉羽發覺他挺樂在其中。「你跟他們一起去。」

鼬毛倒抽一口氣。「什麼？跟他一起去？」

「你不願服從族長的命令嗎？」一星瞇著眼問道。

「不是啦，只是——」

「這麼一來你或許會重新考慮在守夜期間說話尖酸刻薄是否妥當，」一星打斷他的話。「更別提在大集會貿然發言，把不該向外族透露的情資統統脫口而出。我本來想罰你當黎明巡邏隊一個月，但這個決定更好。等你回營區之後，希望你能學會在某些場合乖乖閉嘴。」

鼬毛低著頭、垂著尾巴。「好的，一星。」他咕噥著說。

「而且，你好像跟風皮有過節，」一星接著說：「或許跟他多相處、一同完成風族的任務，你們的關係會有所改善。事實上，鼬毛，**最好**是有改善。」

鼬毛點點頭，看起來灰心喪志。

「鼬毛，別擔心，」石楠尾歡快地說。「我們不會讓那些討厭的白鼬接近你的。」

「我擔心的又不是白鼬。」鼬毛低沉地反駁。所幸族長一星已轉身走回他的寢室，沒聽見他的這番言論。

多了鼬毛這名同伴，風皮似乎沒有特別高興；不過鴉羽很慶幸他沒糊塗到出言反對。**他也必須學會某些時機由不得他暢所欲言。**

鴉羽目送三隻貓調頭步離營區。他的心裡七上八下，彷彿有一窩畫眉鳥試圖在他身體裡展翅。他一度腳癢想追上去，後來想想自己總不能老是照顧風皮。他曾怪夜雲太寵兒子，現在是時候讓風皮為自己負責了。

無論他們在隧道裡找到什麼，他暗想：**我只希望能給風皮帶來些許平靜。**

第十二章

戰爭的嚎叫與尖嘯在鴉羽周圍四起。空氣瀰漫著濃烈的血味。放眼望去，四面八方盡是扭打的貓，鴉羽身旁躺著女兒冬青葉的屍首。冬青葉的鮮血染遍了自己的一身黑毛，看得他肉趾隱隱作痛。

這是大戰役！鴉羽暗忖，意識到自己在做夢。**跟我印象中的一模一樣。**

這時，記憶變得更鮮明、更沉痛，他看見風皮撲向獅焰，害他失去重心，把他壓倒在地，用利爪抓他的臉頰。「你沒我想像中強嘛。」風皮洋洋得意地說。

鴉羽衝向前，聽見藤池哀求風皮別破壞部族之間的團結。

「獅焰不該出生的，」風皮對她喵聲說。「他們全都不該……」

接著，他的尾巴耀武揚威、心懷惡意地甩向冬青葉的屍體。「她已經死了，獅焰，現在輪到你了。」語畢，他一口咬向獅焰的喉頭。

鴉羽總算趕到兒子身邊，大嘴咬住風皮的肩膀。「給我住手！」他吼著把他從另一個兒子身上拽開。

可是，下一秒夢境起了變化。等鴉羽鬆開風皮，獅焰重回戰場。只見風皮往前邁開一步，接著轉身面向鴉羽；兒子的眼神把他嚇得豎起頸毛。鴉羽還來不及反應，風皮便伸出一掌，用利爪刷過他的臉。

無法想像的劇痛令鴉羽頭暈目眩，他的腦袋像是爆開似的，待痛意消褪，他眼前陷入一片黑暗。**我瞎了！風皮把我眼睛弄瞎了……他真的對我恨之入骨嗎？**

鴉羽一度驚恐過度，只能蜷在地面，感覺黏著鮮血的毛皮貼著他的側身。**那一定是冬青葉的屍首**，他心想。他知道那不是現實世界的事發經過。

「現在你得到應得的報應了！」風皮奚落他。他的嗓音大得不自然，好像在鴉羽的腦中迴盪。「因為你從沒愛過你風族的伴侶，選擇認雷族的小貓為子女，卻棄我於不顧。鴉羽，你為什麼這麼狠？」

鴉羽感覺鮮血從他殘疾的雙眼流淌而下，他無法回答兒子的質問。**儘管我跟獅焰和松鴉羽根本不熟……但說什麼也不能讓風皮殺了我另一個兒子，對吧？要是風皮真的對獅焰下毒手，一切就無法挽回了。但要是風皮不能認清這一點，他還有得救嗎？**

此刻鴉羽暈頭轉向，感覺周圍的場景在轉換。雖然戰爭的尖嘯已不復在，他仍感覺到附近有貓。**也許不只一隻**，他暗忖；深陷眼盲的黑霧中，他無助地四處張望。

幸好風皮的利爪所造成的黑暗漸漸退散。鴉羽在灰撲撲的微弱曙光下，迷茫地看見森林現於眼前。有隻肌肉發達的虎斑公貓站在他跟前。即使他的視力還沒完全恢復，鴉羽已能從對方強壯的形體和褐色的虎斑皮毛，以及銳利的冰藍色眼眸認出他是誰。

鷹霜！

他正是河族的叛徒；風族的前任副手想把一星趕下王位時，這隻貓跑去支持泥爪。使冬青葉傷重不治的也是他。

鴉羽怒不可遏，憤怒使他忘卻眼睛的劇痛。**都是你，你這個狐狸屎，害我沒辦法去了解我女兒！**

鴉羽使出全身僅存的力氣撲向鷹霜，但這隻狡滑的虎斑公貓只是往旁邊一閃，輕蔑地噘起他留疤的口鼻部。

鴉羽又發動攻勢，但鷹霜再次矯健地退到一邊。「追兔子的，你動作太慢了啦，」他譏笑道。「省省力氣吧，免得把我惹毛了。」

鴉羽很清楚在視力如此模糊的情況下，他無法有效進攻。**這只是一場夢**，他對自己說。**我其實無法為冬青葉的死復仇**。可是，他在悲痛與憤恨的驅使下，對鷹霜再一次出手。

鷹霜溜到一邊，嗤之以鼻地抽動尾梢。躍起的鴉羽在落地時撞上另一隻貓。他失去平衡而倒地，胡亂拍動腳掌，抬頭驚見自己的兒子風皮。

風皮站在他面前，以琥珀色的雙眸怒視，並用前掌壓著他。「為什麼你要為雷族的親人而戰？」他嘶聲問道。「那你風族的兒子怎麼辦？」

鴉羽想要答話，可是嘴裡發不出半點聲音。風皮退後，舉起一隻腳，好像準備再次出擊。

鴉羽猛然驚醒。黑暗將他包圍；月已西沉，他能看見在天空現出第一道微亮的曙光，襯托出荒原頂端和紀念石堆的輪廓。他認出周圍蜷著身體睡覺的族貓，也聽見他們微弱的呼聲和抽鼻聲。

逃過惡夢糾纏的鴉羽，心裡沉重不安。他知道自己是不可能睡回頭覺了，也不願繼續呆躺在窩裡。他需要好好動一動，可是如果在營區走動，勢必會吵醒族貓。於是他悄悄溜出戰士窩，步上通往營區外的斜坡，並對正在執勤看守的雲雀翅點了個頭。

出了營區以後，鴉羽在結霜的草地上踱步，起碼他現在可以跟自己紛亂的思緒獨處了。

他對夜雲的思念超乎想像，對風皮也愛恨交加。**有時候他把我氣得半死，可是有時候我又——好像幾乎要開始疼愛他。**

鴉羽想起了大集會上獅焰與風皮的彼此仇視，**又再次感到莫名的哀傷。他們兩個都是我的兒子，但他倆大概都不想認我當父親。至於松鴉羽是怎麼了，我也摸不透。**

他把思緒轉向荒原彼端的隧道，風皮、石楠尾和鼬毛仍在那兒調查白鼬。希望他們，包括鼬毛在內，都能平安無事。鴉羽很想相信風皮是真心想要證明自己，卻又無法完全擺脫內心糾纏的恐懼，深怕兒子對風族的效忠都是裝出來的。深怕有朝一日他會被情緒綁架，做出什麼魯莽的行為，甚至走向萬劫不復的不歸路。

這就是我做的夢啊，鴉羽恍然大悟。我在內心深處，還是無法相信這個親生骨肉。**要是哪隻蛇蠍心腸又舌燦蓮花的貓慫恿他放任黑暗的本能，他很可能會有所動搖。倘若悲劇真的發生，又會為風族乃至於每個部族帶來什麼麻煩？**

這個念頭盤旋不去，鴉羽因而繃緊肌肉，腳爪深掘土地。**為什麼事情要這麼複雜？看在星族的份上，我們才擊退黑暗森林的貓。那為什麼部族內部的分歧會這麼要緊？**

鴉羽開始明白，黑暗森林那樣的外在威脅雖然可以摧毀部族，但從內心摧毀戰士的卻是自己的情緒。**但願事情可以簡單一點**，他暗想。**這些喜怒哀樂只會把貓變得軟弱，我情願不帶一絲情感地生活。**

身後傳來了腳步聲，使鴉羽從沉思中抽離。他旋而轉身，準備出爪，發現來者是隼翔才放鬆心情。

「你還好吧？」巫醫問候。

「我沒事，」鴉羽收回爪子答覆。「只是被你嚇到。不好意思，把你吵醒了。」

「沒有啦，不是你的錯，」隼翔對他喵聲說。「我醒來好一會兒了——看起來你也是。」

鴉羽點點頭。「我做了一個夢……」他這麼開頭。一開始他不願透露細節，可是下一秒馬上把故事話說從頭，將他重返大戰現場、風皮弄瞎他的雙眼、還有他想跟鷹霜拚命卻徒勞無功的夢境一五一十地道來。

「我很肯定這些不是預言，」他為夢境的內容做了結論。「但我還是覺得這場夢在暗示些什麼。也許鷹霜和那恐怖的楓影，之所以在我腦海中揮之不去，是因為……那是一種警告？」

「警告什麼？」隼翔問他。

鴉羽不願回答。他知道許多同胞不信任風皮，假如連他這個風皮的親生父親都表達疑慮——這對族裡百害而無一利。

但如果我連自己族裡的巫醫都不相信，又還能相信誰？

「關於風皮，」最後鴉羽坦承。「最近我對他漸漸改觀，在大集會上他又誓言要消滅白鼬；只是我心裡還有疙瘩，總覺得無法相信他。」

隼翔喵嗚了一聲，覺得挺有意思。「我才是巫醫，」他喵聲說。「通常只有我才會接收預言。」

這番話使鴉羽想起隼翔最後一次預言：大水從隧道傾巢而出，強風將它擊退，但後來風勢退散，驚濤駭浪就這麼吞噬一切。

「你在巫醫集會上接收到了預言，」他若有所思地說。「星族肯定是想警告我們隧道有白鼬，不過……預言應該不只那麼簡單吧？你覺得有沒有弦外之音？白鼬或許只是我們要面對的第一道難題？」

隼翔發出一聲疲憊的嘆息。「接收到預言後，我也在想同一件事，」他答覆道。「大戰結束後，我們休養生息之際，白鼬大可跑來我們的地盤；但即便如此，牠們這種小角色，我族應付起來也是輕而易舉。」

鴉羽點點頭。「沒錯。那場小混戰不該打得那麼慘烈。我們真的不該失去夜雲。」

「我也因此開始思考預言裡的洪水是什麼意思，」隼翔繼續說。「起初我以為強風擊退洪水代表風族的勝利，但接著來了第二波，沒有風能使它退散。這是否意味著風族將被擊敗？對別族來說又有什麼意義？我們是否必須面對另一種敵人的尖牙利齒，無論那是白鼬還是在黑暗中蟄伏的某種敵對勢力？」

「我也一直在想，」鴉羽坦承。「嗯，第二波代表什麼，是不是意味著我們應該跟別族合作。」鴉羽仔細思量巫醫的話，一陣寒意冷不防地從他的耳朵竄到尾梢。他問自己黑暗中蟄伏的敵對勢力指的是不是潛藏風皮心中的憤怒與仇恨。

不過，隼翔夢裡的強風確實對可能淹沒營區的洪水起了作用。或許那表示有勝利的機會。

「風皮」的風也是一種風……荒原上的天空隨著暮光漸亮，鴉羽既興奮又滿懷希望，同時感到不可置信。**如果說隼翔預言裡的風，指的不是全風族，而是風皮呢？「風皮」的風哪怕微弱輕柔，但……要是風皮真能扮演關鍵的角色，救大家一命呢？**

還有比它更好的救贖嗎？

第十三章

「抬起前腳，」鴉羽下指導棋，邊講邊親自示範。「接著朝敵人揮兩拳，一掌一拳；然後落地逃跑。」

「酷斃了！」呼掌驚呼。

太陽從荒原升起，只是草地仍覆著冰霜，空氣清爽而充滿寒意。鴉羽發現只要他專心教課，夜晚的沉默也會一掃而空。他答應除了帶自己的見習生羽掌，也順道帶呼掌同行，因為呼掌的導師金雀尾仍帶著每日巡邏隊爬過荒原，造訪紀念石堆。到目前為止，課程進行得很順利，比上回鴉羽試圖同時帶兩名見習生還要輕鬆。

「你們兩個都試試看，」這個動作鴉羽又再示範一次，然後對他們說。「好，現在幻想你的敵人。」

鴉羽觀察兩名見習生試著重覆他示範的動作，同時在想或許很快就要跟白鼬浴血一戰了。風皮和石楠尾還在調查隧道。希望他們平安無事。但鴉羽很清楚，族裡的其他貓也必須為下一步做準備。他們雖然不會叫見習生打頭陣，但沒有貓知道接下來可能會發生什麼事。

我要他們做好準備。

「呼掌，非常好，」鴉羽稱讚道；他沒想到這隻青年貓這麼快就抓到新招的訣竅。他穩健地抬起前腳，揮拳強而有力。「繼續保持，你一定能把白鼬嚇得屁滾尿流！」

呼掌難為情地低著頭。「因為我的導師很優秀，」他提醒鴉羽。「夜雲聰穎又堅強，教會我很多戰略。」

鴉羽沒料到會聽見對前任伴侶的讚揚，但話說回來，身為她旗下見習生的呼掌是除了風皮以外跟她最親近的貓了。雖然鴉羽一向知道夜雲是個能幹的戰士，卻懷疑自己沒有替她說過公道話。**大概有很多關於她的事，是我不知道的**。他強忍一聲悲嘆。**以後也無從得知了**。

「羽掌，妳也做得很好，」鴉羽也不忘鼓勵自己的見習生。「只要記住——」

他話沒說完就聽見營區邊界傳來哀嚎，也立刻認出那是石楠尾的聲音。他隨即轉身，只見石楠尾和鼬毛在坡頂，中間攙扶著一隻癱軟的黑毛貓。

是風皮！不好了！

風皮怎麼一動也不動？鴉羽怕得心裡七上八下。

他怎麼受傷的？一星說得很清楚，他們不能跟白鼬交戰……然而，望著風皮癱軟的身體，鴉羽知道待會兒還有足夠的時間聽他同伴解釋。**偉大的星族啊，他乞求道：拜託別告訴我他死了……我恐怕無法承受**。他的腦中閃過夢境的內容，冬青葉滿身是血的屍體。**難道這就是我做**

夢的原因？在幫我做心理準備？

鴉羽往上坡狂奔，迎接歸來的戰士；在此同時，他發現鼬毛的白色腳掌沾著殷紅的血。鴉羽體內從耳朵到腳爪的血液在澎湃。**血是打哪兒來的？鼬毛是不是殺了我的兒子？**

鴉羽衝到三隻貓面前，脊椎一排的毛髮倒豎。風皮一動也不動，架在兩隻貓中間，側身有一道好大的傷口。

「怎麼了？」鴉羽質問。他面向鼬毛，補了一句：「是不是你下的毒手？」

鴉羽這才發現鼬毛的嘴裡銜了一個血淋淋又軟趴趴的東西。牠把那玩意兒一扔，鴉羽定睛一看，只見一隻白鼬，覆在牠白毛上的鮮血漸乾。

「當然不是！」鼬毛回嗆，氣得瞇起眼睛。「就算我動手，也沒這個能耐。」

「鴉羽，你行行好，」石楠尾說：「先別急著質問鼬毛，幫我們把風皮扛進隼翔的窩裡。」

他還沒死！

鴉羽鬆了一口氣，不再有怨言，趕忙跑去撐起風皮的後腿，和另外兩隻貓步履艱難地穿過營地，走向巫醫窩。

「我們照一星所說的，在外面監視隧道，」途中鼬毛開始解釋：「可是看到這麼多白鼬外出打獵，我們覺得機不可失，應該進去一探究竟。我們找到了白鼬的窩、獵物堆，還有牠們使用的出入口。裡面靜悄悄的，不料我們竟在準備出去的途中聞到白鼬的氣味。我們發現牠們待在主隧道的一個窩。」

「我們想要溜走，一如一星吩咐的避開危險，」石楠尾接著說。「可是風皮……」她語帶哽咽。

「風皮衝進去**突襲**牠們，」鼬毛接手故事。「易如反掌地宰了一隻。」他頭扭向營區邊界，也就是他扔下白鼬屍體的地方。「可是另一隻厲害多了，向風皮反擊，在他側身劃了一道裂口。要不是我跟石楠尾逼他撤退，他還會繼續奮戰。最後他失血過多，失去意識。所以我們把他拖出來，帶回營區。」

鴉羽瞄了石楠尾一眼，她點頭證實鼬毛所言不假。「我們都想盡辦法要阻止風皮，」她喵聲說。「可是他鐵了心要痛宰白鼬。」

鴉羽從她眼底看出她有多擔憂。她直打哆嗦，不斷轉頭去舔風皮側身的傷口。**她一定真的很在乎他。**

等鴉羽他們走近隼翔的窩，更多貓兒圍了上來，臉上帶著好奇夾雜驚愕的表情。鴉羽聽見他們竊竊私語，但說了什麼他聽不清楚。**大概多數貓都希望風皮死了吧。這樣就除了他們的心頭之患！不過，跳蚤皮，你們不會得逞的。**

羽掌跑去巫醫窩通報，這隻雜色灰毛公貓這時從岩石縫出來迎接。

「偉大的星族啊！」瞧見風皮的傷勢，他驚呼道。

鴉羽怕得毛皮陣陣刺痛。**傷勢一定很重，否則巫醫怎會這麼反應？**

隼翔立刻鎮定下來，言簡意賅地補了句：「快——帶他進來。」

鴉羽幫其他貓扛風皮進寢室，讓他躺在富彈性的苔蘚窩。鴉羽觀察隼翔為兒子檢查傷勢的同時，內心萌生新的感受，暖流般在他體內流動，他從耳朵到尾梢都溫熱起來。起初他不確是什麼，後來才明白那是為人父的驕傲。

風皮一定是蜜蜂鑽進腦袋了才會進白鼬窩，他暗忖。**但再怎麼說，那個舉動都非常勇敢**。風皮還是見習生的時候就對隧道十分恐懼，如今夜雲因進隧道而死，只會多蒙上一層陰影。他要真正鼓起勇氣，才能面對恐懼，跟白鼬拚命。

蜷在風皮身旁的隼翔起身，把他的傷口舔乾淨，然後面向鴉羽。「他傷得很重，」他回報：「想必你也看出來了。需要密切觀察。」

巫醫的這番話令鴉羽的胃如狂潮翻攪。**我才剛開始了解兒子，不會讓我現在失去他吧？**

「我來陪他。」石楠尾馬上提議。

鴉羽搖搖頭。「謝了，石楠尾，」他喵聲說：「可是我想留下來照顧兒子——至少現在。可不可以請妳向一星稟告事發經過，也把那隻死白鼬帶去見他？」

石楠尾稍加猶豫，沒把握地瞄了風皮一眼。鴉羽看得出來她想留下來陪他。

「等他醒了我叫妳，」他對這隻年輕的母貓保證。「但現在重要的是讓一星知道我們面對什麼敵人。」

「知道了。」石楠尾甩了甩皮毛便離開寢室。

隼翔前往巫醫窩裡面的藥草庫，只剩鴉羽和鼬毛並肩站著。薑黃色的公貓頭低低的，難以從他的表情解讀心思。鴉羽想起他第一眼看到鼬毛時對他說的話，尷尬地皮毛宛若針扎。「對不起，我錯怪你攻擊風皮。」過了一會兒，他咕噥著說。

「沒關係，」鼬毛回話，鴉羽驚訝他竟不帶怒氣。「我說了你兒子那麼多壞話，你這麼想也情有可原。但當我看見他追殺白鼬的英勇表現，便知道他不可能跟夜雲的死扯上關係。說了那些壞話，是我不好。」

這下子鴉羽更尷尬了，只好難為情地朝自己肩膀舔了一下。「等風皮醒了以後，你應該跟他道歉。」他喵聲說。

鼬毛點點頭。「我會的。我還是不曉得在歷經大戰的洗禮後，一星為什麼要讓風皮回到族裡，但經過這次事件，我願意姑且相信他是無辜的。他今天確實為了我們拚搏。」

聽到鼬毛還是不肯完全信賴他的兒子，鴉羽感到大失所望。起碼他願意給風皮一次機會，鴉羽揣想。總算是一個開始。

「謝謝你帶他回家。」他喵聲說。

「這是我唯一能做的。」鼬毛回應，隨後點頭告別，走向戰士窩。

鴉羽回到原處，只見隼翔正在把杉葉藻嚼成糊藥，溼敷在風皮的傷口上，再拿一團厚厚的蜘蛛網將它固定。

「這樣應該有效，」巫醫邊說邊若有所思地俯視風皮。「看樣子至少止血了。可不可以請你先看著他？我要向一星稟報。」

隼翔離開後，鴉羽往風皮身邊一坐，聆聽他費力的呼吸。他聞到兒子毛上糾結的乾涸血腥味。一度感覺自己回到太陽沉沒之地的瀑布邊，勢不可擋的巨浪向他席捲而來。

但令鴉羽不知所措的不是巨浪。而是看見風皮負傷，又得知夜雲已死。

鴉羽屈身湊到他面前，但來不及靠近在他耳畔低語，風皮的眼瞼就慢慢睜開。縱使他恢復意識令鴉羽鬆了一口氣，但直視兒子的雙眸，他只看見悲痛。

風皮眨了幾下眼，然後目光鎖定鴉羽。「雖然我殺了白鼬，但還是無法讓夜雲起死回生，」他悲慟地低語。聽到兒子接著說：「我一開始就不該把她留在隧道的。」鴉羽難過得心如刀割。

「先別說話了，」鴉羽溫柔地對他喵聲說。「你需要休息。我替你經歷的事感到遺憾，但我們會替你母親報仇的，我向你保證。」眼見風皮有所懷疑，他又補充道：「要是即將開戰，風族需要像你這樣堅強又勇敢的戰士。」

風皮瞪大眼，用他琥珀色的眼眸不可置信地盯著鴉羽。他雖不發一語，眼神卻像是在問：**跟我說話的，真是我的父親鴉羽嗎？**

鴉羽難為情地清清喉嚨。「我拿點獵物給你，幫你補充體力，」他喵聲說。「馬上回來。」

鴉羽出了巫醫窩，發現石楠尾和羽掌以及呼掌徘徊不去。

「風皮怎麼樣？」石楠尾焦慮地問。

「他醒了，」鴉羽回答，看見石楠尾如釋重負，碧眼炯炯有神。「但他需要休息。在此同時，全族上下必須做好準備。」

「準備什麼？」呼掌問道，尾巴一擺、豎直空中。

「戰鬥。」鴉羽說。

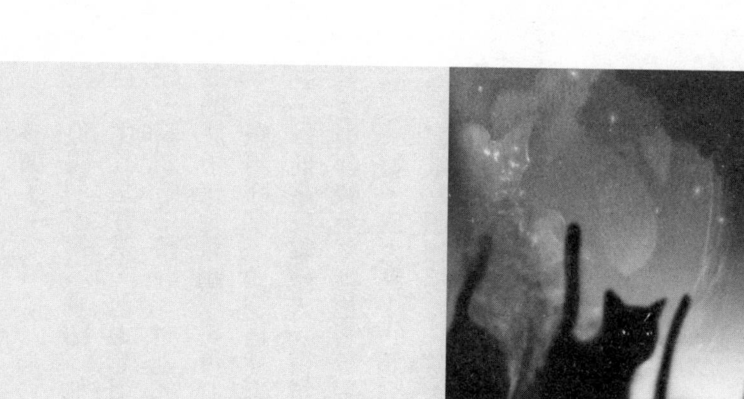

第十四章

「萬萬不可，」兔躍臉色凝重地對四名見習生說。「一星已下令見習生不得跟白鼬交戰。」

「可是風族需要全員出動！」呼掌表達異議，以懇求的眼神仰望副族長。

「風族需要出動的是所有的**戰士**。」兔躍糾正他。

「真不公平。」微掌嘀咕。

鴉羽氣得抽動鬍鬚。見習生吵著想參與戰役，害他們白白浪費寶貴的練功時間。

「就讓他們加入受訓好了，」他向兔躍提議。「或許這樣他們會乖乖住口。「畢竟白鼬攻擊營區的可能性也不能排除。見習生必須有能力保護自己和長老以及留守巫醫窩的那些貓。」

羽掌輕盈躍起，眼中閃過興奮的微光。

「哦，對啊，兔躍，拜託嘛！」

副族長遲疑了一下，然後點點頭。「或許

這也無妨，」他做出決定。「鴉羽，那他們交由你來負責。」

多謝了。

但鴉羽不得不承認，他不介意與見習生共事。他們全都表現良好，成為優秀的戰士指日可待。尤其是呼掌，他邊想邊幫他們配對，練習他幾天前教呼掌和羽掌的招式。夜雲把他教得很好，鴉羽暗中讚許，對她的思念之情又湧上心頭，繼任的金雀尾也很稱職。夜雲幫呼掌打了深厚的底子，她教起來更得心應手。

想到呼掌，鴉羽自然對自己的見習生更為關注。羽掌的招式也學得有模有樣；她用後腳直立，以前掌攻擊敵人，保持了絕佳的平衡感。不過她稍有猶豫，好像擔心會傷了同胞；其他見習生則興致盎然地搶著練習。

「膽子放大點！」鴉羽指導她。「出擊要更快。現實的戰場上，敵人是不會等妳的。」

羽掌點頭如搗蒜，接著繼續和燕麥掌練對打。鴉羽看了很滿意，因為她出拳速度更快、力道更強，把燕麥掌按倒在地，跳到他身上，發出一聲勝利的嚎叫。

「好樣的！」鴉羽稱讚她。

風族幾乎全員出動，來到營區附近一片平坦的荒原，參與備戰培訓。一星和兔躍借重風皮、石楠尾和鼬毛回報的情資，擬定了一個計畫：派幾隻貓進隧道，把白鼬趕往入口；其他貓則等白鼬現身，準備伏擊。他們會把獵物留在入口附近，好引誘白鼬跑到空地。

這招應該有效，鴉羽心想。**這麼一來，或許我們能把這些星族詛咒的動物趕盡殺絕！**

「好，」等見習生把這招練得差不多了，鴉羽喊道：「你們揮了幾個好拳，也往回跑出了界，那接下來要做什麼？坐下來聞芬芳的花？」

「再次進攻！」呼掌吼道，羽掌樂得尾巴往上捲。

「沒錯，」鴉羽回答。「但你們的敵人也不會呆坐著聞花。他們會朝你直撲而來，所以你們必須攻其不備。有沒有什麼想法？」

「劃破牠們的喉嚨！」微掌咆哮，伸出前掌、亮出利爪。

「可以試看看，」鴉羽同意，但私下覺得沒那麼簡單。「還有呢？」

「從背後突襲？」羽掌回答。

「好主意，」鴉羽回應，對見習生的聰明才智很滿意。「那我們來試一下。先練第一招，再攻擊對手的後腿。羽掌，別忘了，膽子放大點！」

「也別忘了妳的敵人有多危險。」風皮的嗓音從鴉羽的正後方傳來。「要萬事小心。」

鴉羽意識到風皮走到他的身邊。雖然他從隧道遠征之旅回來已經好幾天了，傷也痊癒得差不多了，但鴉羽發覺他眼底的那道火光已然熄滅。他終於明白母親不會回來了。

瞧見兒子傷痛的眼神，鴉羽便打定主意，即使風皮打斷他的訓練課程，也不對他發脾氣。他決心不要挑起紛爭找架吵。

「沒有錯，」他同意。「等上了真正的戰場，不要冒不必要的危險。」

見習生繼續練招，而鴉羽察覺風皮一直站在旁邊。他沒參加受訓，只是沿著練習場地的外圍跛行，他的步伐緩慢而謹慎，尾巴拖在地上。如今父子倆的距離近到貌似對彼此的存在感到自在，但鴉羽知道不是那麼回事。他幾乎不敢正視兒子，不敢看他了無生氣的昏暗雙眸。

鴉羽相信族裡大多數的貓都和他一樣替風皮感到難過。後來他瞧見葉尾和金雀尾在兩條尾巴外的距離交頭接耳。葉尾流露出嘲弄的眼神。

「他不是讓大家聞風喪膽的黑暗森林戰士嗎？」他對金雀尾小聲說。顯然他聽到風皮叫見習生要小心的忠告。「怎麼聽起來比老鼠還膽小？」

風皮在無意中聽到這番冷嘲熱諷，鴉羽發現他身子一僵，眼中立刻點亮怒火，彷彿想要同時跟那兩隻貓打架。

「你們有閒工夫八卦真好呀，」鴉羽嘶聲說道，死命盯著葉尾。「而且根本不把預言中毀了全族的白鼬當一回事。給我閉嘴，回去工作了。」

葉尾張嘴貌似想要做出無禮的反駁，但金雀尾推了他一下，兩隻貓便三步併作兩步地跑走了。鴉羽緊盯著他倆，直到兩隻貓開始練躍起翻滾的作戰招式。

「他們說的別放心上，」他對風皮輕聲說。「他們不知道你受了什麼苦，也不知道你是多麼優秀的戰士。」

風皮顯露不屈不撓的堅定神情。「那我會表現給他們看，」他喵聲說。「我會在今天的戰場上證明自己。」

鴉羽嚇了一跳。「你還沒恢復狀態，不能上戰場吧！」他脫口而出。

鴉羽很想勸風皮別加入隧道的突擊任務，可是風皮的表情和強烈的口吻都告訴他那麼做也徒勞無功。

起碼這次有我照應，鴉羽心想。**這次我不會令他失望了。**

ᛊᛊᛊ

還沒到正午，風族貓便啟程前往隧道。由兔躍、鴉羽和鼬毛領軍，其餘的戰士則跟在後頭川流不息地橫越荒原。負傷的風皮殿後，走起路來雖仍一瘸一拐，但仍設法跟上。鴉羽想要看緊他，但風皮發現後對他回以怒目。

「你真的確定？」鴉羽聽到與風皮並肩而行的石楠尾問他。

「是啊，你也不是不知道那些白鼬有多難纏。」燼足附和道。

「我很確定。」風皮咬牙切齒地回嘴。

在他們出發前，石楠尾對見習生交代了隧道裡的來龍去脈，清楚告誡上戰場超乎他們的能力範圍。鴉羽猜是風皮要她這麼做的。她講完以後，見習生似乎對同胞即將面對的敵人萌生新的敬意。

「你覺得牠們有多大？」呼掌邊問同伴，邊把自己的毛弄鬆來壯大身型。「有這麼大嗎？」

「大多了！」微掌瞪大眼回答。

「我猜牠們爪子和牙齒都超長的，」羽掌加油添醋。「風皮真勇敢，隻身對抗白鼬大軍。」

他們的推測教鴉羽聽得很樂，點頭表示讚許。**總算哪！**

如今，風族已能看見陡峭的堤岸，隧道入口正敞著大嘴等候他們。兔躍喊了一聲止步，將族貓喚到他周圍集合。

「再提醒一次待會兒的戰略，」他開口說。「我會和石楠尾與鼬毛一同進隧道。」

鴉羽不耐煩地移動重心。他自願加入前往地底的隊伍，可是兔躍指派他留在外面帶伏擊隊。至少他沒挑風皮重返隧道。當風皮得知自己沒入選戰役的前鋒，他的眼中燃起了怒火；儘管如此，他還是按捺情緒，毫無怨言地留在鴉羽身邊。

「雲雀翅和金雀尾會把兔子就定位，」兔躍接著說。「希望獵物的氣味能把白鼬引出來，這樣我們就能在自個兒的土地上和牠們一決勝負。」

好好好，這些早就知道了，鴉羽心想。他焦急地抓扒草地，巴不得將利爪伸進白鼬的身體，將牠們雪白的皮毛染成殷紅。**別再囉嗦了，快點開始吧**。

「至於你們其他成員，快到樹叢裡躲起來。」兔躍的尾巴揮向距離隧道入口幾隻狐狸遠的金雀花叢。「有沒有問題？沒有？那就動身吧！」

兔躍帶頭走進隧道，石楠尾和鼬毛則疲憊地跟在後面。鴉羽看雲雀翅和金雀尾把兩隻兔子擱在入口外，並拖著獵物好在草地留下牠們的氣味。接著，這兩隻母貓便鑽進其餘族貓藏身的灌木叢。

現在也只能靜觀其變了。

彷彿過了幾個月那麼久，兔躍才從最鄰近的隧道衝出來，另外兩名同伴也緊跟在後。他們橫越空地，加入其他樹叢裡躲藏的族貓。

「牠們來了。」兔躍緊張地說。

幾秒鐘過後，不少白鼬從隧道探出腦袋，像是期待遇到麻煩似的，聞空氣中的氣味，眼珠子四處張望。

快呀，鴉羽暗自催促。所有的本能都要他撲向前戰鬥，如今卻得按兵不動，他的四條腿忍得很辛苦。**難道不想吃點鮮美多汁的兔肉？**

接著，後方傳來一個聲音。「這就是大家警告在隧道出沒的危險敵人？」

微掌！鴉羽旋即轉頭，毛皮劃過帶刺的金雀花。「你們這群見習生跑來這裡幹麼？」他質問道。

四名見習生都在他面前蜷著身子，臉上洋溢著自鳴得意的神情。他既驚恐又惱怒，有好幾秒哽咽地說不出話。

「是你叫我們膽子放大點的，」羽掌說：「所以我們來幫忙打仗。」

「對嘛，這麼精采刺激的事，兔躍休想攔住我們。」呼掌一面說，一面亮出爪子劃過地面。

「看起來沒那麼難纏嘛，」燕麥掌注視外頭的白鼬，做出評論。「牠們長得……挺可愛的！」

「不敢相信我們之前居然那麼害怕！」呼掌驚呼。「走，去收拾牠們！」

「不可以！」鴉羽吼道。「回營區去！」

但如今白鼬已從隧道湧出，圍成一圈嗅著獵物。見習生興致盎然，聽不進鴉羽的話。在呼掌的帶領下，他們鑽出樹叢，朝著敵人勇往直前。

白鼬猛然轉身，面對四隻衝來的小貓。鴉羽趕忙追去，這群動物發出詭異的啁啾聲，上前迎擊。

「回來！」鴉羽再次嚎叫。當他發覺為時已晚，恐懼猶如風中的葉片震搖著他。

第十五章

白鼬源源不絕地湧出隧道。**牠們太多隻了！**鴉羽意識到寡不敵眾，驚恐地胸悶。四名見習生馬上被團團包圍。白鼬的體型雖比獾還小，但身手敏捷狡滑；自上次交手，鴉羽得知牠們的牙齒比鷹爪還要銳利。

感覺像遭到暴風雪襲擊。

他還來不及行動，白鼬便把見習生給困住。燕麥掌緊張地使出一招格鬥戰術，不料白鼬出擊又快又猛，而且數量實在太多。

鴉羽衝向見習生，風皮和金雀尾也緊跟在後。等到只差幾尾遠的距離，鴉羽轉頭回望，確定其他同胞都跟上了。然後他就義無反顧地投身激戰。

他們違背命令，這下不可能將他們毫髮無傷地救出來了，他絕望地想。**只希望他們準備好戰鬥了！**

「練過的招別忘了！」他叫道。「放膽出擊！」

羽掌努力遵命，撲向最近一條隧道的白鼬。鴉羽把一隻白鼬揮到旁邊，又把另一隻壓到地上，利爪插進牠的肩膀，同一時間也瞥見他的見習生用後腳直立，朝敵人耳朵使勁揮了兩拳。白鼬痛得尖叫，逃之夭夭。羽掌發出勝利的尖嘯，但在此同時，更多白鼬從她身後的隧道湧現，跳到她身上、撕扯她的皮毛。羽掌就這麼隱沒在海浪般的白色形體下。

「不好了！」鴉羽嚎叫。**最近我已失去太多貓了！**他內心忐忑不安，深怕他所在乎的見習生會死在這些齷齪入侵者的爪下。

他把白鼬扔到一旁，隨著羽掌潛入隧道入口，用兩隻前掌把那些動物從她身上扒下來。這隻年輕母貓蹲在隧道地上，抽抽答答地哭了起來。她的傷口滲出鮮血，虎斑灰毛也為此纏結。

鴉羽暴怒咆哮，將白鼬趕進隧道。他頓了一下，仔細聆聽，想確定自己有時間把見習生拖到安全的地方。等啁啾的叫聲消逝，他輕輕銜起羽掌的頸背，將她拽到空地。她的身上遍布抓傷，背上有一道特別深的傷口。其中一隻後掌也笨拙地懸著。

鴉羽的思緒一度轉移到羽尾的死，她的身體撞到洞穴地面，發出令人作嘔的嘎吱聲。**當時我救不了她，但我一定要救羽掌**，他堅毅地盤算。

周遭硝煙四起，他的風族同胞戰士正與白鼬交戰。他看見好幾個白色形體橫屍地面，但他的族貓仍安好無恙。

鴉羽環顧四周，瞧見風皮和石楠尾並肩作戰，呼掌也離他倆不遠。他鬆了一口氣，因為他們似乎都傷得不重。

「這裡！」他呼喚他們。「羽掌受傷了——我們必須保護她！」

風皮和石楠尾聽了立刻奔向他，呼掌也緊跟在後，他們三個見到鮮血從年輕的族貓身上大量湧出，全都不由自主地倒抽氣。四隻貓同心協力在羽掌周圍組成屏障，虛弱無力的羽掌則試著起身。

「別動，」鴉羽下令。「還沒搞定白鼬。先把牠們解決再說。」

不過，惡戰的喧擾已漸漸沉寂。鴉羽能聽見堅韌的荒原草地上傳來急促的奔跑聲。白鼬的猛烈攻勢已落幕，開始撤回隧道。其他風族戰士把牠們逼回老巢：金雀尾和伏足帶頭，對白鼬的黑色尾梢窮追不捨，直到所有的白毛動物全隱沒於黑暗之中。

「帥耶！我們贏了！」燕麥掌歡呼。這隻淺棕色的虎斑貓興奮地跳下跳下。鴉羽慶幸的是，他唯一的傷口是肩膀的兩道抓傷。

「暫時結束了，」他氣惱地對燕麥掌說。「但白鼬會在隧道裡重振旗鼓，而且數目可能會更多。我們得先撤了，把羽掌帶進巫醫窩。」

「我沒事，」羽掌咕噥道。「我可以留下來繼續打。剛才我的表現不錯吧？」她仰望鴉羽，又補了這句。「像你教的那樣，我出手可快了。」

她的聲音愈來愈小，眼皮狂顫幾下便闔上，然後失去意識。

「妳比剛出生的兔崽子還糊塗，」雖然不確定她聽不聽得見，鴉羽還是回覆她。「可是妳很勇敢——而且奮不顧身。」

風皮過來幫他抬羽掌。看著年輕母貓的身體癱軟地垂在他們中間，自責猶如血潮朝鴉羽鋪天蓋地而來；只有微弱的呼吸證實她還活著。

「她背上傷得很重；還有，要是她的腳掌不馬上治療，就無法完全康復。」他哀傷地說。**假如她無法復原，我會永遠都無法原諒自己。**

在扛羽掌橫越荒原的過程中，風皮保持沉默；鴉羽察覺兒子一直緊盯著他，卻又無法解讀他的目光。他什麼也沒說，鴉羽又心亂如麻，沒心力質問他。

直到風族的營區映入眼簾，風皮才開口。「羽掌的腳傷，你不用發愁，」他突然說。「只要隼翔用紮實的一叢紫草葉和蜘蛛網包紮，應該就會沒事。」

鴉羽好奇地看了他一眼。「你怎麼知道的？」他問道。「你又沒受過巫醫的訓練。」

「沒錯，」風皮回答。「但我還是見習生時，受過同樣的傷，那正是吠臉治療我的方式。幾天後我又能活蹦亂跳了。」

鴉羽本來想說他不記得風皮曾受過傷，後來還是把話吞回去。仔細一想，他確實記得什麼傷，應該說他記得夜雲為兒子的傷勢發愁。當時他忙著當石楠尾的導師，只是覺得夜雲一如往常溺愛兒子。

鴉羽這才明白風皮的眼神為何那麼奇怪。父親讚美羽掌又為她的傷勢煩惱，令他心生妒嫉。

原來我沒照顧到的，不只是雷族的骨肉，這下他恍然大悟，宛如晴天霹靂。我對風族的兒子這麼不在意，幾乎沒印象他受過重傷。**難道我對見習生的關心，真的多過親生兒子？**

鴉羽有個不祥的預感，覺得自己知道答案，又或者知道直到最近才改變的答案。然而，鴉羽希望無論他父親當得有多失職，都能從現在開始彌補。事實上，夜雲走了之後，他也不得不善盡家長的責任。他必須接受自己不若以往，一如風皮不再是隻叛族的貓。

現在的他已是可將經驗傳授給小貓的戰士。他忍住一聲惆悵的嘆息。**要是我的小孩晚點出生……我就能當個更稱職的父親，不曉得對風皮還來不來得及？**

⌁⌁⌁

鴉羽在風皮的協助下，努力扛著羽掌進隼翔的寢室，看見年輕巫醫驚懼地瞪大了眼，但隨後馬上恢復專業效率。

「把她帶來這裡，」他邊說邊用尾巴指向一窩柔軟的苔蘚。「醫治戰場傷患的草藥，我都備齊了。」

但沒有貓料到傷勢最重的竟是年紀最小的貓，鴉羽暗忖。這是他從隼翔眼中讀到的訊息。**對我不盡公允。**

年輕的巫醫很善良，不忍苛責鴉羽沒照顧好見習生。不管怎樣，他對鴉羽的責難，都不會超過鴉羽的自責。

鴉羽和風皮把羽掌放下，舒適地安置在窩裡；隼翔蹲在她面前，舔去她背上的血，為她清潔傷口。

「發生了什麼事？」他邊舔邊問。

「我們離開時，白鼬都被趕回隧道了，」鴉羽答覆，不安感開始在胃裡作祟。「只是奇怪，其他戰士怎麼還沒回來？」

不一會兒，他便得到疑問的解答。石楠尾把頭探進隼翔的寢室入口。

「怎麼了？」風皮焦急地問。「妳沒事吧？」

「我沒事，」石楠尾回答。她又對隼翔補充道：「我們把白鼬趕進隧道，本來以為都結束了。沒想到接著又有更多隻傾巢而出，於是我們不得不撤退。雖然宰了幾隻，終究還是寡不敵眾。」

那現在該怎麼辦？鴉羽暗中問自己，得知他們連小小的勝利都沒贏得，失望有如烏雲蔽日籠罩著他。先前已向雷族保證白鼬的問題已在控制中。但這不是事實。**萬一我們自己解決不了怎麼辦？**

然後他把這個想法拋諸腦後。眼下還有更重要的事要面對。

「石楠尾，能不能把羽掌的父母找來？」

石楠尾馬上點了個頭。「燼足可能還沒回來，但我剛才看見莎草鬚。現在就去叫她。」她旋即離開，匆匆的腳步聲也隨之消逝。

愁眉深鎖的燼足和莎草鬚雙雙抵達時，隼翔正在把金盞花葉嚼成溼敷糊藥。鴉羽能嗅出他們恐懼的氣息。

「羽掌怎麼受傷的？」燼足質問的同時，莎草鬚蹲在她不省人事的孩子身旁，開始舔她的耳朵。「她不該上戰場的！」

「她跟其他見習生跟蹤我們，在未經允許的情況下加入。」鴉羽解釋道。

燼足和莎草鬚互換一個驚愕的眼色。「一定是別的貓慫恿她的！」莎草鬚說。「羽掌自己肯定不會幹這種傻事。」

「那到底是怎麼回事？」燼足追問。

「羽掌遭到一群白鼬伏擊，」鴉羽答覆：「所以才受傷的。」

「她失血過多，一隻腳掌也裂開了。」隼翔補充道。

「但她會好起來的，對不對？」莎草鬚用懇求的眼神仰望他。

隼翔猶豫再三。「現在還很難講，」最後他坦白說。「我會先包紮她的腳掌，並治療她背上的傷，但是必須等她醒來，才能確定會不會康復。」

燼足和莎草鬚互看彼此一眼，眼神夾雜著哀痛與憤怒。莎草鬚蹲在孩子身邊，舔羽掌毛上凝結的血塊；燼足則用尾梢輕拂她的肩膀。

「鴉羽，你身為她的導師，」他咆哮道。「應該要確保她不會捲入這麼危險的任務啊！」

「族裡下令不准見習生參戰的，」鴉羽堅稱，同時發現風皮正沒把握地望著他。「但我的確有叫她膽子放大點，」他坦承道，罪惡感油然而生，喉嚨彷彿跟著緊縮。「她大概是會錯意了。她是那麼勇敢……已經具備戰士所需的所有特質。我叫她膽子放大點，絕對不是要她投身不適合見習生的危險戰役。」

「所以是你讓她萌生這個念頭的？」燼足肩膀的毛開始倒豎，嗓音轉為低沉又具威脅性的咆哮。「為什麼？她只是個見習生欸！」

「我只是想要鼓舞她，」鴉羽回答：「可是——」

「你最近究竟是**怎麼了？**」莎草鬚打斷他的話。「大戰以來，你就像是魂不守舍！我知道你痛失所愛，但話說回來……如果不是你，羽掌現在也不會躺在這裡，誰也不知道她能不能活下去！」

鴉羽想對這兩隻快要抓狂的貓說導師的職責在於啟發見習生，要是羽掌聽從兔躍的指示待在營區，現在一定還活蹦亂跳的。但他知道他們會怎麼反應，要奢求他們的諒解簡直是天方夜譚。就連剛溜進來、現在坐在羽掌旁邊的呼掌，都無法正視鴉羽的目光。

他是不是也怪我？鴉羽捫心自問，身子突然覺得好熱。**他怪我也是情有可原。他們都是。一星也是，這就是為什麼他沒選我當副族長。因為最近我魂不守舍。風族因此付出許多代價。**

「我很抱歉，」他對莎草鬚和燼足道歉。「我很難過。我知道我不是個盡責的導師。」**我也不是個盡責的父親。**

「這點我無法反駁，」燼足冷淡地說。「鴉羽，我曾經對你百分之百地信任。一星選你當羽掌的導師時，我十分高興。可是現在——現在我開始懷疑，是不是因為你怠忽職守，才造成風皮愚蠢的行徑。我原本以為他是被別的貓帶壞的，但現在我不得不對你改觀。我已經不曉得我們該不該再相信你了。羽掌差點被你給害死了！」

鴉羽迎上風皮的目光，卻不知他想在對方的眼眸中找到什麼。支持？或許同情？**他是不是同意其他貓的看法？畢竟他從不吝於告訴我他對我有多灰心。**

然而，風皮並沒有展現他所想的任何情緒，他只是一邊俯視地面，一邊在泥地上來回摩擦前腳。

「我的窩不是你們吵架的地方，」隼翔聲明。其他貓說話的同時，他已幫羽掌的背敷好糊藥，再覆上蜘蛛網將藥草固定。「請你們統統離開，不要打擾羽掌養病。」

「不行——我想留下來陪她！」莎草鬚反對。

「可是她需要靜養，」隼翔講起道理。「妳待在這裡，她只會想趕快起床，證明自己是多英勇的戰士。」

「他說得對，」燼足同意，走到莎草鬚身旁，催她起身。「走吧。等羽掌醒來，隼翔會告訴我們的。」

「這是一定的。」隼翔保證。

莎草鬚心不甘情不願地任伴侶把她哄出寢室。風皮和呼掌也跟著離開。鴉羽看了一眼羽掌了無生氣的身體，才隨後離去。

出了寢室後，只見兔躍和其他戰士也已歸來。他正在召集傷者，挑出傷勢最重的傷患讓隼翔先看。

「羽掌怎麼樣？」金雀尾問道。

鴉羽搖搖頭。「不太樂觀。」他坦然地說。

「她怎麼會上戰場的？」伏足接著問。「不是禁止見習生參戰嗎？」

「是啊，但他們違抗命令，」鴉羽答覆。「不過，我確實叫羽掌要更堅定。」他百般為難地加了那麼一句。

戰士間傳來一陣驚呼。葉尾的嗓音蓋過眾貓。「我不敢相信你竟然在打仗前對見習生說那種話！這樣慫恿他們，跟親自幫他們磨利腳爪有什麼不同？」

對鴉羽來說，同胞指責的目光有如長滿荊棘的一整叢金雀花，朝他的毛皮刺來。**他們說得對。我在每個關鍵時刻都做出錯誤的決定。但至少有件事我沒錯判：隧道的威脅不容忽視。**

「我有話想說。」他向大家宣告，在眾貓充滿哀痛的話語聲中提高音量。

兔躍面向他。「那就說吧。」他簡潔地下令。

「或許是我表達得不對，」鴉羽說。「但有件事我沒說錯，見習生和其他同胞都要勇敢堅定。難道你們忘了隼翔的預言嗎？從隧道湧出的黑水，在強風助陣下波濤洶湧，足以吞噬風族和雷族，說不定影族與河族都會跟著遭殃？假如我們沒把白鼬的問題好好處理，萬一之後又有什麼壞事呢？萬一部族在跟白鼬交戰後筋疲力盡、身負重傷，沒有足夠的體力應付下一個威脅呢？」

站在鴉羽面前的呼掌聽了毛髮倒豎，流露出驚恐的眼神。「你說什麼？」他質問道，彷彿忘了見習生和資深戰士說話的分寸。「還有第二波戰役？黑暗森林的貓會班師回朝？」

「不，我不是那個意思，」鴉羽答覆，試著安撫呼掌。「因為我沒十足的把握。不過，隼翔做那場夢，背後一定有其原因。令我擔憂的是，一場新的衝突，可能是來自外部的威脅，可能是族裡的內部紛爭，將像是隧道中的暗影把我們籠罩，也說不定像是大洪水將我們都沖走。」

群眾裡幾隻貓開始嘀咕：「有蜜蜂鑽進他腦袋了。」但鴉羽對這種言語侮辱置之不理。

鴉羽需要的點子宛如一隻難捉的獵物。雖然離他近在咫尺，卻又總是抓不到……「我知道答案呼之欲出，」他喵聲說。「我有預感。」

在鴉羽周圍聚集的貓互換懷疑的眼色，彷彿沒有一隻相信他要說的話。令鴉羽詫異的是，率先發言的竟是風皮。

「你可能說對了，」他打開話閘子。更令鴉羽意外的是，在所有貓當中，支持他的居然是風皮。「畢竟預言裡有兩股浪潮。強風吹走了第一波，但第二波卻將一切淹沒。所以，依你看，是不是除掉白鼬就能阻擋更大的威脅？」他若有所思地說，似乎將父親的擔憂認真看待。「你覺得要怎麼將牠們除之而後快？戰鬥時，牠們出動了那麼多隻，而且蟄伏在隧道中的肯定有更多。我們寡不敵眾，隧道的動線牠們又比我們熟得多。把牠們引到空地也不容易。」

鴉羽點點頭。「沒錯。」他頓了一下，不確定該怎麼回覆兒子，只是需要揪出來的點子仍舊在他的腦子某處潛伏。**也許我該把它當作一隻狡滑的獵物，**他心想。**假裝忽視它，好讓它過度自信……**

下一秒鐘，他靈光乍現，好似一隻白鼬將目光探出暗影。**一如白鼬，我接下來要講的話不會中聽。**他深吸一口氣。「倘若我們想要成功殲滅白鼬並清空隧道，」他喵聲說：「就需要幫手。我們需要雷族。」

在他周圍群聚的貓驚愕地你一言我一語。鴉羽身後傳來一個聲音，壓過了眾貓。「萬萬不可！」

鴉羽轉頭只見一星走上前加入旗下的戰士，以冷淡的反對目光瞪他。

「鴉羽，我不敢相信你居然提議我們向雷族求助，」他咆哮道。「風族可以自己解決。

這裡發生的事跟雷族無關。我絕對不會讓別族發現我們現在不堪一擊。以前火星老愛插手我們的家務事，」他補了一句。「我不想為棘星開先例，不然雷族很快就會管起我們族裡的大小事。」

「更何況我們連自己族裡的貓，都不能完全信任。」葉尾邊說邊嫌惡地看了風皮一眼。

葉尾話還沒講完，石楠尾便旋而轉身，怒視她的同胞。「你怎麼**有良心**說這種話！」她嘶聲說。「風皮是第一個衝鋒陷陣的，還殺了一隻白鼬。你應該心懷感激。」

葉尾只是輕蔑地彈了一下尾巴做為回應。

「我不需要妳為我辯護，」風皮對石楠尾說，毛髮沿著脊椎豎起。「事實上，」他冷酷的目光掃過族貓補充道：「我不需要你們任何一位。」

聽到風皮的這番回應，石楠尾既驚恐又難過地瞪大眼。鴉羽也很吃驚，畢竟石楠尾一直以來都那麼力挺兒子。他知道風皮只是惱怒挫折才大發雷霆，等他冷靜下來後，應該就會後悔兇了石楠尾。她是他在族裡真正唯一的朋友。

「叛徒！」喧嚷持續的同時，伏足嚎叫道。

聚集的族貓發出更多叫聲，多半是指責風皮，但也有不少替他辯護。眾貓紛紛怒髮衝冠、亮出利爪，看樣子很快就要大打出手了。鼬毛從鴉羽身邊擠過去，差點把他給撞倒，正面迎視葉尾，嘴唇往後嘶，齜牙低吼。

鴉羽愛莫能助，只能灰心地站在一旁，眼睜睜看著他心愛的部族在他面前四分五裂。

「夠了！」一星的嚎叫聲壓過一片喧嚷。「收回你們的爪子！」當戰士面向他，他再補一句：「你們難道不覺得白鼬很樂見我們內訌嗎？」

鴉羽無聲無息地溜進巫醫窩。等一星在兔躍的協助下，指派未受傷的戰士出發打獵，把場面控制下來，爭論聲才漸漸消失。鴉羽不想被選中。

我很確定現在每隻貓寧可把自己的尾巴咬掉，也不願跟我一起外出打獵。

「我可以在這裡待一會兒嗎？」他詢問隼翔。「我可以幫你看著羽掌。」

鴉羽萬萬沒想到隼翔對他投以同情的眼神。想必只有他才不會覺得我是個占空間的廢物。

「那再好不過了，」隼翔答覆。「我一直在整理需要用來醫治其他傷患的草藥，可是又不想拋下羽掌。可以先陪她一下，等我回來嗎？」

「沒問題。」

隼翔銜著用葉子裹著的草藥步出寢室。可以和羽掌獨處的鴉羽，在她的窩邊坐了下來，低頭聞她的氣味。雖然她還是不省人事，清新的紫草和金盞花比血味還要強烈，她的呼吸似乎也比以前更深沉穩定。

鴉羽想跟她說些什麼，可是自責使他開不了口。**我辜負了她，就跟我辜負風皮一樣。**

「羽掌，我很抱歉之前鼓勵妳投身險境，」最後他說。「我對妳說話應該更謹慎才對，一看到妳出現在隧道旁邊，就該馬上勸妳直接回去。但我萬萬沒想到事情會急轉直下。」

此刻他又開始煩惱籠罩各族的巨大威脅，還有唯一能對付白鼬的方法就是結合雷族的力量。**可是一星聽不進去的，**他憤恨地想。他原本以為大戰結束後，各族會發現彼此之間的命運息息相關。沒想到各個部族分裂的情況竟比以往更嚴重。

還有風族的問題呢？他問自己。**不只各族間存在著衝突……風族內部也暗潮洶湧。**難不成風族注定要內訌到四分五裂嗎？這麼少貓相信風皮，他們還團結得起來嗎？

「還有風皮自己的問題，」他高聲自言自語。「他又會怎麼樣？」

他不曉得風皮是否真有一天能揮別大戰後的憤懣與傷痛。**難道大戰役的陰霾會糾纏我們一輩子？**

鴉羽蜷在寂靜的巫醫窩，感覺一陣睡意襲來。戰役的壓力、羽掌的傷勢，和同胞之間的脣槍舌劍，已榨乾了他的精力。他自己的傷跟羽掌相比雖然不算什麼，但也像一窩蜜蜂在圍攻。有那麼一會兒，鴉羽努力抵抗睡意，後來往羽掌那頭靠得更近，這樣要是她有什麼動靜，就會把他喚醒。然後他便進入夢鄉。

鴉羽赫然發現自己在隧道間狂奔，跑得比他在現實生活更敏捷、更有自信。正前方淺灰色的光告訴他那是灰足，儘管一開始他看不見。

「等等我！」他呼喚著她。「妳怎麼老是這樣對我？」

接著鴉羽眼前亮起一道更耀眼的光芒。他衝進一個空曠處，發現自己來到了林間空地。一輪滿月高掛夜空，在樹木和灌木叢上撒落銀光，燦爛的星光也穿過枝葉的縫隙。空地中央的一小池水宛如液體的星光。

鴉羽既恐懼又疑惑，打了個哆嗦，彷彿血液就要凝結成冰。**這是哪裡？**他問自己。這輪銀盤般的滿月告訴他這不是現實世界。可是他也知道只有巫醫才能在死前進入星族。

「鴉羽？」母親的聲音讓他猛然抽離自己的思緒。「你怎麼張大嘴巴呆站那裡，以為獵物會自動飛進嘴裡嗎？」

這時鴉羽發現灰足坐在一叢拱型蕨類植物的陰影下。他走向她，感覺這四條腿好像不屬於自己。

「我們在哪裡？」他扯開沙啞的嗓音問。

灰足不耐煩地抽動鬍鬚。「在你的夢裡呀，鼠腦袋。」她答覆。

「那妳帶我來這裡幹麼？」

「我還是希望你能看清事理，」灰足對他說。「既然我的話你聽不進去，我只好帶個朋友來。」

鴉羽後方的樹叢傳來一陣窸窣聲聲。他猛然轉身，嚇得毛皮隱隱刺痛。他盯著樹叢一分為二，看見一隻灰色的虎斑母貓踏進空地。她羽狀的尾巴揚得很高，一雙碧眼閃耀著對他的愛意。

「鴉羽，你好。」她喵聲說。

「羽尾！」鴉羽低聲說。驚愕與不可置信宛如利爪令他揪心，再度喚醒他痛失摯愛的記憶。「真的是妳嗎？」

他最後一次見到這隻美麗的河族母貓是在山區，在部落貓住的山洞。她躍上山洞屋頂，緊抓一塊尖石，直到石頭斷裂、筆直墜落，最後插進凶猛獅貓尖牙的心臟。可是羽尾也隨之墜落；她展現了義舉，卻也犧牲了自己的性命。

她救了部落，也救了我。哦，羽尾……我好愛妳！

震驚的鴉羽呆若木雞，羽尾則步步前進，與他交纏尾巴，深情地用鼻子愛撫他。他感覺她毛皮的溫暖，嘗到將他包圍的香氣，實在不敢相信這只是一場夢。

「我很想妳。」他哽咽地說。

「我也想你。」

羽尾退後一步，直視鴉羽雙眸的深處。「但你跟我從前認識的鴉羽已經不一樣了。」

「什麼意思？」鴉羽問道。

「還記得我同時在星族和殺無盡部落吧，」羽尾說。「部落允許我來，跟你說說話。我一直在守望著你，但看了這麼多，我很憂心。」

「什麼意思？」鴉羽問她。

「我見過你跟風皮的相處方式，」羽尾答覆。「我認識的那個鴉羽從不吝惜付出愛。為什麼偏偏不願對自己的親生兒子展露呢？」

鴉羽猛一轉頭，凝視灰足。「妳們現在是聯合起來針對我囉？」

灰足聳聳肩。「我必須讓你看清……我知道只有她說的，你才會言聽計從。」

鴉羽長嘆一聲，再次面向羽尾。「妳說得對，」他坦承。「我試著跟風皮重修舊好，只是擔心為時已晚。一切之所以亂了套，都是因為風皮還是見習生的時候，我沒善盡做父親的責任，無論我多想回到過去撥亂反正，時間都無法倒轉。如今風皮仍然深受折磨。我還能怎麼辦？」

羽尾對他深情地眨眨眼。「接受風皮真實的樣子。」

「我盡量，」鴉羽向她保證。「可是當務之急是確保族裡平安。我很清楚，需要雷族幫忙，我們才有辦法把白鼬趕出隧道，可是一星偏偏聽不進去。」

羽尾的碧眼閃爍著同情的光芒。「那你只能做一件事，」她喵聲說。「忠於自我。」

鴉羽驚訝地抽動鬍鬚。「真要我忠於自我……那我應該會去找葉池，」他喃喃自語。但羽尾是真的建議他去找繼她之後，他唯一愛過的貓，而且違背族長的旨意嗎？「我該瞞著一星去嗎？」他問道。

羽尾熱切地凝望他。「鴉羽……」她開口說，但聲音愈來愈微弱。

「葉池會有辦法說服棘星，出手幫助對雷族也有好處，」鴉羽在腦中拼湊出計畫。「只要結果是除掉這個外患，一星也不會在意過程的。」

灰足屈身向前。「鴉羽……部族的興亡才是最重要的。你必須把部族的福祉擺第一。」她的最後幾個字聲音小到聽不見了，林間空地的皎潔月光也漸漸暗淡。黑暗籠罩前，鴉羽最後一個看見的是羽尾的雙眸，一如綠葉季溫暖的藍天。

鴉羽眨眨眼，在昏暗的巫醫窩中醒來。他身旁的羽掌還是沒恢復意識，雖然羽尾和灰足不見了，她們的話仍清晰地烙印在他腦中。他起身拱背，做了一個相當到位的伸展。

莎草鬚說得對，他反躬自省。**大戰以來，我就一直魂不守舍，沒對族裡盡忠。雖然我沒當上副族長，但似乎只有我看清事理。是時候把風族擺在第一順位了。**

這個時候，鴉羽知道自己該怎麼做了。

第十六章

鴉羽在風族領土邊境的一片林地鑽進了矮樹叢。他不喜歡腳下泥土的溼氣，也不喜歡腦袋被枝葉包圍。他嚮往的是荒原有彈力的青草，和在山腰奔馳時，風吹過鬍鬚的感覺。

怪不得雷族貓各個都這麼怪了，誰教他們老是住在森林裡！

離開營地時，鴉羽考慮抄捷徑穿過隧道，直達雷族的領土，他的腳掌和皮毛澎湃著在途中宰掉幾隻白鼬的衝動。**但要是這麼做，可能永遠都到不了隧道的另一頭，**這是他的覺悟。

前往邊境小溪時，鴉羽彷彿聽見隼翔的嗓音。**起了一陣強風，將洪水擊退。但最後風勢停了，洪水繼續暴漲……最後將一切吞噬。**巫醫話裡的畫面如此逼真，鴉羽似乎可以親眼看見那些不得安寧的浪潮，好像那是他的預言，是星族捎給他的一則特別訊息。

從那時發生的每一件事，尤其是夜雲和風皮在洪流湧出的隧道蒙受災厄，鴉羽說什麼都無法擺脫他應該負起責任、解決問題的念頭。

或者，萬一我失敗了，我的親人就會覺得擔子落到他們的肩頭。我不能把這個重擔加諸他們身上。

說也奇怪，鴉羽心境一轉，竟覺得沒當上副族長或許是好事一樁。如果當上了，他絕對不敢背著一星做這種事；身為戰士比較沒有顧忌。他一聽見介於風族和雷族邊界的小溪汩汩水聲，這份信念就是支撐他繼續下去的動力。他不由自主地想起一星嚴正反對向鄰族尋求援助。

而如今我正是要去求援。犯了這個大忌，可是會被族裡驅逐出境的。

等靠近小溪時，鴉羽嚐了嚐空氣，聞到惡臭的雷族氣味記號、雷族貓的新鮮氣味。幾秒鐘過後，莓鼻和刺爪便從溪邊一叢老灌木的後頭現身。

唉呀，星族！不要又是莓鼻！

鴉羽揮動尾巴示意。兩名戰士發現他時，身子一僵，鴉羽還看見他們亮出利爪。他靜靜等待，不敢再靠近邊界半步，只是任雷族貓戒慎恐懼地聞味道，目光在他兩側的沿岸來回閃爍。

過了一會兒，兩隻貓才鬆懈下來，收回爪子；他們顯然沒聞到其他風族的氣味。即使如此，鴉羽還是留在原地，不敢走向溪邊。

「你要幹麼？」莓鼻問道。

「我有話要跟葉池說，」鴉羽答道，並恭敬地點了個頭。**我對莓鼻才不會懷抱敬意呢！只是現在我需要他好好配合。**「我有很重要的事要跟她討論，這件事不能等。」

莓鼻和刺爪互換一個略帶敵意的懷疑眼色。「關於什麼事？」刺爪問道。「族裡的事？巫醫的事？」

「私事。」鴉羽回答。

莓鼻被逗得哼了一聲鼻息，刺爪則還是一臉嚴肅，瞇著眼瞪鴉羽。「你已經跟葉池分享太多私事了吧。」他吼道。

哦，看在星族的份上啊！鴉羽強迫頸毛攤平。「不是你們想的那樣。」他為自己辯護。

兩隻貓猶豫了一下，後來莓鼻對鴉羽唐突地點個頭。

「你得留在原地，待在小溪的那一頭，」他答覆。「這個時間點，我們不方便送你進營區。」

的確，畢竟大集會場面鬧得那麼難看，鴉羽暗忖，盡量不為此惱怒。**這些日子以來，大家的防衛心都特別強。**

「好，謝了，」他答覆。「我在這裡等。」

兩隻雷族貓隱沒在矮樹叢中，往營區的方向走。鴉羽一邊等，一邊望著在石床上的潺潺溪水。他曾見過溪水湍急的樣貌，想到這裡他又不免憶起隼翔的預言。**地底的河流應該不致於暴漲成隼翔預見的那種洪水。這裡的「水」一定另有含意。**

鴉羽追尋解答，像是暗中跟蹤一隻狡詐的獵物，靜待牠自行現身，只是他再怎麼努力都還是遙不可及。

「還是放棄吧。」他大聲咆哮，反正沒有貓會聽見。他惱怒地彈了一下尾巴，不知他是否真的必須肩負起族裡的興亡。

鴉羽沒等多久，矮樹叢便一分為二，莓鼻和刺爪再度現身。一想到能和葉池重逢，鴉羽的肉趾就興奮地隱隱刺痛。縱使他對她的感覺已隨時間流逝而有所改變，他還是深信她值得信賴，她會理解他此行的急迫性。

蕨類植物再一次分開。看見出現的貓不是葉池，他努力按捺情緒，免得發出氣惱的嘶聲。來的是松鴉羽。

「我不是說我想見葉池嗎？」他邊說邊困惑地盯著雷族貓。

「我們不是很清楚你要談什麼私事，」刺爪解釋。「況且葉池在忙，所以我們覺得帶松鴉羽來也無妨。」

火爆的反駁都到了嘴邊，鴉羽還是硬把它吞了回去。跟一個兒子相處就已尷尬無比，他還沒準備好面對另一個。

兩名戰士離開，松鴉羽則步上堤岸，胸有成竹地渡溪，彷彿對地形瞭若指掌。看見盲眼兒子這麼能幹，鴉羽對他刮目相看。他的內心湧現一種說不上來的情感，但他清楚自己沒參與太多松鴉羽的生活。**兒子如今這麼有成就也不是他的功勞。**

松鴉羽豎起耳朵，肩膀的毛也開始聳立。他跟鴉羽一樣開心不起來。

「你來這裡幹麼？」他略帶驚愕地說。「無論怎樣，最好是好事。我中斷執勤就是為了來見你。我可不想被族長當作懶惰的習見生而召見。」

鴉羽壓抑掉頭回家的那股衝動。即使一切進展順利，松鴉羽還是扳著一張臉孔、一副很難搞的樣子。有鑑於最近發生的這麼多事，請他幫忙可不容易。

但我不也是這副德性嗎？他向自己坦承。**他這點或許是從我這兒遺傳的吧。**

鴉羽回想起他做的夢，以及羽尾給的忠告。他知道自己別無選擇，只能放手一試。

「我想跟你談白鼬的事，」他打開話閘子。「風族在我們那頭的隧道應付不了白鼬。牠們其實遠比我們最初想的還要麻煩。」他遲疑了一下，用一隻前爪抓扒地面。「松鴉羽，事實上……風族需要雷族的援助。」

果然如他所料，松鴉羽氣得甩了一下尾巴。「那一星幹麼堅持自己處理？他為什麼不跟你一起來，要求和棘星面談？」這時他突然驚訝地豎直耳朵。「一星知道你來這裡嗎？」

「嗯……不知道。」鴉羽只好招認，猜松鴉羽大概不想再講下去了。

令鴉羽意想不到的是，松鴉羽似乎很是佩服，樂得從喉嚨發出生硬的呼嚕聲。「我必須說，你蠻帶種的，」他喵聲說。「所以說，一星還是堅持要自己處理……他難道沒發現隧道附近的白鼬膽子愈來愈大，陣容愈加壯大，對雷族也將成為威脅嗎？」

「當然了，可是——」鴉羽的話被松鴉羽打斷。

「我們擴大了巡邏隊，但最近在領土上沒發現太多白鼬的蹤跡。本來我以為牠們不會回來了，看來是我搞錯了。」

「不，問題是我們那頭情況很嚴重，」鴉羽向他坦白，想到夜雲的離世，他又再次感到懊悔。「我們以為自己有辦法搞定，卻低估了那群白鼬，這是我們不對。況且，我有預感，牠們不只是單純的有害動物。」

「怎麼說？」松鴉羽問道。

「大集會你也在場，」鴉羽回答。「你也聽到隼翔說的了，洪水湧出隧道，恐會淹沒各族領土的預言？我開始覺得白鼬是其中一環。」

松鴉羽雖沒說話，但從他歪著腦袋來看，鴉羽知道他正在專心聆聽。

「萬一白鼬其實只是熱身賽，」略受鼓舞的他繼續往下說：「先把各族打得潰不成軍，等遇到更大的挑戰就無法招架？」

松鴉羽翻了他看不見的藍眼一個白眼。「繼與黑暗森林浴血奮戰之後，」他喵聲說：「你覺得星族會想用白鼬來嚇唬我們？預言的事交給巫醫就好。」他半轉身，像是準備離開。

鴉羽對他的嘲弄裝作沒聽見。「我擔心的是大戰，」他急著要松鴉羽聽進去。「那讓我有所覺悟，在那之前各族對彼此領土的紛爭都是小事。我從沒料到部族間的衝突竟會犧牲這麼多條性命。既然曾經有過，就難保以後不會發生。」

松鴉羽哼了一聲，顯然還不相信。「區區幾隻白鼬就會開啟下次大戰？」

「有可能，」鴉羽堅稱。「這並非牽強附會。那些白鼬已殺死一隻貓，又害另一隻重傷。可能因為我們還沒完全恢復元氣，牠們的膽子每天愈來愈大。牠們動作敏捷又心狠手辣，所以才這麼致命，再加上數量眾多。就算風族的戰士全上戰場，仍是敵多我寡。為了雙方的福祉，風族和雷族必須合作——說不定還要結合影族和河族的力量。」

「可是，一星還沒改變心意吧？」

「對，」鴉羽實話實說。「合作的事，一星還是聽不進去。這個主意必須由……別的貓發起。」

松鴉羽大吃一驚，鬍鬚都拱了起來。「你要把鼻子探進蜂窩了是吧？」他再三猶豫，最後嘆了口氣。「那好吧。我會去跟棘星談。他挺講道理的，應該會認真看待這件事。」

他充滿信心的語氣和對棘星溢於言表的尊崇，再再提醒鴉羽，松鴉羽和他的族長有多親近：他們一度相信他倆是父子。**對他而言，棘星是個好父親……或許比我當得還稱職。**

「如果想聽我的建議，」松鴉羽往下說：「我認為風族必須先解決自己內部的問題。假如你一開始就提出建言，或許夜雲就不會死了。」

兒子直言不諱的批評，鴉羽聽得皺眉蹙額卻又一聲不吭。**他說得對。**

「別的事不說，」松鴉羽接著說：「大戰至少教了各部族**團結合作**的重要性。」

「你說得對，我同意。」鴉羽承認。

松鴉羽急躁地抽動耳朵。「我向來都是對的。」他喵聲說。

鴉羽輕點個頭，後來難為情地豎直毛髮——松鴉羽又看不見他的動作。於是他由衷地謝過兒子，目送松鴉羽熟練地渡溪，返回雷族那一頭。

一隻瞎眼貓竟能毫不停留、不用前腳探路就能橫越小溪，這可真不簡單。

鴉羽目送松鴉羽隱沒在樹叢的同時，感覺有根荊棘刺進他的心臟。松鴉羽縱使脾氣差……卻也是隻聰明又特別的貓。**壞脾氣是遺傳到我，**鴉羽自省。**這點我很確定。那其他的特質呢？**

他忍不住試想，要是當初把松鴉羽帶大的是他，而不是棘星，不曉得兒子會變成什麼樣子。**他還會當上巫醫嗎？松鴉羽是否會踏上一條截然不同的道路？**

他想到了風皮……缺乏安全感、易怒又過得很掙扎。**這裡有多少成分是因為我？倘若是由**

別的貓撫養長大，風皮會不會變得不一樣？

在回風族營區的路上，鴉羽感覺全身沉重，好似泥水浸溼了他的毛皮。他想要擺脫，對自己說這些關於松鴉羽的想法，如今都太遲了。松鴉羽已經長大了，成為一名如假包裝的巫醫，一位舉足輕重的異族成員。

反觀風皮……

鴉羽甩甩皮毛，自覺在這個節骨眼沒時間思考個人的問題。

眼下有更重要的事要應付。

鴉羽一抵達風族營區，就發現一星坐在他的寢室外。族長起身，直瞪著鴉羽，看他一路走下坡路，再橫越窪地過來會面。

「你一整天上哪兒去了？」一星質問他。

鴉羽深呼吸。他出發時就知道一星會向他要個交待，而他也決定要據實以報。「我和松鴉羽談過了，」他答覆。「我跟他說我們這頭的隧道發生了什麼事。為了他們——和我們的安全，雷族有權知情。我也向他們求援。」

一星歪著腦袋、瞪大眼。他噘起嘴唇，發出低吼，氣得毛髮倒豎。「你好大的膽子！」他厲聲訓斥。「你怎麼可以那樣背著我，把族裡的私事洩露給雷族？你還是不是對風族效忠的戰士？」他一甩尾，從喉嚨深處發出低沉的吼聲，不給鴉羽辯駁的機會就往下講。「我搞不懂你最近是怎麼了。就是因為你莽撞行事，我才不選你當副手的。原本以為你會把部族擺在第一順位，看來是我判斷錯了。」

鴉羽聽了火氣都上來了，卻還是逼自己保持冷靜。「正因為我是為風族效忠的戰士，才會跑去雷族求援，」他答道。「我知道找雷族合作並不是理想方案，但這是唯一能確保大家活下來的方式。我不會坐視不管，眼睜睜地看著風皮和羽掌，還有夜雲──遭遇的悲劇，在營區其他貓身上重演，這都是因為之前我們太固執，不肯向外界求助。我不會為了維護風族的驕傲，就不顧呼掌或石楠尾的安危！」

一星再次彈尾，火氣顯然愈來愈大。「你憑什麼談風族的驕傲？」他質問道。「鴉羽，對你而言，重要的只有你個人的驕傲吧。忠心的戰士會在向別族求援之前，先得到自己族長的允許。不忠的戰士不配在風族擁有一席之地！」

鴉羽沉默以對，他與一星眼神緊鎖對方。**這是在威脅我嗎？就算我先徵詢，你也不會同意的，不是嗎？**

族長先把目光移開。「現在覆水難收，」他厲聲說。「我得想想該跟棘星說什麼。」

他站起來，轉身走進寢室，後來止步回望鴉羽。「這件事還沒完呢，」他咆哮道。「我之後再跟你算帳。」

⚡⚡⚡

鴉羽嘴邊銜著一隻小田鼠返回營區，此時夕陽已漸西沉。他把田鼠扔到新鮮獵物堆，仰望天空，判斷在天黑前還有時間外出一趟。

不過我想先小憩片刻，他邊想邊走向戰士窩。走在堅硬的地面，肉趾踏得好疼。**但願禿葉季趕快過完。**

鴉羽往窩裡一躺，瞧見風皮和石楠尾回到營區，兩隻貓聊得很起勁，身子挨得近到毛皮相互拂掠。即使他發現葉尾和金雀尾在附近擠成一團，疑神疑鬼地打量他倆，鴉羽胸口卻湧現一股陌生的情緒：很高興兒子找到一隻關心他的貓，同時抱持樂觀的態度，有朝一日族裡會再次接納風皮，而且那一天說不定很快就會到來。

畢竟要是風皮成為石楠尾的伴侶——而石楠尾是如此受到敬重的戰士——和她有了小貓，養育一窩全新的風族戰士，還有誰敢肖想著懷疑他的忠誠度？

石楠尾走去新鮮獵物堆時，鴉羽起身走向風皮。「你的傷怎麼樣了？」他問道。

「哦，沒事，」風皮邊說邊一派輕鬆地甩尾巴。「只是小傷，死不了的。」

「跟你說啦，現在石楠尾聽不到，」鴉羽開他一個小玩笑。「不必裝硬漢了。」

風皮眼底閃過一道光，鴉羽一度以為他生氣了。他一陣驚慌，好似有隻籠中鳥不斷在他心裡振翅，擔心風皮會錯意。後來，他在兒子眼中看見愉悅的微光。

「你以前沒做過這種事？」風皮回嘴。

「這個嘛……確切時間我記不得了，」鴉羽回答，他尷尬到開始全身發燙。「不過，我很確定曾經在某個時候故作堅強，想讓某隻母貓刮目相看。」

話一出口，鴉羽又後悔了。**風皮現在一定以為我愛過很多母貓。**

但風皮並沒有顯露敵意的表情。「我覺得很內疚，因為我滿腦子都是石楠尾和我對她的感情，」他喵聲說，而他的坦率也令鴉羽倍感意外。「畢竟族裡發生這麼多事，我們又失去了夜雲……」

「或許這表示你是真心愛著石楠尾，」鴉羽這麼說，覺得自己像是要找狐狸單挑似地膽大妄為。「這沒什麼不對的。」

風皮沒吭聲，只是難為情地朝自個兒的胸毛舔了幾下。

怪不得他會難為情，鴉羽心想。**他年紀還輕，和父親談母貓這個話題挺尷尬的，尤其你又不怎麼了解父親。回頭想想，我的父親擔任副族長，總是忙得焦頭爛額。要是我得和他談論母貓，肯定會尷尬死了。**

「你不會有事的，」他冒險開玩笑，想讓兒子安心：「因為你沒像我當年捅那麼多妻子。」

他擔心自己又說錯話了，於是做好心理準備，迎接嚴厲的反駁。

但風皮只是樂得哼了一聲。「破你紀錄也沒什麼難的！」

兩隻公貓一同坐著望向營區彼端，這是鴉羽記憶中第一次和兒子沉默但自在地相處。儘管對族裡來說這是艱困時期，儘管他和風皮還在為夜雲哀痛，鴉羽卻感到體內洋溢著欣慰的暖流。這一瞬間，他們終於有父子的感覺。

我可以當個更稱職的父親，他懷滿信心地想。**倘若其他事的演變不盡人意……起碼我在父子關係上有了進展。**

第十七章

隔天早晨太陽出來時，鴉羽還躺在戰士窩裡打盹，一股雷族貓的氣味飄進他鼻腔。他瞥見早晨出去巡邏的金雀尾與她的見習生呼掌，以及荊豆皮領著棘星、松鴉羽和獅焰走進營地。風族貓各個毛髮直豎，尾隨訪客朝著一星的窩穴聚集。

鴉羽隨即站了起來，也跟著兔躍和其他風族貓一起圍過去，瞇起眼睛盯著剛到來的訪客，肩毛開始豎了起來。獅焰在一星的窩穴前停下腳步，瞥見鴉羽後立刻別過頭去。

鴉羽憂心得腳掌微微刺痛起來。雷族貓之所以會來這裡是因為他透露了消息，可是他並不知道一星會怎麼應對。自從那天不歡而散之後，他就沒有再跟族長談話過。但願一星能夠理性一點，願意接受雷族的幫助。

「棘星想和一星談談有關隼翔夢裡看到的異象。」荊豆皮跟兔躍解釋。

「什麼隼翔的夢境？」一星的聲音從高岩

底下的窩穴裡傳來，不久就現身了。

鴉羽的心一沉，他感覺得出一星對雷族貓絲毫善意也沒有。風族族長望著棘星的冷漠表情，就像禿葉季的風橫掃荒原一樣。

我一點也不後悔告訴松鴉羽實情……不過我覺得一星和我的看法並不相同，他是不會給棘星好過的。而棘星剛當上族長沒多久，可能會不知道該如何是好。

鴉羽看著雷族族長，他鎮定、信心滿滿地面對一星，一定讓這老貓印象深刻。

鴉羽又往高岩靠近一、兩步，這時一星刻意向棘星稍微點個頭，「你好。」他冷冷地說。

雷族族長恭敬點頭，「你好，一星。」他接著說，「松鴉羽跟我提了有關異象的事，我是來討論的。我知道白鼬在你們這一頭隧道的情況，並不像你說得那樣好處理，也許我可以提供一些幫助。」

一星不耐煩地抖動鬍鬚，和兔躍互換眼神。「我不知道你是從哪裡聽來的，」他回應，「風族處理得很好，我們自己應付得了。」

棘星驚訝地眨眨眼，朝鴉羽投以困惑的眼神。「我聽到的不是這樣。」

鴉羽看看棘星又看看一星，感覺被澆了一桶冷水。他真希望可以告訴棘星自己也同樣訝異。他本來就知道一星不想接受雷族的幫助，但他沒想到他竟然可以完全否定問題的存在。**那就意味著部族之間無法合作……也就是白鼬可能永遠無法被擊退。**那麼風族就會暴露在隼翔異象預言的危險當中，不管那危險是什麼。

鴉羽頸毛豎了起來，感到十分挫折。

難道一星的腦袋進蜜蜂了嗎？

更糟的是，這下子他的族貓們都會發現是他背著族長去傳消息的。**如果有什麼事能讓我更令人討厭，那就是這個了。**

「你們有一個戰士要求和松鴉羽碰面，告訴他——」棘星還想繼續說下去，不過被一星打斷了。

「當然囉，棘星，你還不了解，」一星說，對棘星投以倨傲的眼神，好像在跟做錯事的見習生說話，「因為你還是個新手族長。不過你應該要知道一般戰士是無法了解所有事情的。要知道事實的真相，」他朝鴉羽瞪了一眼繼續說，「應該要問他的族長，而我現在就可以明確告訴你，我們不需要幫助。火星應該也會了解這一點，不過不幸的是……他已經走了。」

聽到雷族前族長的名字，鴉羽著實嚇了一跳。**這對棘星不公平啊，還有什麼貓可以比得上火星呢？**

棘星琥珀色眼裡燃起熊熊怒火，不過他語氣平穩地回應。「如果隧道裡還有白鼬的話，牠們終究也會在我們那一邊建立領土的，如此一來就同時會威脅到我們兩邊。現在這樣爭論只是浪費時間，我們沒有理由不能一起合作。」

一星抽動嘴角嘲弄，「你那麼年輕，就已經重聽了啊！那我就再清清楚楚地說一遍：風族會自己處理風族的事，我們不需要雷族來**管閒事**。」

「管閒事！」獅焰插嘴，利爪掐入地面。「我聽說以前泥爪背叛的時候，你還很高興有我們介入管閒事。」

棘星瞪著他的戰士，「安靜！」他怒斥。

鴉羽突然感到有隻貓盯著他，轉頭一看，原來是坐在貓群邊緣的松鴉羽，他藍色的眼光就定在他身上。就在與他那銳利的眼神接觸時，他實在難以相信松鴉羽看不到他。只見這雷族巫醫站起身來，忿怒地尾巴一甩。

「如果風族想自己處理風族的問題，那很好。」他發出嘶嘶聲，「我們現在就走吧，我們盡力了。」

「但事情沒那麼簡單，」棘星耐心回應。「任何在隧道裡的威脅，都會影響到我們兩個部族。」他轉而向一星繼續說，「你有權利決定你部族的事，但沒有權利做危及我們這一邊的決定。」

「說得沒錯！」獅焰附和，他一身金棕色虎斑毛開始豎了起來。

看到自己的兒子大力維護著扶養他長大的貓，鴉羽內心有些不是滋味。**我想他們是對的，**他思忖。**這樣看來我不就成了風族的背叛者？**

當他再度轉向兩族族長時，棘星正在說話，「我堅持要你跟我一起處理這威脅。」

一時之間鴉羽閉上眼睛，感覺到全身的毛都焦慮得豎了起來，很顯然棘星缺乏經驗。**如果他和一星交手過，就知道一星最不喜歡被強迫。**

一聽到棘星說的那些話，一星那股沉靜的優越感完全消失了。他一身虎斑毛炸成原來的兩倍大，耳朵壓平貼在頭上。「你沒有辦法**堅持**我做**任何事**，」他怒吼。「我真為雷族感到抱歉，有你這樣的貓當族長。其實大家都知道你傳承了誰的血脈。」

鴉羽不禁倒抽一口氣，一星竟然失控抓狂了，才會不顧一切提起棘星邪惡的父親，虎星。他環顧四周夥伴，看到他們也瞠目看著自己的族長，似乎也不敢相信自己聽到的。

這對棘星不公平，鴉羽心想，**他來這裡只是想提供協助啊！**

「你竟然在這時候提起這件事？」棘星問，語氣平靜卻具威脅。

一星輕蔑地哼了一聲，「你父親在黑暗森林裡殺死火星，你一定非常以他為榮！如果沒有他的殘暴，你可能也當不上族長。這件事是你和虎星共同籌劃的嗎？」

看到棘星的頸毛豎了起來，鴉羽屏住呼吸，深怕他會攻擊風族族長。他那琥珀色眼眸的深處有熊熊怒火在燃燒，深色虎斑毛皮下的肌肉波動著，情勢一觸即發。此時鴉羽趕緊挺身擋在他們兩個中間，而棘星勉強按捺住自己。不過兩族族長依然互瞪著，氣氛依然十分緊張。

「我們該走了，」松鴉羽又再說一遍，「這樣談不會有結果的，我們已經盡力了。」

棘星此時放鬆了些，「很好，不過聽著，一星，」他怒吼。「你已經清楚表明，我們兩族不是盟友。記住，當你們隧道那一邊的威脅大到你無法應付時；記住，我們曾經伸出援手，是你拒絕我們並且羞辱我們。」

一星哈氣嘲弄，「我幹麼記住這麼脆弱沒用的部族？」

棘星不理會他，隨即雷族貓開始朝營地外面走，他們的憤怒和挫折明顯表現在他們豎立的毛髮上。一星甩動尾巴，命令金雀尾和荊豆皮送他們出去。

他們一走，一星立刻轉向鴉羽，一臉不高興地瞪著他。

「有必要這樣嗎？」鴉羽問。「現在雷族不跟我們合作了，這好像還不夠糟，我們竟然還跟他們交惡。天知道會發生什麼？」

「很不幸的，有必要這樣。」一星一字字咬牙切齒吐出來，「因為我的一個戰士把他們無權知道的情報洩漏出去。以後還有誰會認為風皮比他爸爸還值得信任？至於你，鴉羽，你真的把我惹毛了。我警告你，如果再次挑戰我的底線，你就倒大楣。」

他尾巴一甩，轉身就往他的窩穴走去。留下鴉羽在那兒，望著雷族貓穿過營地爬上遠處山坡漸行漸遠，消失在荒原的彼端。鴉羽看著他雷族的兒子們遠去的背影，心不禁糾結起來。

沒有比我們這樣更分裂的了。

兔躍遺憾地看著鴉羽，「一切會好轉的。」他喵聲說。

「我可不這麼確定，」鴉羽反駁，「聽我說，兔躍，你是一星的副手，你難道不能讓他看清楚這一切？難道不能告訴他，如果沒有雷族的幫助，我們是無法趕走白鼬的。」

「我不能這樣做！」兔躍嚇得瞪大眼睛、尾巴炸毛，「我忠於一星，我的責任就是要確保族長交代的指令確實執行。」

即使你的族長腦袋不清楚？鴉羽知道沒有必要把這話說出來。**這就是一星選擇黑暗森林的貓當副族長的原因**。兔躍極欲證明他的忠誠，以至於凡事小心翼翼、如履薄冰。他想與其跑去說服一星想清楚，最後還是得接受一切，倒不如完全不質疑跟著一星走到底。

「只要想想我剛才講的話。」鴉羽拜託他。

「沒有必要想，」兔躍打斷他的話，「一切都在一星的掌控中。我跟你說，一切都會沒事的。」接著他轉身離開，去叫他的見習生。

鴉羽覺得更不安了，全身的毛都豎了起來。他懷疑兔躍只是在說服他自己；他也懷疑自己到底有沒有聽懂灰足和羽尾的建議。

我又不是巫醫，他告訴自己。**如果那只是一場夢，不是來自星族的信息呢？**他發出一聲挫折的呼吼，**現在我不知道這一切要怎麼收拾。**

不過鴉羽無法遏止內心的一種感覺，這一切將無法善終。

夜幕低垂，鴉羽正在窩裡整理床鋪，兔躍一進戰士窩就走向鴉羽。

「一星要你護送隼翔去參加半月集會。」他來傳達指令。

鴉羽好像被無影腳打到一樣有些驚訝。「一星有點反應過度吧？」他問。「派戰士護送巫醫？這好像在挑明說他不信任雷族。好吧，就算我們兩族之間有些緊張，但是怎麼會有貓去攻擊巫醫呢？」

兔躍聳肩，「或許不會吧，不過你還能怎樣？這就是一星要的。」

如果你問我，鴉羽心想，**我會說一星只是想惹毛雷族。**不過想起一星的警告，他知道自己不能再冒險不聽族長的話了，上次不聽話的後果就是一場災難。

「好吧，」他回覆兔躍，「我現在就去找他。」

其實能陪隼翔去月池，鴉羽有些高興：他和這位巫醫一直都處得很好，而且這項任務能讓他暫時不去想風皮和白鼬的事。

當他到達巫醫窩時，隼翔已經在外頭等了。他走向鴉羽，並且友好點頭，接著兩隻公貓就並肩朝上坡走出營地。

「羽掌還好嗎？」鴉羽問，自從棘星來訪的那災難之後，他就沒有來看過她，為此他還有些內疚。

「還不錯，」隼翔開心回答。「她還在睡，不過她呼吸已經愈來愈有力，傷口也癒合得很好。我這趟去月池，讓莎草鬚陪她，應該不會有什麼問題。」

「那很好。」

不過聽到他的見習生好轉，並不足以轉移鴉羽的擔憂，他擔心這樣的舉動會再度激起雷族敵對的態度。「這樣做會有麻煩的，」他碎念了好一會兒，「其實你不用像小貓咪一樣，需要戰士護送。其他巫醫會不高興的。」

「你的意思是松鴉羽會不高興。」隼翔喵聲說。「棘星和那些雷族貓來訪的時候我雖然不在場，但我都聽到了。我很不願意這樣說自己的族長，不過這一次我覺得一星做錯了。」

「為什麼？」鴉羽凌厲的眼神盯著隼翔，「你還夢到過任何有關隧道的異象嗎？」

隼翔搖搖頭，「我做了一些亂七八糟的夢，」他回答，「不過我想那就只是夢，不是異象。而且，我也覺得要把那些白鼬趕出隧道比較好。」

而且沒有雷族的話，是沒有辦法的。鴉羽想。

相對於這些憂慮來說，能踏上這片荒原感覺真好，毛髮被凜冽的風拂掠而過，精神為之一振。這時荒原上短短的草皮被半月月光染上一片銀白，清朗的空中有星光閃耀。鴉羽喜歡這樣的想法，星族戰士就像他們活著的時候那樣看顧他們、關心他們，透過夢境和異象把建議傳達給巫醫。

當他想起羽尾，看到祂眼裡流露出對他的愛，渾身就暖起來。**那一定是異象，而不只是夢境吧？**

「告訴我你的那些夢，」他好奇地問隼翔，「你怎麼知道哪些是有意義的，而不是亂七八糟的夢？」

隼翔興味盎然地捲起尾巴，「我想這就是巫醫的直覺，」他回答。「通常我就是……知道。我感覺得出來。」

鴉羽靜靜地想了一下，然後又繼續問，「我不是巫醫，所以我所有的夢都沒有意義……對吧？」

「也不盡然，」隼翔回答，「夢境可以告訴我們一些事，不管那是不是來自星族的信息，或許是我們自己想告訴自己的事。」

鴉羽搖搖頭，變得更加困惑了。接下來的一段時間，兩隻貓並肩繼續走，到了小溪，就沿著小溪爬上月池的山丘。目前為止，還沒遇上其他貓族的巫醫，這讓鴉羽鬆了一口氣。

「告訴我，隼翔，」他終於開口喵道。「你在星族看到過灰足嗎？」

巫醫抱歉地搖搖頭。「沒有，還沒有，」他回答。「不過我們有許多貓在大戰役時犧牲了，我到現在也沒全都見過，這並不代表什麼。」

因為祂還沒有到那裡，所以你看不見祂。鴉羽暗自心想，他回想起母親告訴他的話。**所以**

這就對了……祂是為了留下來在夢裡與我相見。他用力吞嚥口水，**這不就意味著他的夢代表著什麼？**

「夜雲的事我很抱歉，」隼翔停頓了一會兒繼續說，「這種感覺一定很糟，不知道她到底發生什麼事了。」

鴉羽點點頭。他並不想談論有關他前伴侶的事，不過隼翔一臉理解的神情，讓他覺得這年輕巫醫只會傾聽不會論斷。「我們不應該結為伴侶的，」他遲疑地喵聲說，「不過我一直以為我們會有時間把問題解決了，然後成為朋友。但現在這一切都不可能了。」

隼翔明白地低聲說，「我聽說有些族貓懷疑夜雲的死跟風皮有關。」他說得很猶豫。

鴉羽一聽怒氣上升，尾巴一甩，「不是這樣的！」

「我也不相信，」隼翔說，「風皮很愛夜雲。」

鴉羽點點頭，知道隼翔理解後，怒氣稍微緩和了一些。「遠勝過其他的貓。」他回應。

接下來一陣靜默，兩隻貓繼續往山裡前進。只見坡度愈來愈陡，溪流愈來愈窄，岩石之間飛濺的溪水一片銀白。四下除了貓輕柔的腳步聲之外，就只有淙淙的水聲。

「我有個主意，」過一陣子隼翔又開口。「你還記得嗎，大戰役之前，影族的曦皮控訴松鴉羽殺了她的弟弟焰尾？」

「記得，當然記得。」鴉羽回答。他覺得很奇怪，隼翔幹麼又提起這件事情來。

「松鴉羽後來在星族找到了焰尾，」隼翔喵聲說道，「他要焰尾跟其他巫醫說明自己是無辜的。」

突然間鴉羽恍然大悟，他停下腳步瞪大眼睛看著隼翔。「對啊……」他激動地說。

「所以今天晚上，我在星族的夢裡會去找夜雲。如果找到了，我會要她跟大家說明到底發生什麼了，澄清風皮跟這件事情根本沒有關係。」

「你確定這樣可行？」鴉羽問。「有些貓就是執意相信風皮有罪，就算夜雲親自現身告訴他們真相，他們還是要懷疑。」他氣急敗壞地說，想起族貓對待風皮是多麼不公平。**我對他也很不公平。**

「當然可行。」隼翔抽動鬍鬚，「那場大戰役把我們的生活變得很艱難，大家都還在恢復中，不同的貓會各自編造不同的故事來解釋周遭發生的事。不過風皮仍在我們當中，他想要為風族效忠，所以一定要洗刷他的汙名。」他瞇起眼睛，「風族不會有貓指控我說謊的，或者應該說他們最好不要。」

「謝謝你。」鴉羽回應，他對這年輕巫醫展現出強大另一面感到印象深刻，開始有一絲希望。而且他也比較有信心了，知道有另一隻貓和你有同樣的感覺，願意伸出援手。**或許我總算有朋友了，或許這一次我可以帶回好消息。**

⚡⚡⚡

當鴉羽和隼翔到達月池的岩石山坡，其他巫醫都在他們前面了。鴉羽爬上岩石之後，立刻意識到被群貓盯上。

「你在這裡做什麼？」松鴉羽瞪著他質問，這時他和隼翔已經走到月池外圍的那排灌木叢，「這裡不是戰士該來的地方。」

「我又不是第一個來到這裡的戰士。」鴉羽駁斥，他猜松鴉羽還在生他的氣，是他要松鴉羽去說服棘星的，才會讓棘星無端遭受一星言語攻擊。

「其他貓都有他們的理由，」松鴉羽回嗆，「那你的理由是什麼？」

鴉羽一下子不知該如何回答，又不想承認是一星的錯，「這有關係嗎？」最後他反問，希望可以跟他這個兒子好好對話，不要陷入無端爭吵。

他同時也在思索，到底怎麼樣才算是忠誠的風族戰士。**我要對一星唯命是從嗎？這似乎是他的期望；還是我應該在他犯錯的時候，大聲說出來？**

「沒關係，真的沒關係，」葉池低聲回答鴉羽的提問，然後把尾巴尖端輕放在松鴉羽的肩膀上。「走吧，我們浪費了大好月光了。」

「嗯，他不會也到月池去吧。」河族的柳光插話，還不懷好意地瞪了鴉羽一眼。鴉羽注意到，她只有自己一個，不知道什麼原因，蛾翅沒一起來。「如果你膽敢越月池一步的話，我會剝了你的皮。」

呵！說得好像妳辦得到似的！鴉羽心想。

影族的小雲煩躁地搖搖頭，「我們是巫醫，」他告訴柳光。「我們不會剝皮。不過妳說的對，」接著對鴉羽說，「你就待在這裡，在山谷的外頭。」

「很好啊，」鴉羽回嗆，「反正我對你們的小聚會一點興趣也沒有，你們大可放心。相信我，我還寧願回家睡覺。」

最後松鴉羽不高興地哼了一聲，轉身鑽進樹叢裡，削瘦的身軀在枝葉間輕巧挪移。葉池朝鴉羽投以理解的眼神，隨後跟上松鴉羽。鴉羽點頭回應，什麼都不用解釋。**葉池總是了解我。**

隼翔是最後一個鑽進去的。「我不會忘記的。」他對鴉羽說完後，就消失於樹叢間。

獨自留下來的鴉羽，把自己安頓藏匿在樹叢間，腳掌縮在身體底下，眺望灑滿月光的大地。他看到起伏的荒原，還有遠處的黑區塊，那一定就是森林。還聽到身後傳來瀑布的水聲，想像著星光下流瀉入月池的白瀑。不久之後，他就睡著了。

再一次，他又在隧道裡跟著灰足，她在前方一團白光的轉角處轉彎。

「祢現在要告訴我了嗎？」他在後面喊著。「祢真的在這裡嗎，還是我只是在做夢？」

不過灰足沒有回答，這次祂領著他走出黑暗，穿過一片瀰漫著晨霧的森林。鴉羽跟著他母親的腳步，穿過滿是露珠的草地，沾了一身水氣。

「祢要帶我去哪裡？」他問灰足。

他母親沒有回答，而是佇足在一個低谷的頂端，揮動尾巴要鴉羽跟上。從那頂端俯瞰低地，鴉羽認出底部那個池子，那是被蕨類植物環繞的池子，他就是在那裡發現夜雲的血和她的氣味的，那氣味幾乎快要被濃濃的狐狸味道給壓過去。

震驚之餘，鴉羽轉頭問灰足，「為什麼？」

但是他母親已經不見了。鴉羽勉強自己一步步走向池邊，在他到達之前，有蕨葉微微顫動了一下，他看到有隻貓躺在那蕨叢間。一隻黑色母貓，血就從她身側的傷口汩汩流出來……

「夜雲……」他喃喃低語。

夜雲抬起頭看著他，眼中盡是怒火。「你沒看到我嗎？」她嘶吼。「你沒有嗎？」

鴉羽立刻驚醒，他四肢顫抖，狂跳的心臟好像就快要從胸口蹦出來了。**這意味著什麼？**他自問。此時腦中不斷盤旋夜雲說的話，他拚命想要抓住夜雲逐漸消失的影象，但那影像就如同流過腳掌的水想抓也抓不住，鴉羽不禁憂傷心痛了起來。**難道我錯過了什麼嗎？**

樹籬後面傳來貓兒的腳步聲和低語聲，鴉羽一躍而起，甩甩身體，不想被看到他心煩意亂的樣子。**免得我還得跟松鴉羽解釋……**

他雷族的兒子是第一個從樹叢裡冒出來的，他那沒有視力的眼神往鴉羽身上掃過，然後不理會他，逕自往岩石坡地俐落地跳過去。葉池也跟過去，並匆匆跟鴉羽禮貌性點個頭，柳光和小雲也隨後跟上。

隼翔是最後一個出來的，鴉羽一看到他，就知道有什麼事發生了。這巫醫興奮得毛髮直豎，發亮的眼睛就像小月亮。

「你找到她了嗎？」鴉羽走過來急著問。

隼翔停頓了一下，要確定其他巫醫都走遠了，不會被偷聽到。「灰足還是夜雲？」他又問道。

「是哪一個，還是兩個都找到了。」**不過灰足不可能在星族啊**，他提醒自己，**她剛剛不是跟我在這裡**。

「呃，我沒有見到灰足……」隼翔說得很慢，好像在吊胃口。「不過我找到吠臉，他說夜雲根本不在星族。這就表示她還有一線希望！」

鴉羽盯著他看，一時之間沒搞清楚。他想，難道夜雲和灰足在一起，被困在這裡和星族之間的過渡地帶？難道她也想告訴他什麼事？不過他又再想，如果真的是這樣，灰足早就跟他說了。難道是他太早放棄夜雲了，**她不是問說，「你沒看到我嗎？」難道就是這個意思？**

突然間，鴉羽的憂傷被襲捲而來的希望和喜悅一沖而散。

她還活著！

第十八章

太陽升起，閃亮的光芒穿透薄霧照射大地。這時鴉羽蹣跚地走進營地，越過荒原的長途跋涉，發現夜雲還活著的可能性，這一切實在讓他精疲力竭。

鴉羽缺乏睡眠迷迷糊糊地拚命打呵欠，不過他直覺就是要先找到風皮。**我終於有一些好消息可以告訴他了！如果夜雲還活著，我們得弄清楚她為什麼不回來。**

不過就在鴉羽往戰士窩走去時，他看到群貓擠在巫醫窩那裡，嗡嗡的吵雜聲，不禁讓鴉羽豎起耳朵。他和隼翔對看了一眼。

「真是奇怪……」巫醫喃喃低語，他一躍擠進貓群，鴉羽隨即跟上。

「怎麼回事？」他問白尾。

這身形嬌小的白色長老轉向他，眼裡充滿亮光。「羽掌醒了！」她發出愉悅的呼嚕聲。

鴉羽總算大大鬆了口氣，「真是天大的好消息！」他大叫。

這時隼翔已經消失在他窩裡，鴉羽也拚命地鑽進貓群，他快到入口的時候，巫醫再度現身，看起來既高興又有些困擾。

「不行，你們不行進來。」他對在場所有的貓說。「羽掌恢復得很好，可是她需要安靜休息。你們該打獵的打獵，該殺白鼬的去殺白鼬，該做什麼的去做什麼，就是不要在這裡閒晃。」

鴉羽本來轉身要走了，卻又停了下來，因為隼翔看到他，朝他揮動尾巴。「鴉羽，你可以進來。」他說。「她想見你。」

鴉羽跟著隼翔走進去的時候，聽到了幾聲挑釁的嘶吼，但他不予理會。因為他太高興了，這時候根本不想跟誰吵架。**是我害羽掌傷得那麼重的，而她還想見我！**

莎草鬚和燼足正靠在羽掌的床邊，眼中的神情既寬慰又興奮。隼翔領著鴉羽進來的時候，他們正好站起來。莎草鬚把頭靠向她女兒，「我們去幫妳拿新鮮獵物和溼青苔進來。」隨後他倆和鴉羽擦身而過，鴉羽鬆了一口氣，還好沒有被他們發現，靠在窩牆邊陰暗處的自己。

等他們離開後，鴉羽才走過去看躺在蕨葉青苔床上的羽掌；她抬起頭，朝走過來的鴉羽眨眨惺忪雙眼。

「羽掌，真抱歉我讓妳經歷這樣的危險。」鴉羽蹲在她身邊說。

他的見習生聽到他這麼說，眼睛睜得大大的。「你沒有啊！」她反對。「很多事我都不記得了，但我知道這不是你的錯。呼掌和我還有其他的貓，我們都是自己決定要加入戰場的，你沒有強迫我們做什麼。」

「可是我是妳的導師，我不應該叫妳要更積極一點，是我讓妳步入險境了，而且——」

「不。」羽掌打斷他的話。「那只是建議，而且是很好的建議。是我和其他見習生自己決定要加入戰局的。我們不想置身事外，我們也要加入，我們以為白鼬看起來很好對付——但我們錯了。你是全族裡最好的導師！」

但願如此，鴉羽心想。「我只是很高興妳好些了。」他喵聲沙啞，和她碰碰鼻子。

羽掌閉上眼睛，有些想睡地嘆了一口氣，「我沒事的。」

鴉羽靜靜地走出去；到了門口的時候，正好和莎草鬚和燼足打了個照面。莎草鬚正帶著一隻鮮美多汁的老鼠，而燼足則是拿了一團滴著水的青苔。

鴉羽很不自在地往後退，可是狹路相逢一點退路也沒有。他只好硬著頭皮挺身準備迎向羽掌父母親再次的指責。不過，他發現他們看起來也很不自在，明顯想要躲避他的眼神。

「對不起，鴉羽。」莎草鬚放下獵物喵聲說，「我們之前對你太苛責了。」

「那是我罪有應得，」鴉羽點頭回應，「再怎麼說，我都有部分責任。」

「我們那樣說你說得太過份了，」莎草鬚繼續說，「只因為她是我們的孩子，我們實在太擔心了……」

「我了解。」鴉羽要她放心。「我也關心她，我是她的導師，我能想像得出妳的感受。」就在他說話的時候，他看到羽掌父母眼中深切的關懷，突然再度想起自己已經多久沒有這樣關心自己的兒子了。

一個鮮明的景象突然出現在腦海，那是風皮小時候在貓營裡跌跌撞撞的樣子，追逐自己的尾巴、絆到自己的腳。他曾經是這麼可愛，這麼需要關愛，而鴉羽是多麼想要保護他。但是他刻意把這份父愛壓抑住了。**當時的我害怕再去愛任何貓。**

燼足的聲音把他從回憶中拉回來。「我知道你已經盡力訓練羽掌了，」這隻灰貓嘴裡咬著青苔，吃力地說。「如果可以的話……以後、請你再小心一點好嗎？」

鴉羽感到一絲不悅，**我已經很小心了！而且見習生應該要學習啊。**不過他立刻又想到，燼足是個差點失去孩子的父親。回想起大戰役時害怕失去獅焰的恐懼，還有對抗白鼬時對風皮受傷的擔憂，他完全了解這種感受。他感同身受地回應，「我絕不會再讓羽掌受到任何傷害。從現在開始，我會盡全力保護她。」

燼足點頭認可，和莎草鬚一同走進窩裡看他們的女兒。

鴉羽轉頭離去，看到風皮和鼬毛、雲雀翅一同走向獵物堆。**終於！**鴉羽心想，**我實在等不及了，等我跟風皮說完夜雲的消息之後，他不知道會有什麼表情。**

他等到其他兩名戰士離開後才走向風皮，並且把他帶到育兒室後面的一處安靜的角落。

「有什麼事嗎？」風皮有些驚訝地問。

鴉羽想起隼翔前一晚跟他說的那些話，深深嘆了一口氣。他不想讓風皮抱過度期望，以為只要找到夜雲去的地方，就可以把她帶回家。如果到時候發現他母親終究還是死了的話，對他的打擊會太大的。

「你知道我昨晚和隼翔去了月池？」他喵聲說。風皮點點頭。「隼翔說他去星族找夜雲，卻發現……她不在那裡。這意味著她可能還活著！」

風皮大大倒抽一口氣，一時之間說不出他在想什麼。

「我真的以為她死了，」他急於解釋，以為他兒子會氣他沒盡力尋找。「對不起……我也不確定那意味著什麼，不過我並無意讓你無端感到傷痛。」

風皮搖搖頭，鴉羽明白了，他是困惑而不是生氣。「不……沒關係。」他看著父親，鴉羽從他眼中看見慢慢浮現的希望。「我只是很高興我們還有可能找到她。但重點不是我們，鴉羽，重點是要拯救夜雲。」

鴉羽點點頭，很高興他兒子竟然表現出意外的成熟。「我已經想過了，如果她還活著的話，」他繼續說，「她沒有回來應該有什麼理由。她可以說是風族最忠誠的貓了，說不定她是被困住了，或遇上什麼危險？我們必須再重新找一次，我們一起。」

風皮舔舔前掌若有所思，再摸摸耳朵。「我們之前找她找得很辛苦，你說我們這次該從哪裡開始？」

「我們必須回到雷族領土，去我發現染上她鮮血的地方。」鴉羽回答。

風皮哼了一聲，「這下棘星會很高興！」

「喔，我並不想得到棘星的允許，」鴉羽冷冷地喵道。「不管怎麼樣，既然她已經出了隧道，而我們又找不到她，那一定就是在他們那裡。」

「不過現在已經事隔半個月了，她的氣味會不會已經散了？」

「或許還沒有。」鴉羽之前沒有想過這點。他擔心被兒子說中了，拚命抗拒失落的心情，努力振作起來，表現出樂觀的樣子。「從那時候到現在都沒有下過雨。不管怎麼樣，還是很有希望，我們一起去跟一星說。」

鴉羽帶頭穿過營地走向一星的窩穴，看到族長正和兔躍在窩外講話。鴉羽和風皮走近的時候，兔躍點了個頭隨即往戰士窩跑去。

「什麼事？」一星轉向鴉羽問，「這次你又想到什麼蠢主意？」

鴉羽知道族長還沒原諒他跑去找雷族幫忙。他語氣冷淡，眼睛瞇成一條縫，一副馬上被激怒的樣子。**這真不是求他幫忙的好時機**，鴉羽擔憂。

鴉羽把隼翔在月池發現的事，以及他和風皮想去尋找夜雲的計畫全盤托出，族長一語不發地聽著。

「鴉羽，你腦袋裡有蜜蜂跑進去了嗎？」一星聽完之後問。「你真的覺得現在是越過雷族領域的時候嗎？」

「對，如果這是尋找夜雲唯一的方法的話。」風皮在鴉羽回答前插嘴。

一星不屑地甩動尾巴，「我也關心夜雲，」他喵聲說。「但是她已經失蹤那麼久了，你們又不知道去哪裡找。」

「我們會從我最後一次發現她氣味的地方開始。」鴉羽表情嚴肅，風皮站在他身旁，滿懷期待地望著一星。至少，這個時刻，我們是站在同一陣線。一星來回看著他們兩個，最後嘆了一口氣屈服了。

「好，我不會阻止你們，但還要再等一下。今天我們還有更緊急的事要處理。」他瞪著鴉羽。「就像往常一樣，我要再次提醒你，部族的事優先。」

「什麼緊急的事？」鴉羽問，不想理會一星的嘲弄。一直以來，他已經接受了一星對他的發怒，但這並不意味著他不關心部族的事。

「你忘記白鼬的威脅了嗎？」一星語帶諷刺地問。「也忘記昨天跟棘星的對話了嗎？」

沒有，我怎麼可能忘記？鴉羽滿懷苦楚地回想。**我覺得我是最關心這件事的，這就是我為什麼會去雷族的原因。**

「我們要在雷族再來管閒事之前，去把那些白鼬趕走，」他的族長繼續喵聲說。「這可能就是隼翔的異象所代表的含義。畢竟，從隧道湧出的黑水，也有可能是來自於雷族，對吧？如果那異象是要警告我們小心最鄰近的部族？或許他們的新族長，棘星，就是我們最大的威脅。或許那吞沒一切的水就代表著雷族即將占領我們的領土，把我們趕出去。」

又或許是我們族長的眼光短到看不見他鬍鬚以外的東西，鴉羽尖酸地想，**我知道雷族很討厭，但他們現在會攻擊我們？在大戰役之後？會啦，他們會攻擊的話，刺蝟就會飛！**

又再一次，鴉羽覺得自己左右為難。身為忠誠的戰士，他要對一星唯命是從嗎？還是應該在族長犯錯的時候，大聲說出來？他知道他現在並非一星的最愛，只好耐著性子繼續聽他講。

「這是我們的計畫——我們要用樹枝、石頭、還有灌木叢之類任何我們找得到的東西，把隧道口堵起來。」

鴉羽往後退縮，**這沒道理啊，白鼬的威脅不是我們單方面的問題。**

「這個計畫工程浩大，我們需要每個戰士幫忙，」說完一星還瞪了鴉羽和風皮一眼，「這是對付白鼬最好的方法，同時又可以阻擋雷族利用隧道刺探我們。」

「這是我聽過最鼠腦袋的計畫！」有隻貓回嗆，鴉羽驚訝地發現竟然就是他自己。一定是聽完之後的滿滿厭惡感，讓他無法再壓抑叫自己識相點，不要跟一星起衝突。**好吧，反正話說了就說了，已經收不回來。**他深吸一口氣又繼續說，「你到底有沒有搞清楚啊？」

「搞清楚？」一星惱怒地又講一遍。「或許我沒有，那請你告訴我們你高明的計畫，鴉羽？」

鴉羽不自在地抖動耳朵，顯然這樣公開說一星的計畫很鼠腦袋，並不……**高明**。風皮瞪大眼睛震驚地看著他，有一兩隻貓也注意到緊張的氣氛和一星脊背豎立的毛髮，開始走向他們。

但我現在停不下來了，我一定要告訴他我心裡想的！

「把隧道入口堵起來並不一定能阻擋白鼬，」鴉羽繼續說。「牠們只要從裡面推就可以把阻擋的東西推開。如果牠們沒這樣做的話，牠們就會從雷族那一邊出去獵食，到時候棘星會做何反應？」

一星伸出舌頭舔一圈嘴唇，好像他剛吞了一隻肥美多汁的獵物。「這就是這個計畫的絕妙之處，」他發出愉悅的呼嚕聲。「我就是想送棘星一個小禮物，瞧瞧他喜不喜歡白鼬在他的領土上到處覓食。」

「那你甚至比我想像得更鼠腦袋，」鴉羽粗暴地喵道。「如果沒有其他的貓敢告訴你，那我就跟你說。和雷族起衝突是最不智之舉，我認為星族也不想此刻有任何部族再起衝突。」

「所以你突然又變成巫醫了？」一星問，語氣異常冷靜，但他全身毛髮豎立，眼中烈火燃燒。「我真幸運有你給我忠告。」

「我用不著是巫醫，就知道你把我們帶向險境，」鴉羽繼續說。「棘星來提供協助——星族老天都知道我們很需要。而你竟然拒絕他們，羞辱他們，而現在還想與他們為敵。我們應該讓雷族成為我們的盟友！」

一星張嘴發出怒吼。面對他的憤怒，鴉羽能做的就是挺住絕不退縮。

「很好，鴉羽，」他怒吼，「我已經警告過你，一次又一次，我不會再警告你了。如果你這麼喜歡雷族，你可以到他的領土去尋找夜雲了。其實，你想去哪就去哪，就是不要在這裡。我不想在風族見到你！」

「什麼？」一時之間鴉羽感覺到自己站不穩腳，好像有什麼動物朝他丟石塊。「難道我被……」他沒有辦法大聲問完這個問題。**難道我被驅逐了嗎？**

「我還要再重複一遍嗎？」一星嘶吼。「我覺得你需要有一段時間好好思索，到底什麼才是忠誠的戰士。接下來的四分之一個月……你不再是風族貓了！好好想想你的所作所為，等你想明白到底哪裡做錯了，你就可以來求我准許你回來。」

所以我被驅逐了？鴉羽用力吞嚥口水，不敢相信會發生這樣的事。**不過不是真的永遠放逐，只是暫時幾天……**他環顧四周，發現自己被困惑的貓群圍觀著。**不過要回來的話，我必須卑躬屈膝，他明白，一星就是要他把自己的尊嚴吞下去。**

他注意到站在貓群最前面的風皮，驚嚇得不知所以，瞪大眼睛全身毛髮豎立。

總會有貓替我說說話吧，鴉羽默默祈求。**你們知道我很忠心……我是不折不扣的風族貓！我為部族犧牲了這麼多！告訴他，他這樣子做很沒道理！**

但是沒有貓說話，似乎誰也不敢拂逆一星……除了鴉羽以外。**甚至連風皮也不敢，**鴉羽覺得很可悲。**我還以為我們更親近了，說不定他還很高興我不會再煩他。**

就在他衝擊的情緒穩定之後，怒火逐漸上升。**很好，這招狠，一星！如果這是意志力的對抗，我有把握比你強。我是對的，我絕對不會道歉……**

他抬頭挺胸，面對一星憤怒的眼神。

「准許我回來！」他怒嗆。「哈！如果風族不需要我，那麼我也不需要風族。」

他轉身穿過貓群，朝上坡走，走向營地邊緣。

沒有貓叫他回來。

第十九章

鴉羽腦袋一片空白，一路走到風族和雷族交界的溪邊。晨光被山頭厚重的烏雲遮蔽了，烏雲密布的程度幾乎瀰漫到紀念石堆了。

鴉羽更靠近溪邊時，試圖讓自己從衝擊中恢復過來，好好想清楚。**我該往哪裡去？**他停下腳步。**沒有部族的貓該何去何從？如果我到別族去試試運氣，或許會有機會……**

接著他想像自己進入雷族領土，走向他們的營地，跟棘星說他想成為雷族戰士。

葉池也在那裡……

過一會兒，鴉羽才感覺到自己實在太愚蠢。葉池早就不愛他了，老實說，他自己對她的愛也已經淡去。如果還有什麼值得留戀的話，就是當時他愛她的感覺，是那麼的年輕、充滿傻勁、有無限憧憬。況且，如果貿然跑去要雷族巫醫成為他的伴侶，他馬上又會被驅逐出境。**棘星不會歡迎這種自己跑來說要效忠雷族，然後又拐走他們巫醫的貓。**

這絕對行不通的。而且在雷族他還得應付獅焰和松鴉羽，只有天曉得這樣複雜的關係會導致什麼樣的災難。

棘星不會要我的……我又不是雷族貓，他拚命想讓自己不要自怨自艾，又感到內心空蕩蕩的。**我這一輩子都在風族，如果我再也不是風族貓了，那我是什麼？**

鴉羽就在小溪邊站了好一會兒，不知該何去何從。他低下頭來舔舐冰冷的溪水，延緩前進的腳步。接著他轉身往上坡走，遠離湖區，遠離雷族，往廣闊的荒原前進。他不禁想起很久以前也曾經和葉池一起走到這裡，當時他相信他們可以拋開部族的一切，共同展開新生活。

我當時是那麼地快樂。

而現在鴉羽僅剩的只有苦楚了。葉池拋下他，回自己部族去完成她巫醫的職志。而他則在自己部族裡找了另一個伴侶，但他從來沒真正愛過夜雲，他和風皮的關係也是一團糟。這樣一路走來，他擁有的只剩自己的部族了，而現在他連這僅剩的也沒有了。

我為了風族放棄這麼多，他心想，**這就是我的下場。我跟一星說實話，他就這樣把我放逐了。**

鴉羽知道他是對的：把隧道堵起來，還跟雷族為敵，那是最愚蠢的計畫了。但大家就是不聽他的，誰也沒替他說話，連風皮都沒有。

真是好兒子啊！我腦袋一定是進蜜蜂了，才會以為我跟他的關係可以漸漸像夜雲跟他一樣。

一股風族氣味飄進鴉羽鼻腔，他知道他已經走到荒原領土的邊界，再過去就是未知的領域。他在邊界暫時停下腳步，因為再踏出一步，就永遠和部族斷絕關係了。這時他聽到有貓呼喚他的聲音。

鴉羽頭一轉，看到石楠尾從荒原那一頭跑來，風皮也跟在後面。他繃緊全身，爪子掐入地面，站在原地等他們。

「你們想要幹什麼？」他粗聲粗氣地問，兩隻貓在他面前停下腳步，還不斷喘氣。

「一星帶著大家開始去堵隧道口，」石楠尾解釋，她胸口起伏著上氣不接下氣。「我們是偷溜的，跟著你的氣味到了這裡。」

看到石楠尾和風皮特地來找他，鴉羽內心的痛苦稍微緩解了一點，但他又不知如何應對。風皮站在石楠尾背後一兩步的距離，低頭看著自己的腳，臉上又是一副不自在、陰沉的表情，看起來好像並不想待在這裡。鴉羽看到他這樣，一顆心又往下沉。

「你們幹麼這樣？」他怒嗆。「大費周章來追我，在一星面前卻不敢替我講話？很好，謝謝，不謝。」他轉身掉頭就要走。

「等等！」他聽到風皮在背後叫著，那是急促、不顧一切的呼喊。他停下腳步，轉過身來。風皮低頭看著地上，開口的還是石楠尾。

「很抱歉我們沒有替你說話，鴉羽，但那種情況我們實在很為難。你雖然言之有理，但是忠心的戰士要尊重他的族長啊。」

鴉羽不屑地嗤之以鼻但並沒有移動腳步。**好吧，**他想，**我把話聽完。**

「你走了之後，我們去找一星談。」石楠尾繼續說，有點生氣地轉頭看著風皮。「我們想給他一點時間冷靜下來，沒錯他給你苦頭吃了，鴉羽，可是你也馬上還以顏色——告訴他你不需要風族。難道你是認真的嗎？」

現在換鴉羽盯著地上，好像那裡有蟲子似的抓扒著地面。**那時候我的確蠻認真的**，他想，**不過說那種氣話也實在太蠢了**。

石楠尾搖搖頭，似乎蠻挫折的，接著繼續說。「鴉羽，其實你也很難溝通。反正我覺得，他對你發這麼大脾氣也覺得很抱歉。如果你明天帶些獵物回營，去跟他道個歉，我確定他會讓你再回來的。」

「真的嗎？」他有些動搖。鴉羽看著風皮，他還是沒有正眼瞧他。**怎麼，他不想我回去嗎？或許沒有我他還比較自在……**「你說呢，風皮？」他質問他兒子，「石楠尾說得對嗎？」

風皮不自在地前腳交替踏步，好像見習生做壞事被逮著一樣。「呃……大概吧。」他支支吾吾的。

「大概吧？」這是最糟的回應，鴉羽氣炸了。「很顯然，我已經知道是誰最不想要我回去了！」他怒吼。「你來這裡什麼都沒說，你跟著你喜歡的貓來，只是想讓她看看，你對你的笨蛋父親還是有心的！」

風皮看著他，眼神看起來似乎很受傷。**我這話讓他很尷尬了**，鴉羽想。「我絕對不會道歉，我是對的！你們兩個都知道。」

「是，當然，你是對的。」石楠尾試圖安撫。「就像我說的，其實族裡大多數的貓也都覺得把隧道口堵起來是個蠢主意。但是你還是當著大家的面，對族長大不敬了。」

「一星活該！」鴉羽怒吼。他瞪著風皮繼續說，「這是最好的結局。我終於自由了，而你們也可以擺脫我，風族也不用再擔心有我了！」

這兩隻年輕貓兒一時之間面面相覷不知道該說什麼，終於石楠尾怯聲問，「那尋找夜雲的事該怎麼辦？」

「你們可以自己去找啊，」鴉羽怒斥，試圖不去理會盤據內心沉重的罪疚感。「反正她也不會想看到我的。」**這應該也是真的，至少。**

「做了這麼多蠢事之後——」風皮怒了。

石楠尾對他搖搖頭，用尾端輕觸了一下他肩膀，示意他不要再說下去了。「沒有用的，風皮。」她喃喃地說，「不是現在。」她藍眼眸遺憾地看著鴉羽，接著說，「我相信你一定有辦法回來的，鴉羽，如果你想的話。我希望你會回來。」

「你們最好趕快走，」鴉羽唐突地說道，「你們不會想讓一星發現你們不見了吧。他很難搞的。」

「好吧，」石楠尾嘆了一口氣。「走吧，風皮。」

風皮盯著鴉羽猶豫了一會兒，似乎有什麼話想說似地。鴉羽心想，**只要有一句話就好，一句話就足以鼓舞他**。但他感覺風皮好像喉嚨被獵物硬塊卡住似的，什麼話也說不出來。最後風皮難堪地低下頭去，和石楠尾一同轉身，走回荒原，走回他們的部族。鴉羽就這樣看著他們漸行漸遠。

我跟他們說的話都是真的，他想。**我不需要風族，我不需要那鼠心狗肺的兒子風皮，當然**

我更不需要那個爛族長一星。我會讓他瞧瞧！我自己可以過得很好！

但他內心的失落和痛苦，還是久久無法釋懷。

風皮和石楠尾的身影逐漸遠去，最後消失無蹤。他終於深深嘆了一口氣，踏出邊界，往未知的領域前進。**我想我現在是隻獨行貓了。**

就在他往荒原上坡繼續爬的時候，天色逐漸變暗，他似乎看到些許白點在眼前飄動。他眨眼想看清楚一點，那些白點還是在眼前晃盪，有一點甚至落在他鼻尖上。那冰冷的感覺讓他的心一驚，這是初雪啊。

老鼠屎！他大聲發牢騷，**來得還真是時候！**

鴉羽明白如果他要打獵的話，最好趕快，要不然這場雪就會把所有獵物都趕進牠們的洞穴裡。打從離開營地之後，這是他第一次感覺到飢餓。他繼續往前走，腳步放得更輕盈，豎起耳朵張開嘴巴，偵查空氣中的味道。

過了好一陣子，他仍然一無所獲。此時雪花紛飛愈下愈大，他踩著地上的積雪已經有老鼠身長那麼深。他的腳已經被凍得沒有感覺了，雪花凝結在他暗灰色的毛皮上，也附著在他的鬍鬚尖。

鴉羽心想還是暫時放棄，先找地方躲一下比較好。就在這時候，有一隻兔子幾乎是從他腳底下竄出去的，然後往山坡上跑。鴉羽趕緊卯足全力追了上去，渾身肌肉不斷收縮伸展。他的目光定在兔耳上躍動的黑點，因為那是他唯一看得見的，不然那一身雪白的兔子在雪堆裡根本看不見。

兔子就這樣消失在山頭，鴉羽緊追上去。但是就在他越過山頭往下坡跑的時候，他的後腿打滑，整個身體失去平衡。驚聲嚎叫之後，他就不斷往下坡翻滾，掙扎著揮動四肢拚命想讓自己停下來。

接著鴉羽感到頭部一陣劇痛，身體撞擊到堅硬的東西了。霎那間，白色的世界突然一片黑暗，而他再也沒有知覺了。

鴉羽發現自己蹲伏在一個完全黑暗的世界當中，他頭痛欲裂，根本無法動彈。他咬緊牙根，不想發出疼痛呻吟。

終於他睜開眼睛，但發現四下仍然一片黑暗。一時之間他震驚不已，**難道我瞎了嗎？**他既聞不到也感覺不到任何東西，不過他知道有一群貓圍繞著他。**他們是我的族貓嗎？**他胡亂地想，**他們來找我了嗎？**

一開始這些貓靜止不動，不久之後開始繞著他移動，逐漸圍成一個緊密的圓圈，緊到他幾乎能感受到他們的身體和他碰在一起。

終於有一隻貓開口說話，他的聲音低沉溫和，但有種邪惡的感覺。「你好啊，鴉羽。」現在鴉羽確定他們並非風族貓。他拚命想站起來，在黑暗中和他們面對面。但他的腳就是不聽使喚，又一骨碌地跌坐地上。「你們是誰？」他聲音沙啞地問。

「你知道我們是誰，鴉羽，」另一個聲音傳來。「我們以前碰過面。」

「沒有，我沒有！」鴉羽反駁。「別要把戲了，告訴我這是怎麼一回事。」

就在他說話的時候，一道微弱的光線環繞著他，似乎是來自腐木的光芒，既蒼白又違和。微光中依稀看出這些貓的輪廓，還在穿梭在他身旁，不時露出著掠食者的眼光。

「難道、難道這是黑暗森林？」他結結巴巴地說。

「聰明的鴉羽，」第三個聲音發出呼嚕嚕聲響。「我們很高興你加入我們。」

「什麼?不！」鴉羽奮力一撐，這次他拚了命想站起來。「我絕不加入祢們，就算死也不要！」

「別急，還沒有……」另外一個聲音傳來。「不過快了。」

鴉羽從來沒有這麼害怕過。就算是從前為了躲避尖牙的利爪的攻擊而拚命擠進岩縫時，也沒有這麼驚恐過。

我知道一星把我驅逐出境，他胡亂狂想。**但我的所做所為，還沒糟到要淪落至此吧?如果一定得死，我也應該要在星族！**

他試圖想看清楚環繞他的貓群，想弄清楚那聲音來自何方，不禁感到愈來愈暈眩。

「跟我們走，鴉羽。」

「歡迎你來到這裡。」

鴉羽想殺出一條路逃離這裡，但他知道他沒有力氣。而且，他也不知道自己該往哪裡去。如果是巫醫的話，應該會知道怎麼離開這可怕的地方，前往陽光燦爛的星族。但他並非巫醫。

那群貓愈繞愈近，感覺到有柔軟的身軀靠著他，不斷接近。鴉羽不禁尖聲驚叫。「別來煩我，」他喘息著，「我不跟你們走！」

但他知道這樣的虛張聲勢毫無用處，他什麼都沒辦法做。

突然一道強光從鴉羽背後照射過來，出現一絲希望，他知道這光不一樣，是猶如滿月的銀白色透明月光。

黑暗森林的貓都嚇呆了，瞪大眼睛，盯著鴉羽背後的那個東西。接著，紛紛發出驚恐嚎叫，轉身逃跑。

「我的星族老天啊，鴉羽！」一個熟悉的聲音從背後傳來。「看看你把自己搞成什麼樣子？」

鴉羽猛然轉身，「灰足！」他大叫。

第二十章

鴉羽的母親優雅地走向他，在他旁邊坐下後，順勢把尾巴俐落地包覆住自己的腳掌。鴉羽終於鬆了一口氣，悶聲哼了一聲跌坐到祂身邊。

「看在星族的份上，鴉羽，你以為你在做什麼？」母親問他，雖語帶憤怒但眼光卻很溫暖。「你現在應該是在幫忙你的部族，而不是在下雪的荒原中遊蕩。」

「祢一定知道我被驅逐出境了吧？」鴉羽回嘴。「我因為聽了祢和羽尾的建議而被驅逐，是祢要我背著一星去找棘星幫忙的。」

灰足抖動了一下鬍鬚，好像有一點不好意思。「我很抱歉，我也希望一星沒有拒絕雷族的幫忙，也希望他沒有羞辱棘星。但是，鴉羽，」祂接著又說，「你知道嗎，你可以更有技巧地和一星談。一個好副手要會審度族長的心思。」

「但我又不是副手，」鴉羽尖酸地提醒

祂，「現在我根本連風族貓都不是。」

「這是可以改變的，」灰足向他保證，而且不以為然地尾巴一甩。「重要的是，你必須說服一星必須嚴肅看待隼翔的異象。你難道不記得，第二次的大水是會吞噬掉整個部族的？你還不明白嗎？目前威脅風族的是白鼬，但他們只是更大威脅的前奏而已。」

「我就是這麼想的！到底是什麼威脅呢？」鴉羽問，試圖保持冷靜。

「我不知道，」灰足承認。「我想即使星族戰士也不見得看得到這麼遠的未來。但有一點我確信——當威脅來臨時，風族需要你。」

鴉羽不相信地哼了一聲。「我希望祢能去跟一星講！他現在似乎一點都不需要我。」

「那麼你就必須要讓他明白，」灰足點出重點。「你不要只擔心你自己，你要擔心的是你的部族和那些愛你的貓。」

「『愛？』」鴉羽對這個字根本不屑一顧。「如果有誰愛我，為什麼都不站出來維護我？」

「不要這麼幼稚！」灰足罵他。「風皮當然愛你！還有好多貓都尊敬你——石楠尾就是一個。他們不是跟過來，要說服你回去嗎？」

鴉羽不確定自己是不是相信他母親的話，不過他不再跟母親爭辯了。「但是我現在怎麼彌補這一切？」他問祂。「那些……那些貓——他們說我快死了。」想起那些引誘他，輕輕呼喚要他跟著走的聲音，他不禁顫抖了起來。

「你不會死的。」灰足用鼻子輕觸他耳朵。「你加入星族的時間還未到。」

「所以……所以我的下場不至於淪落到黑暗森林。」

灰足覺得好笑地捲起尾巴。「鴉羽，你可能是四大貓族裡脾氣最臭的毛球，但是你一點也不邪惡，那些貓是唬你的。」話一說完環繞祂的光芒逐漸退去，祂灰白的身影也在鴉羽眼前逐漸模糊。

「別走！」他乞求。

「你會再見到我的，」灰足說道，那聲音似乎也愈來愈遙遠。「現在，醒過來該去辦正事了。」

鴉羽拚命想睜開眼睛；但雪似乎還壓住他的眼皮，他的頭部一陣刺痛好像有貓用尖銳的石塊打擊他。他側躺著；只見上空突然出現一隻貓的輪廓，頭大、肩膀壯碩。

鴉羽發出抗拒的嘶吼，試圖一躍而起，但他頭部爆炸般的劇痛，讓他搖晃了一下又跌到地面。他感覺到背後是平坦的石板。

「不要動，笨蛋，」這隻貓咕噥地說。「我正在處理你頭部的傷口。」

鴉羽這才感覺到有某種黏滑的汁液正慢慢滴到他頭部的毛髮裡，又聞到某種草藥刺鼻的味道。

「你是巫醫嗎？」他困惑地問。

「為什麼大家總是問我一樣的問題？我只是一隻想提供協助的貓而已。」

鴉羽的頭痛緩解，視力也比較清晰了，只是他覺得更加困惑。這救他的是一隻巨大的虎斑公貓，胸口和腳掌的毛都是白色的，琥珀色的眼睛專注於嘴裡擠出的草藥汁液。鴉羽以前從來沒見過他。

「你是誰？」他問。「你不是部族貓。」

這隻陌生貓吐掉嘴裡的葉子，開始用前腳掌把汁液塗抹到鴉羽身上。「喔，你也是住在森林裡的瘋子啊，」他說。「不，我才不是呢。我喜歡自己一個獨來獨往，我的名字叫做泥。」

「你？」鴉羽覺得自己可能還在某種怪異的夢境中。「就像是『嘿，你這傢伙！』的你嗎？」

「不是啦，笨蛋，」虎斑公貓回答，沒好氣地抽動一下鬍鬚。「泥，就是泥土的泥。」

「喔，抱歉，」鴉羽回答，過了一下又繼續說，「我叫鴉羽，謝謝你救了我。」

「不客氣，我學過一些治療傷口的技術，而且我也喜歡幫忙。」泥塗抹完傷口之後，坐了起來，腳掌往雪地裡擦拭，把殘留掌上的汁液清乾淨。「坐起來試試看。」

鴉羽照著他的話做；一時之間頭暈目眩，身上的每一塊肌肉都尖叫抗議，但是他還是奮力坐直起來。他發現自己在一塊巨大突出的懸岩底下，地上短短的草上只覆蓋到一點雪花。從這個庇護所放眼望出去，所有的山巒都覆蓋了一層厚厚的積雪，一片雪白向四方八方無限延伸。此時雪還在慢慢地下，雖然太陽還是躲在雲層後面，鴉羽猜想中午早就已經過了。

「在這樣的情況下，你是怎麼發現我的？」他問。

泥看起來若有所思的樣子。「說來也很奇怪，」他回答。「我那時候在森林邊緣打獵，忽然看到一隻灰色母貓，那是我看過最漂亮的貓。她示意要我跟著他，然後就把我帶到這裡。但是當我們到了的時候，她卻不見了……只看見你，半埋在雪堆裡，看起來好像快死了。」轉瞬間，他琥珀色的眼神變得柔和起來。「她的毛閃亮亮的就好像星光……。」

「羽尾！」一股暖流從頭到腳傳遍鴉羽全身，就好像在綠葉季的陽光下曬太陽一樣。**是她救了我！**在雪地裡受傷失去意識，如果沒有被及時發現的話，他早就凍死了。

「謝謝你，」他又說一遍。「我想如果沒有你的話，我早就死了。」

泥又發出一陣咕噥，看起來有些不好意思。「那個我不知道啦，」他含糊地說。「不過我知道如果你的肚子裡裝些獵物的話，應該很快就會好起來。你休息一下，我去看看能抓到什麼。」

他站起來，邁開大步奔跑出去，消失在岩石的另一邊。

鴉羽在懸岩的庇護下，蜷伏著身體。一想起那黑暗森林貓群可怕的景象，他有點害怕睡著。但他根本累到無力抵擋，一下子就睡到失去知覺了。當兔子溫暖肥美的氣味飄到他鼻腔的時候，他還在打盹。他一睜開眼，就看到泥把獵物放在他前面。

「來吧，這夠我們兩個吃的。」他喵聲說。

鴉羽二話不說，就大快朵頤起來，享受這多汁肥美的鮮肉大餐。**這是我吃過最好吃的獵物了！**他心想。「感謝星族，賜下獵物，」他嘴巴塞滿食物含糊地說。「還有泥，也要謝謝你。」

「我的榮幸。」泥吞下幾口兔肉之後繼續說，「你知道嗎，大概半個月前，我碰到另一隻貓，跟你的氣味很像。」

「真的嗎？」鴉羽感覺到自己心跳加快。「在哪裡？她看起來怎麼樣？」

泥瞇起眼睛，意味深長地看著他。「聽起來你好像認識她，」他說。「那是隻黑色母貓，非常堅強的一隻貓。」

夜雲！鴉羽的胸口感覺好像就要炸開來。**她真的還活著？**「她還好嗎？」他急切地問。

「不好，她身上的傷很嚴重。」泥告訴他。「不過她不會因此反應變慢，在我明確表明我絕無惡意之前，她差點剝了我的皮。」他停頓了一下，然後又說，「她是你的朋友嗎？」

「她是跟我同一族的，」鴉羽簡短回答，不想牽扯解釋他和夜雲之間的複雜關係。「我們怕她已經死了。你在哪裡碰到她的？」

「在兩腳獸地盤的邊緣。」

鴉羽一聽覺得很奇怪，他所知道的兩腳獸地盤不是在影族和河族邊境嗎？他無法想像為什麼夜雲會跑到那裡。「在湖的對岸？」他問。

泥搖搖頭看著鴉羽，那種眼神鴉羽只有在看傻見習生的時候才會有。「不，在森林的另一邊。」

鴉羽困惑地眨眨眼。「我不知道那裡也有一個。」

「我指給你看。」泥緩緩站起身，「你現在能攀岩嗎？」

鴉羽也不太確定，他連站起來都頭暈目眩，不過大塊頭的泥已經俐落地往上爬了。鴉羽咬緊牙關跟上，還好岩壁上有很多縫隙，能讓他在那裡落腳，他使勁地把自己往頂端推進。在距離頂端一條尾巴距離時，泥探頭咬住他的頸背，把他拽上來。

「在那裡。」泥用尾巴尖端指著。

鴉羽遠眺一片白雪覆蓋的大地，更遠處的下方有塊黑黑的森林，再過去一點，他看到一片高低起伏的地面，他知道那就是泥所說的兩腳獸地盤。只見白雪覆蓋著兩腳獸巢穴的尖屋頂，看起來好像小小尖尖的山丘。這個地盤比鴉羽知道的那一個更大，有條轟雷路像黑蛇蜿蜒般環繞，還有怪獸在上頭跑來跑去，遠遠看去就像亮亮的小甲蟲一樣。

「我去那裡是要探望我的兩腳獸，」泥說。「我——」

「你是寵物貓？」鴉羽插話。**這隻壯碩有力的貓是寵物貓？**「我不相信！」

泥覺得好笑地發出呼嚕聲。「呃，我偶爾會回去看看我的兩腳獸，」他回應。「我還蠻喜歡這樣的。那裡溫暖又舒服，不過蠻無聊的，而且食物有點噁心。所以，每當我受不了的時候，我就會跑出來探索。我就是這樣碰到你朋友的，就在兩腳獸地盤的外圍。」

鴉羽伸出利爪，抓扒著粗糙的岩石表面。「請告訴我發生了什麼事。」他乞求。

泥把腳掌縮進身體底下蹲伏著，身上的虎斑毛皮沾著片片雪花。「她那時候在森林的邊緣，旁邊就是轟雷路，」他說。「她當時的狀況很糟，身負重傷又精疲力竭。不過就像我所說的，要不是我跟她說我沒有惡意的話，她還想跟我打架。」

「後來呢？」

「我找了一些金盞花幫她療傷，」泥告訴他，「但是她實在傷得太嚴重了，超過我能處理的範圍，所以我叫她到兩腳獸地盤去。」

鴉羽驚恐地盯著虎斑公貓。「你叫她去做什麼？」

泥興味盎然地抖動鬍鬚。「大部分的兩腳獸對受傷的貓都很好，牠們可能會收容她，甚至帶她去看獸醫。」正當鴉羽開口想問問題的時候，泥很快又接著說，「我想你們可能會把那叫做兩腳獸巫醫，牠們會幫她的。」

「夜雲照著你的話去做了？」鴉羽問，想像著他的前伴侶踏進兩腳獸巢穴的樣子。

泥聳聳肩。「大概吧，雖然她看起來很不情願，但是整座森林裡充斥著狗和狐狸的臭味，所以她也沒有退路。她就這樣往兩腳獸巢穴前進，而我也沒有再見過她了。」

「我一定要去找她！」鴉羽大叫。泥幫他敷了藥，又讓他填飽肚子，這時的他覺得自己又恢復體力，可以上路了。

他知道如果他單獨去兩腳獸地盤找，實在有點鼠腦袋。他不知道即將面對的是什麼，但他確定夜雲一定是被困在某個地方，要不然她早就自己回家了。鴉羽擔心可能會很難把她弄出來，**要是她願意跟他走的話。**

他有個衝動，想要求泥跟他一起去。不過泥說過，他是在離開兩腳獸地盤的時候碰到夜雲的，他可能不想這麼快又回去那裡。而且，他已經欠他一條命了，他實在不能再多要求什麼。

不，他想。**我需要找另一隻貓，**而現在他知道他最想把誰帶在身邊。

我需要風皮。

第二十一章

鴉羽跋涉過荒原走向風族營地，天色愈來愈暗，首批星族戰士穿過雲層夾縫中露臉，向雪地投射出慘淡微光。鴉羽的頭還陣陣作痛，穿越過高至肩膀的積雪，讓他感到精疲力竭。不過至少雪已經不再下了，尋找夜雲的決心支持著他不斷向前走。

接近營地時，他更加小心翼翼。他非常清楚自己現在不能進去，萬一被一星或任何戰士看到，他就會被趕出去，根本毫無機會解釋他為什麼會回來。

我必須想辦法跟風皮說話，而且不讓任何貓知道。

鴉羽繼續不斷靠近，他看到有隻貓在山谷頂端站哨。他趕緊蹲伏在一塊突岩底下，想找機會溜過去而不被發現，接著他發現那襯著白雪顯現出來的優雅輪廓是他認得的貓。

感謝星族！是石楠尾。

鴉羽從灌木叢後面鑽出來，擺出狩獵的匍

匐姿勢，然後以白雪作掩護，忍著刺骨的寒氣不斷向前挺進。他知道自己的暗灰毛在雪中有多麼顯眼，他不想太早被石楠尾發現。萬一她沒認出是他，大叫示警就糟了。

等他接近到幾條尾巴近的距離時，他站起身低聲呼喊，「石楠尾！」

石楠尾看到他的時候驚呆了，立刻跳下來，輕盈地穿過雪地朝他跑來。

「鴉羽！你終於回來了！」她大叫。

「呃，但我並沒有打算要留下來，」鴉羽回答。石楠尾熱情的聲音和她藍眼眸中閃爍的光芒，讓鴉羽感到有點不好意思。「抱歉我之前的態度不好，石楠尾。我知道妳早就已經發現……我實在不好相處。」

石楠尾眼中躍動著愉悅。「是啊，有時候我還蠻喜歡挑戰的；風皮也不好相處啊。」

有其父必有其子，鴉羽想。「說到風皮……我有話跟他說，我要告訴他我已經知道夜雲在哪裡了。」

石楠尾驚訝地倒抽一口氣。「真的？那太好了！你是怎麼辦到的？」

鴉羽很快把事情的經過解釋一遍，包括他是怎麼碰到泥的，以及這隻強壯的虎斑貓如何在兩腳獸地盤邊緣碰到夜雲的。「我想她一定是被困在那裡了，」他繼續說，「我想找風皮跟我一起去把她救出來。」

石楠尾點頭同意。「我去把他叫出來。」說完轉身就要回營，然後又轉頭喵聲說。「我也要一起去。」

鴉羽等待的時候，走到一旁灌木叢，鑽到樹叢底下。他緊張得心跳加快，萬一這時候被發現，麻煩就大了。

鴉羽從他藏身之處往外看，似乎看到什麼東西在營地邊緣一閃而過。他倒抽了一口氣，把自己的身體更緊貼地面。一切又回復平靜，鴉羽心想可能是他搞錯了。

我太緊張了，現在就算跳過來的是一隻老鼠，我也可能會被嚇跑。

突然一陣風吹來，揚起一點雪花，也把一股熟悉的氣味吹過來，鴉羽馬上認出那味道。

「好了，呼掌，」他喵聲說。「我知道你在那裡，現在可以出來了。」

沒多久，一隻暗灰色公貓從岩石背後蹦出來，穿過雪地，鑽進鴉羽藏身的樹叢裡。他興奮得眼睛發亮，尾巴炸毛。

喔，星族老天，我該怎麼辦？

「你跑出來幹什麼？」鴉羽問，他嚴厲地瞪著這見習生。**但願他沒聽到什麼。**

「我只是想去方便一下，」呼掌說。「不過看到你回來，我好興奮，而且你還找到夜雲了！」見習生高興得跳了起來。「這太棒了！」

「所以你聽到我和石楠尾講話了！」

呼掌的表情突然轉變，變得好像做錯事被罵一樣。「我不是有意要偷聽的，」他堅持說。「我也想跟你們一起去！拜託，鴉羽！」

一時之間鴉羽有些心動，他知道呼掌非常關心他從前的導師，就像羽掌超乎想像地關心他一樣。而且呼掌的戰鬥技巧也學得很好，如果遇上麻煩是很好的助力。

不過鴉羽再回頭想想，這實在不可行，他不可以再讓見習生去冒險了。

「絕對不行，」他回答，「我怎麼可以帶別的戰士的見習生去冒險？」**況且這又是個祕密任務，**他想。**一隻被放逐的貓，沒經過族長的允許，偷偷把見習生帶出去！**「你的腦袋一定是進蜜蜂了。」他最後這樣說。

呼掌的尾巴一垂，失望地眨眼睛。「拜託，鴉羽，」他又求一次。「我會聽你的話的。」

「我說不行就不行。」鴉羽往前逼近，他鼻子幾乎快要碰到見習生的額頭。他現在必須堅持，這樣才是保護他的最好方式。「如果你膽敢跟一星透露半個字，」他繼續說，「你就別想離開育兒室了，聽懂了嗎？」

呼掌嚇得瞪大眼睛。「聽懂了，鴉羽。」他扭動身軀退出樹叢，然後一溜煙跑回營地。

鴉羽看著他的背影，搖搖頭。**他實在是精力充沛，**他想，**將來他一定能成為好戰士的。而我能做的，就是一定要把夜雲帶回來幫助他。**

就在鴉羽等待的時候，天上的雲逐漸散去，月光灑遍覆蓋白雪的荒原。鴉羽不禁發出滿意的呼嚕聲，有這樣的能見度，他們這趟任務就容易多了——只要他們的行蹤沒被發現的話。

當石楠尾領著風皮重新出現，月光下鴉羽看到他們兩個一副疲憊不堪的樣子。他們的尾巴和肩膀都往下垂，石楠尾的身上還沾著小樹枝，風皮的前腳還有刮痕。

他不禁懷疑他們還有力氣跟他出這趟任務嗎。

「你們怎麼了？」鴉羽問，一邊從他藏身的樹叢裡鑽出來。「遇上什麼麻煩了嗎？」

石楠尾搖搖頭。「我們一整天都在搬運石頭樹枝，去把隧道口堵起來，」他告訴鴉羽，「那是很累的工作。」

「而且一整天下來，我們還做不完，」風皮抱怨。「一星堅持太陽下山之後我們就得停，也就是說，白鼬還是出得來，所以根本幹白活。我覺得我腳底的皮全都磨破了。」

「沒關係啦，」石楠尾輕輕推了風皮一下，「我們明天就可以完成了。」

聽他們說完，鴉羽不禁憂慮了起來。「你們確定可以嗎？」他問。「從這裡到兩腳獸地盤可是有很長的一段路要走。」

風皮看著他父親，眼裡充滿決心。「為了夜雲，要我做什麼都可以，」他喵聲說。「我們一定要找到她。」

「這是我們至少能做的。」石楠尾附和。

鴉羽開始深以他們兩個為榮，內心就好像冰凍的溪流開始融解。石楠尾臉上堅毅的表情，加深了他的信心，這趟任務有她絕對不一樣。**但是貓營怎麼辦？**他想。**她應該要站哨啊。**

他歪著頭沉思，這時候他背後雪地傳來腳步聲，不禁讓他嚇一跳。他猛然轉頭一看，看到呼掌和他的導師金雀尾從黑暗中走來。

鴉羽感覺到他身上的每一根毛都站了起來，「看在星族的份上，你們來這裡做什麼？」他壓低聲音質問，「呼掌，我不是要你不准說嗎？」

「你叫我不要跟一星說，」呼掌提醒他，話說得明快又有自信。「但我是跟金雀尾說的。我想如果我的導師同意的話，你就會讓我跟你們去。」

「那她答應了嗎？」鴉羽耳朵一動轉向金雀尾。「妳跟妳的見習生一樣腦袋進蜜蜂了嗎？」

「你的腦袋才進蜜蜂了呢，」金雀尾冷冷駁斥。「明明被驅逐了，還敢跑回來的又不是我。沒錯，我答應呼掌了，不過有一個條件。」

「什麼條件？」風皮低吼，朝這灰白母貓逼近一步。

「就是我也要跟你們一起去。」金雀尾回答。

鴉羽瞠目驚呆了，金雀尾也想來幫忙？

「別那麼驚訝，」母貓說。「我比誰都還尊敬夜雲。」

鴉羽盯著她，一時不知道該說什麼。他沒忘記金雀尾曾經說過，如果風皮被獾殺了，那風族會比較安寧些。雖然最近她的態度似乎轉變了，但鴉羽完全沒想到竟然要跟這種貓一起出危險任務。

石楠尾終於打破沉默，不耐煩地推了鴉羽一把。「看在星族的份上，讓他們一起來吧！如果我們繼續在這裡爭論不休，到時候被發現，我們哪也去不成了。」

鴉羽一聽覺得有道理，「好吧，你們一起來吧。」他說。不過他暗自覺得，帶這麼多貓一起上路似乎有些不妥，尤其他們還要穿越別族領土。如果被一星發現，那麻煩就大了。更別說，還要讓營地有一小段時間沒貓看守。**不過話又說回來，**他告訴自己，**越多幫手，越有機會找到夜雲。我們必須冒這個險。**

呼掌興奮得跳起來，「如果我們遇到白鼬，我知道該怎麼做。」他一邊誇口，一邊在後腳落地時，伸出前掌向想像中的白鼬進攻。

「如果我們真的碰到白鼬，你就要待在我後面，聽我的指令。」金雀尾一邊說，一邊嚴厲看著他的見習生。

「遵命，金雀尾！」呼掌的興致絲毫未減。

但願我們不要遇上白鼬，鴉羽帶隊離開營地的時候這麼想，**不過我們一定會遇上什麼，希望遇到的是夜雲。**

讓他大感意外的是，當他想到可能會再見到她，竟然有股按捺不住的興奮。

第二十二章

鴉羽領著大家越過荒原，呈半圓形隊伍避開隧道口。「我可不想冒險去和白鼬正面交鋒，」他喃喃低語。「隧道口被封起來之後，牠們一定更氣風族了。」

即使這樣，他們經過隧道口附近時，他還是緊張到腳底陣陣刺痛，不禁又想起隼翔夢裡的異象。他看到黑水奔騰湧現出來，直到吞噬了整個部族為止。

感覺這麼清晰，就好像是我自己做的夢一樣。

他搖搖頭，想要擺脫這個夢境。

但是我還是想知道這代表什麼。

當他們到達和雷族交界的溪邊時，鴉羽停下腳步。「我們可以繞著森林，」他喵聲說，「沿著邊境走到兩腳獸地盤。不過這樣走比直接穿過雷族遠多了。如果我們繞遠路，就沒辦法在天亮前找到夜雲，及時趕回貓營。」

「前提是要找得到夜雲。」金雀尾打岔。

風皮狠狠瞪了她一眼，正想開口回嘴時，被石楠尾用尾巴輕觸了一下肩膀制止。「可以的話，儘量不要讓我們的行蹤被發現。」她繼續說，「如果我們沒找到夜雲，他們不會知道我們出去過了；如果找到了的話，那很好，一星會高興得根本不會跟我們計較什麼。」

金雀尾聳聳肩，「這樣的話，就穿過雷族啊。」

鴉羽望著對岸的樹林，「從現在起，要保持絕對安靜，」他告訴大家。「我們即將踏上雷族領土，有些雷族貓很可能現在還在外頭活動，我們絕對要避免引起不必要的麻煩。」他遲疑了一下，接著說，「呼掌，你聽到了嗎？」

這次他總算難得嚴肅地用力點頭。

「我有個主意，」石楠尾開口說話的時候，鴉羽正想尋找一個合適的地點越過小溪。「我們可以在雷族邊境記號那裡打滾啊？這樣，如果我們遇上雷族巡邏隊，我們的氣味被掩蓋住，就不會被發現了。」

「這個主意真棒！」風皮大喊。

不過呼掌不情願地尖叫，「我不想沾到雷族的臭味！」

金雀尾收起爪子，朝見習生耳朵一掌摑下去，「你最好聽話照做，這樣我們才回得了家。」

呼掌聳起肩膀，「對不起，金雀尾。」

鴉羽找到一處溪流最狹窄的地方，讓大夥兒能輕易跳過去。接著大家在雷族邊界記號那裡打滾，這時他不得不同情起呼掌。這記號的味道又濃又新鮮，顯然是黃昏的時候剛重新做上的。那臭味上身的時侯，他自己也快受不了。

這下子一定聞不出風族的味道了吧。這氣味讓他想起葉池，他耳朵煩躁地抽動了一下，好像想趕走惱人的蒼蠅一樣。**我不能再想她了！**

當大夥兒都偽裝完畢，鴉羽帶著夥伴們悄悄往樹林裡走。樹林裡的積雪並不厚，他們可以加快腳步。林地上銀白色月光與陰影斑駁交錯，隨著微風婆娑的枝葉晃動著。這時四周並沒有獵物的氣息，鴉羽心想大部分的獵物應該都躲到洞穴裡了。不過為了安全起見，他還是回頭低聲跟大家說，「我們在這裡不能抓獵物，知道嗎？這不是我們的狩獵場。」

「那我們到了兩腳獸地盤的時候該怎麼做？」石楠尾問，這時潺潺溪水聲已逐漸遠去。「那裡一定很大，我們該如何尋找夜雲？」

「等我們到了以後再擔心還不遲。」金雀尾尖銳地回應。

「我也一直在想這個問題。」鴉羽沒理會那灰白母貓。「我會從我發現夜雲血跡的那個水池附近開始找，或許那裡還有她殘留的氣味。如果還有的話，我們的任務會容易些。」

「好主意。」

這個悶悶的回應聲是來自風皮，鴉羽不禁意外地高舉尾巴。**這次我總算做對了吧！**

風族貓開始像影子般穿梭在樹林間，鴉羽帶著大夥兒一路往他發現夜雲血跡和狐狸氣味的低谷前進，他偶爾還聞到一絲自己原來的味道。但他感到愈來愈焦慮，因為已經聞不到夜雲的氣味了。

或許風皮說的沒錯，氣味已經散掉了。如果她的氣味完全消失，要找到她的希望會愈來愈

渺茫。

但在他們到達低谷以前，鴉羽看到樹叢一邊有些許動靜，同時有一道白色光影突然一閃而過。他立刻停下腳步，甩尾示意同伴們也停下來。

那白影又閃過一次，一時之間鴉羽還以為他母親灰足又現身了。不過再想想又不太可能，灰足只會在他夢境裡出現。他一定是看到什麼活物了。他想，**一定是一隻白色或淺灰色的貓。**接著一股強烈、新鮮的氣味飄進他鼻腔。**狐狸屎！是雷族！**

他趕緊把全隊召進一處荊棘叢陰暗處，靜靜蹲伏在那裡，幾乎不敢喘氣。樹叢的一邊又傳來沙沙聲，接著是一隻貓又好氣又好笑的聲音。

「我的星族老天啊，百合掌！妳一定要這樣子粗手粗腳的，像是一隻過重的獾嗎？」

「那是罌粟霜，」鴉羽低聲說，「不知道還有多少雷族貓在這裡。」

就在這一瞬間，雷族巡邏隊全都現身了。藤池帶隊，接著是罌粟霜和蜂紋，最後面的是見習生百合掌和她妹妹籽掌。藤池的毛色在月光下一身銀白。

鴉羽心想只要在黑暗中保持不動，他們身上的雷族氣味會騙過巡邏隊的。不過他的如意算盤打錯了，藤池一個箭步走到他面前，居高臨下地看著他和其他風族貓。

「你好，」她說道。「我想你應該要好好解釋一下，為什麼在我們的領土鬼鬼祟祟？」

鴉羽想起，藤池曾幫雷族臥底，在黑暗森林受訓過，所以黑暗中的一切根本逃不過她的法眼；就算要在黑暗中打鬥，也難不倒她。**她是什麼時候就知道我們在這裡的？**

「怎麼樣？」藤池又再問一次。

鴉羽站起來，甩甩身體，試圖想保留一些尊嚴。「我可以解釋……」他說。不過就在這個時候，蜂紋走上前去嗅嗅風皮的肩膀，「他們身上有我們的味道！」他大叫。「這表示他們根本沒安什麼好心！」

風皮往後退了一步，全身的毛都豎了起來，尾巴朝蜂紋猛力一甩。這時蜂紋喉頭升起一陣低吼，風皮也亮出利爪。他們的背都拱了起來，戰事似乎一觸即發。

「不要這樣！」鴉羽命令。他把風皮往後推，然後擋在他和那隻雷族公貓之間。

在這同時，藤池也怒吼，「蜂紋。」她站到鴉羽旁邊，把這兩隻針鋒相對的公貓分開。

蜂紋這才老大不情願地後退，並跟風皮大眼瞪小眼。藤池歪著頭站在那裡等，而罌粟霜則帶著兩個見習生退到好幾步以外。鴉羽聽到她跟見習生說，「如果打起來了，就趕快跑！」

「呃，藤池……」鴉羽開始對這隻銀白色母貓述說，希望她好溝通。「我們來這裡是要執行一個很重要的任務，我們在尋找夜雲。」

「可是夜雲不是已經死了，」藤池反駁。「一星在大集會上宣布過啊。」

鴉羽開始跟她解釋，他是怎麼循著夜雲的氣味走到一個隧道口，然後再繼續走到一處水池邊，在那兒發現她的血跡和氣味混雜著濃濃的狐狸臭氣。

「當然，我們就以為是狐狸殺了她。」他說。

「所以你以前就越過界了！」蜂紋又開口指控。

藤池惱怒地抽動耳朵，「蜂紋，看在星族老天的份上，可不可以閉嘴！」她向鴉羽點個頭，「繼續說。」

鴉羽告訴她，隼翔在星族並沒有找到夜雲，這讓他們重新燃起一線希望；後來他又碰上了泥，泥告訴他，他曾經在森林旁邊的兩腳獸地盤遇到過夜雲。「不過我們想最好的方法就是再回到水池邊，看看能不能循著她的氣味找到她。」

「希望經過這一番周折之後，會有好結果。」藤池默默地說。「我能了解你們想盡辦法要救她。可以，你們可以過。蜂紋，」她瞪著那正想要開口抗議的夥伴，接著說。「夜雲是尊貴的戰士，值得大家一起提供協助。」

蜂紋低頭看自己的腳，一臉不高興，不過已經不再爭辯什麼。

藤池轉頭對鴉羽說，「蜂紋和我會一起送你們，」她喵聲說。「我們不能讓風族貓隨意在我們的領土上走動。」

「我們不需要——」金雀尾說，一臉憤怒的樣子，不過立刻被鴉羽甩動尾巴制止。

「好的。」他說。他的隨行夥伴，連同金雀尾，都低聲贊同。

和雷族達成協議共同合作是這麼容易的一件事，鴉羽暗自心想，**如果一星能看清楚這一點，白鼬的問題可能早就解決了。**

「那麼我先把見習生帶回營裡。」罌粟霜說。

「不公平，」百合掌嘟噥著。「是妳說要帶我們做夜間狩獵的，現在我們什麼都還沒抓到啊。」

「對啊，都是風族害的。」籽掌跟著附和。

「沒關係啦。」罌粟霜尾巴一甩把兩個見習生兜攏過來，「我們回去的路上再看看能不能抓到什麼。」她向藤池點個頭，帶著兩個見習生往雷族營地方向走，那兩個見習生還不斷回頭瞪風族貓。

「好了，鴉羽，」藤池很快地喵道，「帶路吧。」

要出發時，藤池走到鴉羽身邊，蜂紋走到隊伍的最後面。鴉羽看到風皮豎起全身的毛、伸出利爪，還轉頭狠狠瞪著蜂紋。鴉羽趕緊對他投以警告的眼神，希望他懂事一點，不要挑釁那隻雷族公貓。

當他們到達被蕨類植物環繞的水池時，鴉羽嗅到空氣中強烈的狐狸氣味，他的心不禁往下一沉。那味道是最近才留下的。**牠們一定常常來這裡，難道雷族不能把這些髒東西趕出他們的領土嗎？**

鴉羽仔細檢查水池周圍，發現那塊草地上還是看得出夜雲殘留的血跡，不過她的氣味卻一點都沒有了。

「檢查的範圍再擴大一點，」他指示夥伴們。「這樣我們或許可以找到她離去的蛛絲馬跡。」

鴉羽和其他風族貓在搜尋夜雲的線索時，藤池和蜂紋在水池一旁等待。鴉羽感到希望正如雨水滴在乾涸的土地一般，隨著時間流逝消失無蹤。他不知道這樣的搜尋還能維持多久，就在這個時候風皮發出一聲興奮的嚎叫。

「我找到了！」

鴉羽往上看，看到風皮與水池有一段距離，正站在遠離風族往兩腳獸地盤走的方向，這不就正和泥所說的一樣。他很快地繞過水池，走向他兒子，希望風皮說的是真的，不是因為太過急切的錯覺。

風皮的鼻子指向一株香芹，那葉子已經枯萎凍傷了。鴉羽低下頭來聞，接著張開嘴嚐嚐空氣中的味道。狐狸的氣味盤踞每個地方；他確定至少有兩隻，說不定有三隻。那氣味底下似乎還隱藏著什麼，鴉羽希望風皮說的沒錯，不過他又懷疑會不會是因為他太想聞到母親的味道了。他慢慢地搖搖頭，「我不確定。」他喃喃地說。

「是夜雲的味道！」風皮堅持。

呼掌也衝上前去，「我來聞聞看！」

金雀尾用尾巴攬住見習生脖子把他往後拉。「別過去，」她命令。「我們可不想你去把味道給攪混了。」

鴉羽看得出來風皮的眼裡燃起一線希望，但又不確定。似乎他自己也不太相信經過那麼長的時間，母親的線索真的被他找到了。鴉羽猜想他也是在拚命說服自己。

「如果她往這個方向，並不是往風族走，」鴉羽喃喃自語若有所思的樣子。「那就只有一個原因了。」

「有狐狸在追她！」石楠尾的喵聲興奮，「所以如果我們追蹤狐狸的氣味……」

鴉羽點點頭。「我們就有機會找到夜雲。」

「不過如果……」風皮眼中露出一陣驚恐，全身的毛都豎了起來。「如果狐狸追上她了？」

石楠尾用尾巴攬住他的肩膀。「冷靜點，」她喵聲說。「我們不是知道她沒死嗎？有一隻貓看到她了。所以反正，她就一定是甩掉狐狸，跑到兩腳獸地盤了。」

鴉羽什麼都沒說。石楠尾說得一點都沒錯，夜雲並不在星族，他們也假設她一定跑到兩腳獸地盤了，儘管看起來希望實在是非常渺茫。這不就是我們來這裡的原因嗎，他下定決心告訴自己，**非弄清楚不可，不管她是生是死，否則絕不回去。**

「走吧，」他催促夥伴們，「光站在這裡是找不到她的，我們追蹤狐狸的氣味吧。」

他們開始轉而追蹤狐狸的氣味，藤池和蜂紋再度加入他們，藤池帶頭而蜂紋殿後。鴉羽覺得很不自在，覺得自己和族貓們好像是罪犯一樣，不過他還是得承認這樣的結果已經是最好的了，沒有互打起來，也沒有被趕出雷族領土。

帶著這麼多貓出任務，鴉羽心想，被一星發現的可能性愈來愈大。**我們最好要找到夜雲，這樣他就不會太生氣。他是沒有辦法再對我怎麼樣，但其他族貓的麻煩就大了。**

狐狸的蹤跡幾乎呈一直線穿過森林，一路上風皮的鼻子一直貼著地上到處聞，不斷宣稱自己聞到夜雲的氣味了。鴉羽認為他可能真的聞到了，不過他們越往前走，他就感到更加憂慮，胸口不禁緊繃起來。他不時看到地上留有貓兒慌張奔跑的足跡，他真不知道身負重傷的夜雲是怎麼辦到的。她真的有力氣一直跑在狐狸前面嗎？

鴉羽想像狐狸包圍著她，把她撲倒在地，撕裂她。他不得不懷疑，或許泥看到的不是夜雲，只是另一隻長得像她的貓而已。想到這裡他只能停下腳步閉上眼睛，在腦袋不斷重複告訴自己，**泥說她的氣味聞起來很像我……她的氣味聞起來很像我……**

風皮的聲音從附近傳來，「鴉羽，你還好嗎？」

鴉羽搖搖頭，好像想甩開這一切胡思亂想。「我沒事。」他很快回答，然後繼續往前走。不過那可怕的景象，就好像頑強的黑暗森林戰士一般，不斷干擾鴉羽。他必須不斷提醒自己，如果夜雲真的被狐狸抓到了，應該會有血跡或甚至是屍體。

或者是殘骸，星族老天，拜託不要。

他打了一身寒顫，不過並非天寒地凍的原因。

終於，鴉羽又聞到一股熟悉的雷族邊界記號氣味，他們總算走到雷族邊境了。狐狸的足跡仍直直穿過邊境。

「你們還要繼續往前嗎？」藤池問。

「當然！」回答的是風皮。「沒有找到夜雲，我們是不會放棄的。」

藤池點點頭，流露出一絲讚許的眼神。「我們就把你們留在這裡了，」她繼續說道，「我允許你們回程的時候再次取道我們領土，不過不可以狩獵。當然，我們也會把這一切向棘星報告。」

這下子更麻煩了，棘星一定會把這件事情拿出來跟一星討論。而我，如果還回得去的話，在一星面前就會變得更黑了。鴉羽提高聲量，「當然，妳也要報告狐狸的事情。」

「狐狸的事我們早就知道了，」藤池回嘴。「我們有在關注。」

關注得還不夠吧，鴉羽心想，不過他並不想再引起爭論。「謝謝你們的幫忙。」他禮貌性地點個頭。

「願星族照亮你們的前路，」藤池喵聲說，「希望你們能找到夜雲。」她的語氣和眼神都流露出真誠的關心。這讓鴉羽感到更憂慮了，他猜藤池可能也覺得能找到夜雲的希望不大吧。

藤池轉身，點頭示意要蜂紋跟上，這雷族公貓轉身時還瞪了風族最後一眼，接著他們兩個就消失在樹叢中。鴉羽確定他們離開之後，才鬆了一口氣。

「好了，」他喵聲說，「我們走吧。」

他昂首穿過雷族邊境，夥伴們也跟著他一起進入未知的領域。

剛開始，狐狸的蹤跡還是跟之前一樣，呈直線延續。一直到樹林比較稀少的地方，鴉羽聞到了一股新的刺鼻味。「怪獸！」他大叫。「當然……前面有轟雷路。」

「狐狸屎！」風皮嘶吼。

鴉羽也跟他一樣生氣，要聞出夜雲的味道就已經夠難了，現在又加上怪獸的臭味來搗亂。而轟雷路又讓夜雲多一項危險的挑戰，鴉羽一陣顫慄，不知道她是不是被怪獸殺了。

說不定她在碰上泥之後，就在怪獸腳下遇害了。

儘管如此，有轟雷路的味道就代表著他們已經接近兩腳獸地盤了。而且想到夜雲有可能跑到這麼遠，鴉羽就更確定泥說的沒錯。他堅決不放棄。

那嗆辣的臭氣愈來愈強烈，鴉羽還不時聽到轟雷路上有怪獸呼嘯而過。在這同時，狐狸的氣味也愈來愈濃，鴉羽甚至懷疑是不是有更多狐狸中途加入了。

然後他發現他錯了。**狐狸的氣味不但愈來愈濃，而且還是新鮮的！狐狸現在就在這裡！**

第二十三章

鴉羽轉身面向晃動的樹叢，樹叢裡突然竄出一顆狐狸頭：那是一隻有著灰鼻頭、漿果般明亮眼睛的老狐狸。鴉羽立刻亮出利爪，喉嚨升起一陣低吼。

「走開，髒東西！」他怒吼。

但他話都還沒說完，另外兩隻狐狸就從樹叢後跳出來；這兩隻狐狸年輕又強壯，張嘴露出森森利牙。

「快跑！」金雀尾大叫。

她帶著大家往樹林裡跑，鴉羽隨後跟上，和風皮並肩疾馳，石楠尾緊跟在後。只聽見前方轟雷路的聲音愈來愈大。

鴉羽恐懼得全身毛髮都豎了起來。哪一個下場比較慘——死在狐狸嘴裡，還是被怪獸的巨大腳掌壓死？

接著鴉羽聽到背後傳來驚恐的叫聲，「救我！」

他一轉頭，看到呼掌落後，幾乎就要被狐

狸咬到了。

狐狸嘴不斷喀嚓喀擦咬合，一步步逼近呼掌的尾巴。

「呼掌，我——」鴉羽才開口，就撞上一個硬硬的東西，一時之間幾乎快喘不過氣來。他掙扎著爬起了來，才發現自己撞上一棵樹。「狐狸屎！」他嘶吼。接著趕緊衝回去救呼掌，他利爪全開，準備正面迎擊狐狸。

不過就在鴉羽跑向那驚恐的見習生時，他突然靈機一動。「爬樹！」他大叫。

鴉羽說這話時已經衝到呼掌身邊，他一把將呼掌往最近的一棵樹上推。呼掌腳爪掐住樹皮，不斷往上爬。鴉羽緊跟在後，把自己拽到離地面最近的樹枝上時，感覺到狐狸呼出的熱氣就噴在自己的後腿上。在這同時，呼掌就蹲在他身邊不斷顫抖。

「謝謝你，鴉羽！」呼掌上氣不接下氣。

鴉羽環顧四周，看到金雀尾就在離他們最近的一棵山毛櫸上，全身炸毛對著樹下的狐狸發出挑釁的唾沫聲。**妳的見習生有危險的時候，妳在哪兒？**鴉羽納悶。

石楠尾和風皮也躲在更遠的一棵橡樹上。

「我們是風族貓，我們不爬樹的。」風皮大聲抱怨著。

鴉羽從他的樹枝往下看，只見另外兩隻狐狸隨後趕上，也在這裡停下腳步。牠們三個就在這幾棵樹下來回徘徊，盯著樹上的貓兒齜牙咧嘴發出怒吼。

「狐狸也不爬樹，」鴉羽對兒子說。「至少，通常不爬樹。」雖然他聽說有些會爬樹，但大部份的狐狸只待在地面。萬一這幾隻狐狸想爬上來，那他就會在牠們靠近時利爪伺候。

這樣牠們應該會三思而行。

呼掌不斷發抖。「我們該怎麼辦？」

「不會有事的，」鴉羽跟他打包票。「你看，如果我們沿著樹枝過去，就可以跳到金雀尾的那棵山毛櫸上。」

呼掌猶豫地往前移動了一下，不過他一動樹枝也跟著晃動，嚇得他趕緊停下來，發抖得更厲害了。

「我想我沒有辦法。」他害怕地看著鴉羽。「我會掉下去。」

「不會，你不會。我就在你後面，我不會讓你掉下去的。」

呼掌深吸一口氣站了起來，再次把爪子掐進樹幹。他小心翼翼地沿著樹枝往前爬，走到樹枝尾端時搖晃得更厲害，他又停了一下。

「繼續，你很棒，」鴉羽鼓勵他。「不要往下看。」

一陣狐狸惡臭從樹下飄來，鴉羽往下瞄了一眼，發現三隻狐狸都聚集在他們下面，顯然狐狸期望他們會失腳跌落。不過呼掌腳步穩健，半跳半爬地躍上金雀尾的那棵樹。金雀尾就在那裡等著，咬住他頸背一把把他拉到較粗的樹枝上。

「謝謝！」呼掌倒抽一口氣。「我從來沒爬過樹。」他很快恢復他往日神采，接著說，「好好玩喔！」

「你去跟風皮說吧。」他苦笑地喵聲說。他兒子說的沒錯，風族貓住在遼闊的草原上，根本沒什麼機會爬樹。不過這次狐狸的伏擊，這些樹拯救了他們。

接著這三隻貓又慢慢地、小心翼翼地往樹的另一側移動，想要跳到風皮和石楠尾的那棵橡樹上。樹下的那群狐狸緊迫盯著，眼裡既憤怒又挫折。那隻老狐狸還不斷往上跳，前腳扒住樹幹不停劃著樹皮。

「還好這些東西不爬樹。」風皮說。

「對啊，希望牠們趕快放棄離開。」石楠尾喵聲說。

「滿身跳蚤的笨東西！」鴉羽對著樹下憤怒的狐狸們大聲說，「去找你們自己的腐爛食物吧！」

「對，」風皮跟著嗆聲，「今天你們吃不到貓了，去吃自己的尾巴吧！」

鴉羽轉頭跟他兒子相視而笑，不過幾乎同時，風皮臉上的笑容漸漸退去，他低下頭、壓平耳朵。

「我們會找到夜雲吧？」他問這話，語氣有些激動。

「我們一定會的。」鴉羽還沒來得及想清楚就回答。他想起怪獸、想起轟雷路、想起夜雲被白鼬攻擊受重傷。**不過泥看到她了，她還活著，**他說服自己，**我們一定會找到她的。**

他們繼續前進，從這棵樹移到那棵樹，不過地上的狐狸還是緊緊跟著。鴉羽開始擔心牠們會死纏不放，一直等到有貓不小心掉下去。

我們總不能整晚都這樣吧，我們已經累了，還可能真的會失腳打滑，或者跳得不夠遠……

他試圖隱藏自己內心的擔憂，不過看到大夥兒不安的神情，他知道大家跟他也有同樣的想法。樹愈來愈稀少了，很快的，下一棵樹可能會離他們太遠而跳不過去。這時他聽到前方轟雷路上有怪獸呼嘯而過，還瞥見怪獸眼中射出的光芒。而更遠處還有點點光芒，他知道，兩腳獸地盤一定就快到了。

狐狸，怪獸……還有什麼可以更糟的嗎？

不過狐狸也不喜歡這麼靠近轟雷路。只要有怪獸呼嘯而過，牠們就會往後退，幾乎退到樹叢裡，一直等到聲音完全消失才敢出來。接著，在貓群都還來不及爬下樹，又有一隻更大的怪獸奔馳而過，那隆隆巨響幾乎震動整座森林。狐狸全都愣住了，接著，牠們發出最後怒吼，轉身消失在樹林中。

「感謝星族！」金雀尾叫了出來。

她作勢就要從樹上往下跳，鴉羽伸出尾巴阻止她。「等等，」他說。「牠們可能躲在樹叢裡，想引誘我們出來。」

「牠們最好是有那麼聰明啦。」金雀尾低聲咕噥，不過還是待在原地不動。

鴉羽靜靜等待，豎起耳朵聆聽有沒有任何可疑的聲音。不過他什麼都沒聽到，而狐狸的氣味也漸漸散去。最後他點點頭，「可以了。」

五隻貓終於從樹上爬下來，呼掌不斷抱怨爬下來比爬上去困難多了。接著他們穿過一片稀疏的樹林，來到一片白雪覆蓋的草地，再過去就是轟雷路了。那條轟雷路看上去就像一條黑河，融雪形成的爛泥就堆在沿路兩側。路的對面還有一片草地，再過去就是兩腳獸那些用紅色石頭蓋成的巢穴了。

「這就是轟雷路？」呼掌問，他的眼睛睜得大大的。

「沒錯，」金雀尾告訴他。「我想你應該還沒看過吧。」

「沒有，夜雲從來沒有帶我到那麼遠的地方過。」呼掌回答。他伸出一隻腳掌碰觸路面，然後驚叫一聲往後跳。「是硬的！而且冷冷的！」

金雀尾把她的見習生從路邊輕輕推開。「除非必要，我們不輕易接近轟雷路。」她說。「很危險。」

呼掌不解地眨眨眼，「為什麼？看起來不危險啊。」

「還記得那可愛的白鼬吧，牠們看起來一點也不危險啊？」鴉羽推了一下呼掌的肩膀，「牠們——」

他話講到一半，突然聽到一陣隆隆巨響，由遠而近，由弱而強。一雙黃眼向轟雷路地面投射出強烈光芒，接著怪獸踩著牠圓圓的黑腳掌呼嘯而過，所有的貓都緊趴在路邊。疾駛而過的強風把他們的毛打平貼在身上，嗆鼻的臭味幾乎讓他們窒息。

「那就是怪獸？」呼掌問，愣愣地看著巨獸消失在遠方。

「是啊，」金雀尾說，「這就是轟雷路危險的原因，有許多貓就死在怪獸的腳下。」

鴉羽覺得呼掌看起來太興奮了，好像沒有把導師的話當成一回事。他瞠目大叫，還跳上跳下。

「我看過怪獸了！」他大喊，「酷！我回去一定要告訴羽掌和其他見習生。」

鴉羽朝他使了個警告的眼神，呼掌立刻停止跳動，趕緊坐下來緊張地舔著胸毛。

鴉羽翻了個白眼，「你可以了嗎……好，假設夜雲真的走到這裡了，我們必須再把她的氣味找出來。我們現在就分頭沿著轟雷路兩頭找。而你，」他接著對呼掌說，「你的腳絕對不可以離開草地，否則我保證你接下來的三個月，長老窩裡有抓不完的跳蚤等你。」

「對，」金雀尾接著說，「而且不能參加狩獵。」

見習生的眼睛睜得大大的，似乎這樣的懲罰比遇上怪獸更可怕。之後鴉羽不斷留意他，發現他乖乖遠離轟雷路，鼻子還忙著在草叢裡聞來聞去。

結果真的被呼掌找到線索了。「這裡！在這裡！」他大叫。

風皮是第一個跑過去的，他拚命聞著呼掌指的地方。「沒錯，就是夜雲的氣味。」他琥珀色的眼裡盡是欣喜與寬慰。「她沒有被狐狸抓到。」

沿著轟雷路奔跑的鴉羽，一邊聞著路上的氣味。他發現不只夜雲，還有一絲泥的氣味，這才鬆了一口氣。

「這裡也有泥的味道！」他得意地說。「他的確遇到了夜雲。」

「所以她到哪裡去了？」石楠尾問。

雖然大家又花了一段時間尋找，但就是找不到更多夜雲的線索。風皮愈來愈焦慮，爪子不斷在草裡翻扒。鴉羽的挫折感也達到了巔峰，突然他發現問題所在。

「泥說夜雲到兩腳獸地盤了，」他喵聲說，「我們找錯了，應該在轟雷路的另一邊。」

「到兩腳獸地盤裡？」風皮的聲音有些沙啞，「她不會這麼做的！」

鴉羽不耐煩地抖動耳朵，「正常情況下是不會的，」他說，「但她身受重傷，連泥都幫不了她。泥說他建議夜雲到兩腳獸地盤求援。」

風皮似乎難以置信，「她絕不會讓兩腳獸幫她的。」他堅稱。

「有可能會，」鴉羽繼續說，「如果這是她唯一機會的話。你要知道，她遠離家園，被狐狸追到這麼遠，沒有巫醫，更別說有隼翔了。」

風皮轉而遠望轟雷路另一邊的點點光芒。

「我知道這感覺很奇怪，」石楠尾一邊說著，一邊把自己的尾巴搭在風皮肩膀上，「但是泥有必要跟鴉羽說謊嗎？而且，也許夜雲必須穿過轟雷路，才能躲避狐狸的追擊。我們過去看看吧。」

過了一會兒，風皮轉身點頭同意。

鴉羽鬆了一口氣，帶著大夥兒又回到呼掌剛剛發現夜雲氣味的地方。他讓大家排列在轟雷路旁，他說，「這應該不會太難，大部份的怪獸不會在晚上出來。不過我們還是要小心，聽我的指令，我說跑，就跑！」

「呼掌，待在我身邊。」金雀尾說。

這見習生興奮得全身顫抖，跟著夥伴們一起等待。

鴉羽小心翼翼地看著兩邊，這時絲毫不見怪獸的蹤影，連一點遠方的呼吼聲都沒有。

「好，」他說，「跑！」

他奮力往前衝，速度快到好像腳掌都沒有碰到地，風皮和石楠尾在他身邊，金雀尾和呼掌緊跟在後。就在他們快到達對面的時候，一陣粗嘎的呼嘯聲響徹夜空，刺眼的光線和強風隨著急駛而過的怪獸朝他們橫掃而來，差一點就被那飛快的腳掌輾過。

每隻貓都癱倒在轟雷路旁，上氣不接下氣。「老鼠屎！」金雀尾大叫。「我還以為這下我們全完了。」

風皮一躍而起。「很好，我們都沒事。」他不耐煩地說，「我們繼續搜尋吧。」

鴉羽看了兒子一眼，既驕傲又難以置信。**我的腳都還在發抖**，他想，**風皮一定也一樣，只不過他不在乎。這次尋找夜雲的行動，真的把他的潛能都激發出來了。**

這次石楠尾帶頭，在轟雷路旁邊迂迴前進。沒多久她停了下來，高舉尾巴在一處草叢裡聞了好一會兒。然後抬起頭喵聲說，「在這裡。」

鴉羽抱著希望跑向她，風皮也隨後趕上，兩隻公貓的頭就和石楠尾湊在一起嗅聞。雖然留下的線索已經很淡了，不過鴉羽還是嗅出那熟悉的味道，這時他內心充滿無限希望。**現在可以確定泥說得沒錯了，**他想。**她甩開狐狸，進入兩腳獸地盤了。如果能找到她，我就還有機會與她言歸於好。**

接著他讓風皮帶路，跟著夜雲留下的氣味，沿著兩腳獸巢穴走。在這樣充斥著兩腳獸、狗、其他的貓、還有怪獸等各種氣味的環境裡，想找出線索還真不容易。不過風皮似乎對他母親的味道特別有感覺。

此時已經過了午夜，大部分的兩腳獸巢穴一片漆黑寧靜。偶爾有幾隻怪獸經過，不過牠們似乎都沒有注意到貓群，逕自在轟雷路上呼嘯而去。

這條黑色的路和一旁的兩腳獸巢穴，似乎就這樣永無止盡地向遠方延伸。鴉羽的腳已經累得發痛，支持他一步步向前走的力量就剩下希望。

接著他們來到一個地方，線索似乎中斷了，到處充斥著兩腳獸的氣味。**她在這兒出了什麼事？**鴉羽心想，**真的有兩腳獸把她帶走了嗎？如果真是這樣，我們又有什麼辦法可以找到她？**

鴉羽轉頭看了風皮一眼，從兒子落寞的神情中看出他也感同身受。

「我們找不到她了嗎？」風皮語帶哽咽，「我們大老遠來到這裡，就是要知道她被兩腳獸抓走了嗎？」

鴉羽腦中出現一個畫面，一個臉孔模糊的兩腳獸蹲下來，用那巨大笨拙的掌子抓住夜雲。**我實在不敢想像，兩腳獸會對她做什麼。**雖然鴉羽知道泥這隻獨行貓是一片好意，泥說大部分的兩腳獸都很好，但他實在對泥的說法沒什麼信心。

「不，你們看！」石楠尾的叫聲把鴉羽從悲慘的想像裡拉回現實，她的尾巴指向兩腳獸的籬笆底下。那籬笆是用長條木板做成的，她指的地方木板破了，留下一個有鋸齒的洞。「我敢打賭她就是從這裡進去的。」

鴉羽想想這很有可能。**如果我是她的話，身受重傷，我會想趕快遠離轟雷路。**

「要我去看看嗎？」石楠尾問他。

鴉羽猶豫了一下，然後點點頭。「好吧，但是要小心。」

石楠尾從那籬笆的缺口鑽了進去，木頭的鋸齒還刮過了她的毛。過了一會兒，她的臉再度出現在那洞口，眼中流露出興奮之情。「沒錯！這裡有她的味道。」

其他的夥伴也跟著鑽過去，過去之後發現那是一個兩腳獸的花園。茂密的灌木叢環繞一片草地，這片草地一直延伸到巢穴的牆邊。

「現在不要輕舉妄動，」金雀尾警告呼掌。「靠近兩腳獸就會有一堆麻煩。」

呼掌什麼話都沒說，只是興奮地點頭，大大的眼睛閃爍著光芒。他顯然覺得這是有史以來最酷的巡邏任務了。**這足夠他回去吹噓好幾個月了，**想到這裡，鴉羽不免覺得好笑。不過，回頭又想，他們都還沒有脫離險境呢，不禁暗自盼望，**但願可以平安回家。**

氣味的線索綿延過了好幾個兩腳獸花園，鴉羽開始擔心起來，如果這樣的情況一直延續到天亮，兩腳獸開始起來活動的話該怎麼辦。

如果到那時候我們才回營，一星會怎麼說？他自問。**我真沒想到我們會離開那麼久。**

他的思緒被一陣高頻尖叫聲打斷。

「狗！」金雀尾大喊。

鴉羽一轉身，發現一群狗從兩腳獸巢穴門上的一個洞裡湧出來。乍看之下，好像一整個部族；不過再仔細看，其實只有五隻。在他們來得及反應之前已經被團團圍住，逼退到巢穴籬笆的一個角落。

鴉羽全身炸毛讓自己看起來更巨大，弓起背對狗群發出嘶嘶聲。「走開，髒毛球！」

這群狗繞著他們跳來跳去，耳朵跟著拍動著，舌頭也伸在外頭晃來晃去的。牠們不斷向貓群輕撲，試圖咬他們的脖子、腳，還不斷用巨大的掌子拍打貓兒。

「我覺得牠們在玩，」石楠尾說。「牠們只是小孩，是幼犬！」

「小孩？」風皮又跟著說一遍，一副難以置信的樣子。「這麼巨大的小孩！」

「我才不管牠們是不是小孩，」金雀尾一邊不高興地說，一邊還緊貼著圍籬躲避巨大舌頭橫掃她的臉。「如果還不停止的話，我就要把牠們的耳朵扒下來。」

「不要啦，不要傷害牠們，」石楠尾反對，「你們先爬上圍籬，我來抵擋。」

風皮立刻一個箭步衝上前去，和她並肩站在一起。「我不能拋下妳。」

石楠尾推了他一下。「先走吧，傻瓜，我不會有事的。」

鴉羽看得出風皮打定主意不走。「我想她是對的，」他喵聲說。「走吧，如果她真的無法脫身，我們再跳下來也不遲。」

風皮這才不情願地低聲咕噥，接受指令。金雀尾和呼掌早已經爬上圍籬，小心翼翼地保持平衡在上頭走著。風皮加入他們，鴉羽走在最後。

這時石楠尾在那群小狗之間跳來跳去，躲避牠們連環撲來的腳掌。她看到夥伴們都安全離開之後，立刻伸出前掌，劃向帶頭那隻小狗的鼻頭。

那隻小狗往後跳，原本低音的吠聲轉成高頻率的尖叫。狗群嬉鬧的聲音也變得生氣起來，開始朝石楠尾逼進狂吠。

但石楠尾的動作比牠們還快，轉眼間她就爬上圍籬加入夥伴的行列。就在這時候，巢穴的門突然打開，一隻兩腳獸就站在那裡，憤怒嚎叫。

鴉羽頭也不回的繼續往前走。「趕快走。」他催促大家，一直走到和那群小狗隔了好幾個花園才停下來。

「現在我們該怎麼辦？」金雀尾問。「我們已經失去夜雲的線索，而且我也不想再回去那裡了。」

風皮本來開口想反駁，但再想想又閉上嘴，看起來非常痛苦的樣子。

「我們就查看這座花園吧，」鴉羽建議，他不想放棄希望。「夜雲就是朝這個方向走的，可能會再找到一點蛛絲馬跡。」

他說完就從圍籬上跳下來，大夥兒也隨即跟著。不過他們找遍了花園裡的每個角落，就是沒有任何夜雲留下的痕跡。

我們還是得往回走，鴉羽想。**或許兩腳獸已經把那些小狗帶進去了。**

他才正要開口，石楠尾走過來拍拍他肩膀。「你看。」她的尾巴往上指。

鴉羽抬起頭往她指的方向看去。一個平台靠在兩腳獸巢穴牆上幾條尾巴高的地方，上面有兩隻寵物貓正在睡覺。一隻是毛髮蓬亂的胖玳瑁貓，另外一隻是黑色公貓，胸口和腳掌都是白色的。

「寵物貓，」他低聲說。「那又怎麼樣？」

「他們可能見過夜雲！」

鴉羽覺得石楠尾說的有道理。**我已經累到變笨了！**他毫不猶豫地跳上平台，推推玳瑁貓。

「嘿，寵物貓！醒醒。」

玳瑁貓睜開眼睛，帶著不友善的眼神盯著鴉羽。「不管你是何方神聖，走開，我要睡覺。」她說。她皺著鼻子，好像不喜歡鴉羽身上的陌生氣味。

鴉羽又戳了她一下，這次更用力一點。「不要再睡了，我們必須談一下。」

這會兒那隻黑公貓也醒過來了。「你是誰？想幹什麼？」他不耐煩地問，「你難道不知道，吵醒正在睡覺的貓是很沒有禮貌的嗎？」

鴉羽還沒來得及回答，在底下花園裡的石楠尾就喊著，「抱歉打擾到你們了，不過我們實在需要你們的幫忙。」接著轉頭對鴉羽說，「不會有禮貌一點嗎？」然後又更小聲，只有鴉羽聽得見，「你這個渾毛球！」**對妳以前的導師也該有點禮貌吧？**他想。

就在等待寵物貓回答的時候，鴉羽似乎聞到空氣中有夜雲的氣味，比在森林裡、轟雷路的時候都還要濃。一股強烈的期待讓他腳掌微微刺痛起來。**她一定就在這附近！要不然就是我出現幻覺了？**

那隻玳瑁色的寵物貓看看鴉羽又看看石楠尾。「好吧，有什麼我可以幫你們的？」她語氣不太有禮貌。

「我們在找一個朋友。」石楠尾解釋，這時本來在花園裡找尋線索的夥伴們也都湊過來聽。

「有一隻叫做泥的貓，說她往這裡來，」鴉羽接著說。「你們認識泥嗎？」

「你？」玳瑁貓張嘴打一個大呵欠。「是『嘿！你這傢伙』的你嗎？」

「是泥土的泥。」鴉羽回答，強壓住著笑意。

「多奇怪的名字啊，」玳瑁貓哼了一聲，「沒聽過，不認識。」

「我們的朋友是黑色的，很瘦，」鴉羽看著圓滾滾的玳瑁貓繼續說，「而且她受了傷可能還流著血。」

「你們看過她嗎？」風皮迫切地問。

「喔，有啊，我們看過她。」黑公貓看了玳瑁貓一眼，點點頭說。

鴉羽感到雀躍不已，在花園底下的夥伴們也感染到同樣的情緒。呼掌往空中一躍，發出勝利的嚎叫。「太棒了！我們找到她了！」這一次，誰也沒叫他安靜。

「她前一陣子有出現過，就在隔壁的花園裡。」公貓用耳朵指向他們剛剛走來的方向。「她很奇怪……一直說要回去什麼部族。還說她的族貓一定在找她。」

「而且她不跟我們玩追蹤的遊戲，」母貓接著說。「她說她是戰士，還說那是小貓咪才玩的遊戲。」

「那有什麼好奇怪的？」風皮豎毛反問，「我們就是她的族貓，而且我們正在找她，要帶她回家。」

這兩隻寵物貓面面相覷驚訝不已；鴉羽在想他們一定很意外夜雲說的竟然是真的。

「我們還以為她撞到頭了，」玳瑁貓承認。「一直說著各種瘋狂的事，什麼星星貓啦！什麼跟死掉的貓打仗啦！誰會相信這種事啊？」

鴉羽嘆了一口氣。**他們兩個真蠢啊？完全不知道有星族這回事，跟兩腳獸住在一起讓他們什麼都看不見了。**「所以她現在在哪裡？」他突兀地問。

「隔壁的房子主人把她帶進去了，」公貓回答。「牠們說不定會很高興終於可以擺脫她了。那麼愛生氣，完全不知感恩——一直想要用爪子抓牠們，然後逃跑。」

她就在隔壁？一時之間，鴉羽覺得自己快喘不過氣。他不敢相信，經過那麼漫長的時間、走了那麼遙遠的路途，夜雲竟然就在咫尺之間。**我就知道！我早就聞到她的味道了！**

「謝謝你們，」他跟寵物貓說。「我們不打擾你們睡覺了。」

「謝天謝地。」玳瑁貓說完之後，就用尾巴環繞住鼻頭，然後閉起眼睛睡覺了。

「祝你們好運。」公貓說。

鴉羽接著從平台跳下來，和夥伴們在一起。這個花園和隔壁花園之間有一道圍籬，這圍籬的木板有個破洞，風族貓能輕易地鑽過去。

他們一進到隔壁花園，立刻就聞到夜雲的氣味，不過就是不見她的蹤影。

「寵物貓說她一直想逃跑，」石楠尾說。「這樣的話兩腳獸一定會把她關在牠們的巢穴裡。」

呼掌倒抽一口氣，「妳的意思是說我們要……進到裡面去？」看到他睜大眼睛毛髮豎立，鴉羽實在看不出這見習生到底是高興還是害怕。

「或許吧，」鴉羽回答。「不過我們得先找到夜雲才行。」

鴉羽仔細觀察兩腳獸巢穴，看到牆上有一個缺口，從地面往上延伸，一直到超過他頭頂好幾條尾巴的高度。兩腳獸用一片明亮透明的東西擋住這個洞，這麼大的洞鴉羽從來沒有看過。

鴉羽小心翼翼的走向這個缺口，用尾巴召喚著夥伴跟上。

透過這透明的東西往裡頭看，剛開始鴉羽有些困惑，他需要一些時間釐清他到底看到什麼了。過了一會兒，他才開始不理會那些兩腳獸的奇怪物品，聚焦在一個比較熟悉的東西：一張床鋪，雖然不是用青苔和蕨葉做成的。那似乎是用樹枝編織而成的，裡頭鋪著白色襯墊。

夜雲就在那床鋪裡，她正蜷伏著睡覺。鴉羽看到她光滑黝黑的身驅隨著呼吸上下起伏，那平穩有力的呼吸代表著她一定康復了。一個奇怪的白色物品，像堅硬捲曲的葉子套在她頭上。

「感謝星族！」看到這樣熟悉的身影他終於鬆了一口氣，他本來以為再也見不到她了。

夜雲！

「喔，她安然無恙！」風皮的聲音顫抖著，整個身體貼在這片明亮的東西上。

接著夜雲動了一下，她那套在頭上的東西撞到床上的軟墊，鴉羽這才驚覺有另外一隻貓的氣味。原來他以為的襯墊，像是兩腳獸用來當青苔之類的東西，竟然是另外一隻貓。這隻貓就和她窩在同一張床鋪上，是一隻蓬毛的白色寵物貓。

一隻**公的**寵物貓。

第二十四章

鴉羽一時之間愣住了，完全被這隻公寵物貓的出現分散注意力。他驚訝得不可言喻，還伴隨著一絲嫉妒，這點他很不想承認。族貓們興奮的聲音把他拉回現實，還好他們都聚焦在夜雲身上，沒發現他的反應。

大家都擠在那片阻擋物之前，不斷用前掌敲打。夜雲終於動了一下，然後抬起頭，跑過來時臉上露出震驚的表情，她認出他們了。

那奇怪的白色葉子還套在她脖子、環繞著她的臉。鴉羽覺得那一定是兩腳獸的什麼玩意兒，夜雲自己沒辦法拿下來。

那塊透明的阻擋物被一條閃亮的條狀物分隔成兩邊，中間有一個小缺口，夜雲使勁從那白色玩意兒裡伸長脖子，把鼻尖鑽到缺口跟族貓們說話。

「很好，過了那麼久，你們終於知道要來找我了。」她嘴上這麼說，鴉羽卻從她閃亮的眼眸裡知道她看到大家非常開心、非常激動。

那隻白公貓被夜雲的動作和大夥兒的說話聲吵醒，也從窩裡爬出來走到夜雲背後。他那張凹進去的臉一副不高興的樣子，看得出來他並沒有感染到夜雲開心的情緒。

「哈囉，」他喵聲說。「這是怎麼一回事？」

大家對他的問題都不予理會。對這隻一身長毛、打理得非常整齊的白色胖貓，鴉羽甚至連正眼都不想多瞧一眼。「我們要怎麼把妳弄出來？」他問夜雲。

「這門是用滑開的，」夜雲解釋著，並用尾巴指向那片透明的東西。「或許我們可以用推的……」

「可以試試看。」風皮贊同，急切地抖動鬍鬚。

「嘿！要小心，」白公貓警告他們。「你們不可以弄壞主人的東西。妳說妳是什麼貓來著？再說一次。」

夜雲有些厭煩地甩動尾巴。「先別問，」她喵聲說，「我晚一點再解釋。」

鴉羽和其他族貓從外面推，而夜雲則從裡面送，但是他們就是抓不到施力點，這東西根本一動也沒動。

「這樣沒有用的，」風皮最後喘了口大氣，往後退。鴉羽看風皮的熱度似乎有點降低，好像開始懷疑自己到底有沒有辦法和母親團聚。「我們要另外想辦法。」

「我們必須要讓兩腳獸來打開。」鴉羽回應。

「可是兩腳獸在睡覺啊。」石楠尾說。

「沒錯，」那白公貓插嘴。「而且牠們真的很不喜歡我們把牠們吵醒。」

鴉羽咧嘴說，「管他什麼狐狸屎，我們想把牠們吵醒就吵醒。」

「我知道該怎麼做了！」石楠尾大喊，她興奮得跳了起來。「我可以大聲嚎叫！」

「很好，然後呢——」鴉羽說。

他的話被白色公貓打斷，只見他走向夜雲。「有必要這樣嗎？」他問。「妳不能就跟我待在這裡嗎？妳知道外面有多危險，妳看看！那地上還有雪。」

「視力不錯。」鴉羽低聲咕噥。

「而且妳看，已經過多久了這些貓才來找妳，」白公貓繼續說。「一天又過一天，他們到底有多在乎妳啊？」

夜雲慢慢轉頭面向這隻寵物貓，然後停頓了好一會兒。鴉羽多麼希望夜雲給這插嘴的傢伙賞一巴掌，但她卻非常溫和友善地回答。

「我很抱歉，酸黃瓜，不過我也一直跟你說我是部族貓，我屬於荒原。」

酸黃瓜？鴉羽心想，**怎麼會有貓取這種名字？**

那隻公貓瞇起眼睛，發出一陣低吼；鴉羽透過那片阻擋的東西瞪著他。**難道他以為夜雲屬於他？**

夜雲靜靜地站了一陣子，若有所思地看著他。「你想跟我一起到野外嗎？」她終於開口問道。

跟她一起加入風族？鴉羽火了，他看到風皮也吃驚地望著母親。**她到底在想什麼？他是一隻寵物貓！那一身愚蠢的白毛會糾結成團、沾上芒刺的。**

不過鴉羽得承認，他還蠻享受這樣恣意想像的快感。

還好，這隻公貓尷尬地轉過頭去。「我不能這樣做，」他告訴夜雲。「我的工作就是要守護主人，這是非常重要的，我不能就這樣離開。」

「我可以理解，」夜雲嘆了一口氣，聽起來似乎真的有些遺憾。「很抱歉，那麼，我們就得分開了。」

鴉羽無助的甩甩頭，**真不敢相信我竟然在聽這些東西**。「好，」他快速轉向族貓們說。「石楠尾和呼掌，你們盡量大聲叫。我們得把兩腳獸吵醒，讓牠們打開這扇門。」

「那我呢？」風皮問，他似乎還在懷疑這計畫到底行不行得通。

「兩腳獸過來開門的時候，你跟我要盯著，確保牠們不會阻撓夜雲出來。」

風皮露出尖牙、伸出利爪，原本的懷疑已經被此刻的決心一掃而空。「包在我身上。」

「還有，除非必要，不要攻擊牠們，」鴉羽告訴他。「我們不想再引起不必要的麻煩。」

風皮盯著鴉羽看了好一陣子，似乎想反駁。他才剛要開口，就瞄到夜雲一眼，馬上決定這樣反駁並沒有任何意義。現在把他母親救出來才是最重要的，於是他跟鴉羽草率點個頭。

「那我呢？」金雀尾喵聲說。

「妳負責把風，隨機應變，」鴉羽回答。「夜雲，妳準備好了嗎？」

「早就準備好了。」

「很好。」鴉羽環顧他這一小群夥伴們。「我們行動吧。」

話一說完，石楠尾和呼掌立刻抬起頭發出震耳欲聾的嚎叫聲，連鴉羽都嚇到了。**風族營地**

裡的貓如果也聽到的話，我一點也不意外。

在這同時，他和風皮分別蹲伏在那片透明物體的兩側，等待兩腳獸出現。金雀尾則退到幽暗的灌木叢中等候。

恐怖的嚎叫聲持續了好一陣子，兩腳獸巢穴頂端牆上的缺口突然亮了起來。**兩腳獸一定聽到了**，鴉羽這麼一想，不禁心跳加速。

又過了一會兒，他聽到一陣笨重的腳步聲，接著，透明阻隔之後的空間也被屋頂的一顆小太陽照亮了起來。一隻公兩腳獸穿著一身鬆軟寬大的外皮出現了，後面還跟著一隻身型較小的母兩腳獸。那母兩腳獸蹲下來，伸出手掌到白色葉片裡撫摸夜雲的頭。看到她僵硬地接受撫摸，鴉羽猜想夜雲一定在壓抑住自己不去抓牠。

「拜託……」風皮低聲咕噥。「打開門。」

那隻公兩腳獸在透明阻隔上的閃亮條狀物動了些手腳，順勢推開一片阻隔，然後走到花園來。牠吆喝著環顧四周，想找出噪音的來源。

夜雲跳起來正想溜走，白公貓突然坐起身伸長脖子。這時鴉羽頸毛全都豎了起來，心下想著：太遲了，這隻寵物貓到底要幹什麼。

頃刻間，酸黃瓜突然發出一聲嚎叫，那叫聲幾乎要蓋過花園裡的騷動。那母兩腳獸立刻轉向他，把夜雲抱了起來。夜雲奮力掙扎，就是無法掙脫。

「可惡的東西！」風皮怒吼。「他想搞砸我們的計畫，好讓夜雲留下來。我非殺了他不可！」

鴉羽及時擋住他，不讓他衝進去攻擊那隻寵物貓。「不行，你進去的話可能會被困住，」他喵聲說。「到時候我們就得救兩隻貓了，現在，拯救夜雲是當務之急。」

風皮猶豫了一會兒，突然躲開鴉羽，直衝巢穴。不過他並沒有攻擊酸黃瓜，而是一閃，轉而跳向母兩腳獸。只聽見牠發出一聲尖叫，踉蹌地後退一步。在這同時，夜雲奮力一扭，從牠手裡掙脫，碰一聲跳到地面。

「出來！風皮，趕快出來！」鴉羽大叫。

鴉羽開始狂奔，遠離巢穴以及巢穴投射出來的亮光，跑向花園邊緣的陰暗處。他往後看，看到夜雲和風皮都跟上來了。那隻公兩腳獸想抓住夜雲，夜雲及時閃開繼續奔跑，而金雀尾就在這時衝向公兩腳獸後腳，差點絆倒牠。

石楠尾和呼掌也停止嚎叫，加入狂奔的行列，金雀尾跑在最後押隊。

「真好玩！」呼掌大喊，眼睛發出亮光。

看到見習生這麼開心，鴉羽感到一絲不悅。但他再想想，至少呼掌在這麼危險的任務中全身而退，而且還毫不畏懼地扮演了非常有用的角色。**這樣還有必要罵他嗎？**

就在他們到達園籬的時候，夜雲轉身停了一下。「很抱歉，酸黃瓜！」她對白公貓喊著。

貓群一路不停歇地跑，穿過轟雷路一直到達森林邊緣。這時鴉羽覺得比較安全了，才放慢腳步。不過他仍然豎起耳朵、鼻子保持警覺，留意周遭有沒有狐狸出沒的跡象。

風皮緊緊跟在母親身邊，幾乎沒看著路，因為他的眼光一直定在母親身上。他滿眼關切，看到她回來終於放鬆了許多。鴉羽心想他們看起來真像是一個家庭，雖然他還是被排除在外。

風皮從來沒有那樣看過他，而夜雲更不用說了，從來沒有用那關愛風皮的眼神看過他。

「妳出了什麼事了？」他問夜雲。「妳怎麼會被關在兩腳獸巢穴裡？」

「這事說來話長，」黑母貓回答，一邊還抓著那白葉片頭套。「再繼續往前走之前，可以先幫我把這東西拿下來嗎？我沒有辦法自己弄。」

風皮和石楠尾一起對那白色東西又抓又咬，最後終於鬆脫了。鴉羽走上前去，好奇地聞一聞。這東西有兩腳獸和夜雲的氣味，但他實在搞不懂是什麼。「這是做什麼用的？」他問。

「酸黃瓜告訴我，這是防止我去舔傷口，」夜雲解釋，還不屑地尾巴一甩。「好像我有多笨一樣！」

鴉羽興味盎然地抖動一下鬍鬚。「蠢蛋兩腳獸！牠們以為我們跟麻雀一樣笨嗎？」

夜雲嘆了一口氣，「那東西真的很煩。反正，我就是在隧道裡和白鼬對打時受了傷，而我又迷了路。等我終於找到路出去的時候，發現自己走到雷族領土了。我設法要走回風族，半路在池邊喝水的時候，三隻狐狸出現把我嚇了一大跳。」

「我找到那裡了，」鴉羽告訴她。「我聞到妳的鮮血和恐懼的氣味，就以為妳死了。」

「我也以為這下子我要加入星族了，」夜雲承認。「我想甩開那些蠢笨的髒東西，可是當時我受重傷又累極了，牠們可以輕而易舉地就把我抓住。」她怒甩尾巴。「如果那些白鼬沒有弄傷我，狐狸是絕對不可能靠近我的。」

「牠們沒傷到妳吧？」風皮看起來完全被母親的故事嚇壞了。

夜雲用鼻子蹭蹭安慰他。「沒有，牠們只是想把我趕向牠們要走的路線。我想牠們只是想玩玩獵物，或者想把獵物直接趕到牠們的窩裡去，這樣就不用拿了，不是嗎？我有想到要爬樹，可是我連爬樹的力氣都沒有。」

石楠尾用尾巴輕撫過夜雲的身側，「聽起來好可怕喔，那妳是怎麼擺脫牠們的？」

夜雲有些尷尬地舔著胸前的毛。「我實在不太想說，不過是兩腳獸和牠的狗救了我的。牠們剛好在森林散步，那些狗，是兩隻又大又臭的狗，把狐狸嚇跑了。」

「就是那個兩腳獸把妳帶回去的嗎？」風皮問。

「不是，我逃走了，」夜雲告訴他。「後來我在森林邊碰到一個叫做泥的貓，然後——」

「我也遇到他了，」鴉羽打岔。「因為他，我們才知道要來兩腳獸地盤找妳。」

夜雲點點頭。「泥是隻怪貓，不過很正派，」她喵聲說。「就是他建議我去跟兩腳獸求救的。他告訴我，只要叫得悲慘一點，牠們一定會幫我。」

「所以妳怎麼做？」石楠尾問。

「我接受了泥的建議，越過轟雷路走向兩腳獸地盤，」夜雲回答。「我想狐狸是不敢跟過來的，結果我就走到了你們找到我的那個花園。」

「那裡的兩腳獸把我帶到一個充滿噁心味道的巢穴，那巢穴裡的兩腳獸給我吃一種白白圓圓像種子一樣的東西，我就睡著了。當我醒過來的時候，我的傷口就治療好了，你們看。」

夜雲轉過身去，讓大家看清楚。鴉羽看到她身側有一塊地方的毛被刮除過，已經開始長出新毛髮。那中間有一道長長的傷口，邊緣還被細細的卷鬚固定起來。

「真怪異……」他喃喃自語，還聞了一下傷口。「不知道隼翔會這樣固定傷口嗎？」

夜雲搖搖頭。「或許吧，感覺好像很複雜。反正，就是那兩腳獸巫醫把那白色的蠢東西套在我脖子上的。」她邊說，還一邊用尾巴指向那葉片。

「然後又發生什麼了呢？」風皮問。他望著母親充滿敬畏的神情，或許是因為她述說的故事，又或者是因為他還無法相信他們已經把她救回來了。

夜雲聳聳肩，「再來就沒什麼了。兩腳獸把我帶回去牠們的巢穴，我盤算著起碼得待到我身體好了才行，這樣我才能逃回營地。」

鴉羽這時候有些猶豫要不要問問題。他實在搞不清楚自己的感覺，他就是很不願意想起那隻白色寵物貓，可是又不確定自己到底想不想知道問題的答案。「那隻公貓呢？」他終於說出口。

「酸黃瓜嗎？」夜雲輕喵一聲笑了起來。「他是我的朋友，就以寵物貓來說，他還算不錯。」

不錯？寵物貓？鴉羽盯著他前伴侶貓看。**妳傷得很重嗎？還是兩腳獸巫醫對妳動了什麼手腳？**

夜雲顯然並不想再多說什麼，最後鴉羽的目光軟化了。「妳能死裡逃生我真的太感動了。」他說。

「那當然，我是風族戰士，不是嗎？」

接下來一陣尷尬靜默，大家繼續疲憊地穿過樹林。鴉羽抬起頭，只見夜空中禿樹枝的輪廓愈來愈清楚，他明白黎明已經不遠了。

不知道一星看到我回來會有什麼反應?看到我沒經過他允許就跑去找夜雲，一定很不高興，而且又把一堆貓帶去……但願他看到夜雲之後，就不會對我太生氣了。

接下來，夜雲終於打破沉默。「我很驚訝，你竟然會來找我。」

鴉羽的心一緊，全身都熱起來。有點心痛的感覺，他只好學她說話，「那當然。」

「我們一直都沒有放棄妳。」風皮插話。

「我知道你絕對不會的。」夜雲喵聲說，用鼻頭蹭了一下他耳朵。

鴉羽看著他前伴侶和兒子，覺得既嫉妒又內疚。他很羨慕他們兩個，可以輕易地對彼此表露真情。夜雲沒錯……他放棄過她。他早就知道他們是沒辦法成為真正的一家子。**我不屬於他們。但願……但是許願也沒用。**

當風族貓越過雷族邊境的時候，天色已經漸漸亮起來了。鴉羽解釋著，他們來的時候是怎麼遇上藤池和她的巡邏隊的，而且藤池允許他們回程的時候可以再越過他們的領土。

夜雲看起來一副毫不在意的樣子。「所以這就是你們渾身都是雷族臭味的原因！」她不屑地聞了一下。「我可不確定雷族會不會信守承諾，」她又接著說。「我們最好還是不要遇上他們。」

鴉羽同意，整個隊伍就這樣小心翼翼穿過雷族領土，東躲西藏地找掩護。當他們來到邊界小溪的時候，呼掌立刻衝到溪邊，準備一躍而過。不過金雀尾及時跳到前面擋住他。

「等等，傻孩子！」灰白母貓發出嘶嘶聲。

這時鴉羽停下腳步，嗅著空氣。「雷族氣味記號已經淡了，」他喵聲說。「這表示黎明巡邏隊還沒來過。我想我們再等等，等他們過了之後會比較安全。」

夜雲點點頭，「好主意，我們還可以趁機休息一下。」

鴉羽帶著大家躲在溪邊的一片蕨叢中，大夥兒豎起耳朵蹲伏在那裡等待雷族巡邏隊。風皮和石楠尾待在夜雲兩側，用他們身上還殘留的雷族氣味掩護夜雲。

「他們怎麼還不見蹤影？」風皮低聲咕噥。「全都還在窩裡打呼嗎？」

終於鴉羽聽到有說話和腳步的聲音逐漸靠近。他小心翼翼地從樹叢往外瞧，看到雷族巡邏隊經過，帶隊的是塵皮。他們停下腳步，距離風族貓的藏身處僅僅一尾之遙。罌粟霜在溪邊做記號的時候，鴉羽幾乎不敢呼吸。

巡邏隊總算離開了，鴉羽等待著，等到他們都完全遠離之後，他才癱軟下來鬆了一口氣。他從蕨叢裡走出來，擺尾示意要大夥兒跟上。他們快速走向溪邊，躍過小溪，穿過樹林，衝向廣漠的荒原。

「感謝星族！我們到家了！」石楠尾喘著氣。

家，鴉羽心想。**這還是我的家嗎？一星會讓我回來嗎？**

他沒有時間再多想，因為接下來的路程既漫長又艱辛，他們要跋涉過雪地。太陽升起的時候，他們都已經疲憊不堪了。鴉羽覺到自己的腳好像快要掉下來一樣。他忘記自己上次睡覺是什麼時候的事了，一想起一星看到他可能會有的反應，他肚子就好像有萬蟲鑽動似的難受。**我真想到獵物堆裡挑一隻最肥的兔子，然後蜷在窩裡睡上一個月！不過我的下場可能是——又得在荒原裡流浪了。**

不過就在他和族貓們逐漸接近營地的時候，鴉羽開始感覺到有些不對勁，他好像聽到有貓兒痛苦的叫聲。一陣風朝營地吹，又返轉吹向他們，帶來了一股腥臭的氣味。

鴉羽壓抑住一陣噁心想吐的感覺。「那是什麼味道？」他問。

第二十五章

鴉羽的問題誰都沒回答。霎時間大家明白了，不禁驚恐得你看我、我看你。接著大夥兒轉身，一股腦兒衝過最後一段起伏的草原，直奔丘壑頂端。

「喔，星族啊，不！」石楠尾大叫。

鴉羽俯視營區，看到一片慘絕的景象。巢穴的東西都被拖出來散置各處，遮蔽育兒室和長老窩的金雀花叢有一半都被破壞了。更糟的是，好像有許多受傷貓兒的身體滿布營地中央，鴉羽也分不清那裡頭是否有死屍。嗆鼻的血腥味瀰漫空氣中，還伴隨著一絲熟悉的恐怖氣息。

鴉羽驚恐地一陣腹部絞痛，**白鼬發動攻擊了！**

他帶隊走進營地，那恐懼和鮮血氣味濃得讓他不禁倒退一步。第一個進入眼簾的是燼足，他側躺著，身上有一道深深抓痕還汩汩流著鮮血。

當鴉羽他們一行隊伍靠近燼足時，他抬起頭狠狠瞪著他們。「一星！」他大喊。「他們回來了！」

風族族長從窩穴出現，迂迴穿過布滿夥伴身體的營地，走向他們。鴉羽注意到他從脖子到肩膀有一個非常大的傷口，一時之間他腦袋一片空白。**這裡出什麼事了？**

接著他看到一星，狂怒的眼睛瞇成一條細縫，站在他和其他貓面前。

「你們竟敢沒經過我的允許就擅自離開營地？」他怒吼。鴉羽發現族長正眼都沒瞧他一下，把怒氣全出在風皮、石楠尾和金雀尾身上。「你們都看到了吧，」他繼續說，一邊用尾巴指向殘破的營地。「那些白鼬趁著夜晚來攻擊我們。牠們能夠得逞，全都是因為——」他瞪著石楠尾，「我們的邊境缺乏防守。」

石楠尾的藍眼眸中流露出深深內疚，她低下頭去。鴉羽看得出來，她什麼都不敢說。

「這場仗打得很慘！」一星繼續說下去。「打了很久才把牠們趕走，很多的貓都受傷了。」

鴉羽環顧貓營，族貓們的身體橫躺遍地。有些受輕傷，有些卻連動都沒辦法動。一星說得一點都不誇張，的確是一場猛烈的攻擊。

「都是因為我——」他想解釋，但是族長根本完全忽略他，好像他不曾開口，或者甚至根本不在場。

「如果你們在的話，你們**本來就應該**要在的，」一星繼續說，「你們就可以幫忙對抗，多三個戰士會差很多的。」

鴉羽感到內疚不已，因為他知道族長說的話一點都沒錯。雖然他很高興，夥伴們避開了這場可能會讓他們受傷的戰役，尤其是呼掌；但他也知道，他們其實應該在場負起戰士責任的。

「我很抱歉，」他垂著尾巴說。「都是我的錯，是我把他們帶走的。不過我有一個理由。」他閃到一邊，讓夜雲走到前面。

一星睜大眼睛看著黑母貓，她對他點頭致意。「能夠再見到你真好，一星。」

「能再見到妳回來更好，」族長說，他的語氣還是很凝重，好像暴風雨前的烏雲。「妳好嗎？」

「現在好了，」夜雲回答。「多虧了他們。」她揮動尾巴指向其他夥伴們。

「聽到妳這麼說我很高興，」一星回答。「我以為我們失去妳了。晚一點妳再把所有的事情都告訴我，現在實在有太多事要處理了。」接著他轉身面對大家，語氣一轉變為怒吼。「我是一族之長，你們沒有權利偷偷溜走。你們——」

一星突然停頓，眼光定在石楠尾身上，她正站在大家的後面，低頭看著腳掌。「石楠尾，這場仗打完之後我到處找不到妳，還以為妳被白鼬抓走了。你知道那時候我的感覺嗎？」

聽到他這樣說，石楠尾抬起頭，「對不起，」她喵聲說。「但我當時要走，是因為我想幫忙。」

「非常高貴的情操，」一星回應，聽起來好像不知道自己是該對她生氣，還是該高興她安全到家。「但這不是你們不遵守戰士守則的藉口。因為你們的怠忽職守有可能會造成生命的損失，事實上有一條命已經折損了，我的。」

「什麼？」金雀尾豎起尾巴震驚不已。

「看看這裡，」一星用尾巴指著自己的傷口。「白鼬弄的，奪走我一條命。」

一時之間鴉羽閉上眼睛，感覺好像被澆了一桶冰水。他們不在場，竟然變成要為族長犧牲的一條命負責。**還有什麼比這個更糟呢？**當一隻貓成為族長，就會從星族那裡獲得九條命。但他得帶領部族出生入死，任何一條生命都不能輕易犧牲。**不知道一星還剩下幾條命，有可能已經所剩不多了。**

鴉羽很想為自己和夥伴們辯駁，他想說他們根本不知道白鼬會來攻擊。不過看著一星憤怒的表情，他知道現在最好什麼都別說。

但是風皮就沒那麼識相了。「這不是我們的錯！」他反駁。「如果當初你讓我們把隧道完全堵好，就像石楠尾說的那樣，而不是天一黑就回營的話，那些白鼬也不會跑出來——至少不會跑到我們這邊來。」

鴉羽盯著族長，這才明白有些事自己竟然不知道。**石楠尾想要完成堵住隧道的工作，而一星不允許？**風皮描述的這些事，都是他不在的時候發生的。部族裡沒有他的時候竟然出了這些事，他感到出乎意料的難受。

很顯然，一星又做了錯誤的決定。想到有可能會發生的事，鴉羽內心不禁一凜。**其實就某方面來說，還好白鼬沒有攻擊雷族，**他想。**如果攻擊的話，棘星可能會跟一星一樣憤怒，到時候我們的麻煩就更多了。**

一星瞪著風皮。「你什麼時候變成族長、還是副手了，」他怒吼。「上次那場大戰役之後，我以為你學乖了，現在看來好像並非如此。你還是忠誠的風族貓嗎？」他質問。

「我當然是。」風皮毫不猶豫地回答。

「那你最好表現得像一點，」一星怒斥。「我會盯著你的！」

風皮張嘴還想辯駁，但石楠尾甩尾巴摀住他嘴，並且搖頭警告。風皮這才退下來，臉上又出現那熟悉的陰沉表情。

看著自己的兒子，鴉羽感覺自己似乎變成一隻悲慘的落水小貓。**我只是想救夜雲而已，完全沒想到會讓風皮惹上麻煩。尤其是現在，在他表現得這麼好之後。**

一星嘆了一口氣，試圖控制自己的情緒。「我現在沒有時間繼續站在這裡，對你們大呼小叫。」他喵聲說。

最好是啦。鴉羽想。

「我們現在必須重建營地、幫助傷患。」族長繼續說。「石楠尾，妳到巫醫窩裡去幫助隼翔，他幾乎快要忙不過來了。風皮、金雀尾，你們去幫忙重建營地。這件事情是荊豆皮和葉尾負責的，你們去跟他們報到。」

就在這三個戰士都順從離開之後，一星停頓了一會兒，眼光投向呼掌，呼掌也回望著他。鴉羽心想他實在夠勇敢，既不退縮也不迴避。「我不會處罰跟隨導師的見習生。」一星怒斥。「不過你還是要好好反省一下，以後要背著族長做事，必須三思而行。」

呼掌緊張地點頭，然後倉皇跑走，加入見習生整理散亂床鋪的行列。鴉羽看著他離去的背影，接著聽到他加入同伴後興奮的尖叫聲。

「我們找到夜雲，然後把她從兩腳獸那裡救出來！而且我們還爬樹、和狐狸大戰、穿過轟雷路。實在是酷斃了！」

鴉羽壓抑住一陣笑意，**但願沒被一星聽到。**

在這同時，一星轉向夜雲。

「我真高興妳回來了，」他喵聲說，「妳一直是風族忠誠的戰士。晚一點我們有時間的時候，再好好聊聊妳發生的事。不過現在，妳要去好好休息，讓我們把營地整理好。」

「謝謝你，」她充滿敬意地點頭回應。「不過我不需要休息，這些日子以來，我一直過著寵物貓的生活——不過這是迫不得已的，我相信你能理解，我整天就只能無所事事地躺著，吃著寵物貓的食物。」

一星好奇地看著她，似乎想再多問點什麼，不過卻什麼也沒說。

「我也想幫忙，」夜雲繼續說。「你說隼翔已經忙不過來了，或許我也可以幫得上忙。」

一星點頭表示同意，然後向後退了幾步。鴉羽看著他，很怕族長會跟他說什麼，卻又非常想知道他要怎麼說。**我可以回來嗎？**一星的表情卻深不可測。

鴉羽緊張地轉向夜雲。現在他們冒險的旅程已經結束，他不知道該跟她說些什麼。他們有了這許多共同經歷，但在一起的時候還是很不自在。**如果我要被放逐了，這可能是可以跟她說話的最後機會。**

就在鴉羽還在思考的時候，夜雲忿忿地甩了一下尾巴。「用不著擔心，」她喵聲說。「你不用跟我說什麼。」

沒等他回答，她就已經大步走向巫醫窩。

鴉羽覺得自己好像要整個沉入地底。**我又搞砸了，我和風皮的關係已經好多了，但我還是不知道要和夜雲怎麼說話。**看著她的背影穿過營地，他不禁懷疑，**這一路走來我到底學到什麼了？**強烈的罪惡感就像暴風雨一樣襲向鴉羽，他想起許多事，驚覺自己竟然這麼不了解他從前的伴侶：她是那麼勇敢又勤奮、訓練呼掌盡心盡力、對寵物貓耐心又仁慈。他不知道自己怎麼有辦法和一個他完全不了解的貓結為伴侶。

就在夜雲消失於巫醫窩時，鴉羽發現一星就並肩站在他身邊。「好了，鴉羽，」他嘆了一口氣。「我現在該拿你怎麼辦？」

鴉羽轉頭面向族長，又再一次不知道該說些什麼好。想說抱歉，他全身毛髮卻一根根豎了起來。他知道自己沒有錯，不管是向雷族求援、或者是質疑一星把隧道堵起來的事。不過同時，又想到自己被放逐，成為一隻沒有部族的獨行貓，不禁渾身顫慄起來。

「我從來沒有想要——」他才一開口。

同時，一星也說話了。「鴉羽，你是貓群裡，最擅長把我惹毛的。但我這一次得承認，你說的可能有道理。我不應該去把隧道堵起來。」

鴉羽盯著他看，不敢相信自己剛聽到的。**他是在跟我道歉嗎？**

一星低頭看著自己的腳，爪子緊扣地面。「你要回來嗎？」他問，眼光仍避開鴉羽。

鴉羽想要歡呼，**要！**但他試著讓自己保持平靜，朝族長致敬點頭。「要，一星，我要回來。」

「那麼你又是風族貓了。」一星抬起頭，不過他又語帶著威脅地說。「我歡迎你回來，是因為你救了夜雲，也因為我們需要所有強而有力的戰士。但是，鴉羽，在難搞跟不服從之間有一條界線，你要弄清楚，自己的腳是踩在界線的哪一邊。」

鴉羽試圖讓自己態度謙遜些。「我會的，一星。」

「那麼你也去隼翔那裡，問問有什麼可以幫忙的。還有鴉羽，希望今天的對話，我以後再也不用提起。」

⚡⚡⚡

鴉羽蹲在巫醫窩的外面，把一嘴的金盞花嚼成泥，準備敷在莎草鬚的傷口。太陽已經過了正午，他感到身心俱疲。除了工作繁重之外，看到這麼多受傷的夥伴，他實在感到心痛不已。聞著空氣中充斥的血腥和恐懼氣味，聽著傷患不斷傳來的痛苦叫聲，他幾乎快承受不住。受傷的貓太多，藥草又不夠，隼翔必須在傷患間做出困難的抉擇，讓傷重的先處理。

「我還是不敢相信那些白鼬幾乎是純白的，」伏足低聲咕噥；他坐在附近，舔著脫落了一隻爪子的前掌。「除了尾端有一個小黑點之外，有誰看過這樣的動物啊？」

「說不定牠們真的是鬼魂，」鬚鼻抽動鬍鬚，抖掉耳朵傷口滴下來的血。「牠們好像跟我們風族有仇似的。」

「胡說八道！」隼翔剛從外頭採藥草回來，在兩隻公貓之間停下來，嘴裡咬著一把香葉芹含糊地說。「牠們不是鬼魂，牠們只是一群又臭又難纏的入侵者。」

伏足和鬚鼻面面相覷，不再多做回應。

放眼巫醫窩，盡是受傷呻吟的貓兒，鴉羽覺得很內疚，自己能幫得上的忙竟然這麼有限。**我應該自己一個去兩腳獸地盤就好了，**他想。**我很高興我們找到了夜雲，但是風皮他們如果留下來的話會更有用的。有更多戰士在，戰況就不會這麼慘烈了。**不過他得承認，如果沒有他們的幫忙，他是沒有辦法獨自應付森林的危險和兩腳獸地盤的狀況。**這終究是無法避免的。**

隼翔走到窩邊的時候踉蹌了一下，一股腦兒把那把香葉芹掉在地上，滿眼疲憊的樣子。

「坐下來，」鴉羽說。「看在星族的份上，你要休息一下啊，你已經忙了一整晚了。」

隼翔環顧四周、看著橫躺一地的貓兒，然後搖搖頭。「我沒辦法，太多事要做了。」

「如果你累倒了，我們會更麻煩的，」鴉羽告訴他。「坐下來吧。」

隼翔這才嘆了一口氣，聽話坐下。他看著仍在等待救助的傷患，眼中盡是絕望。「我不知道光靠我自己一個有沒有辦法。」他低聲說。「呃——也不是只有我自己一個啦。」他立刻改口，抱歉地朝石楠尾和夜雲點頭致意，他們這時候正含著一嘴滴水的青苔現身。「不過只有我一個巫醫而已……」

「我們需要幫助，」鴉羽說，這時他也看出這事兒的急迫性。「有太多的傷患要醫治，而巫醫和藥草卻不夠。我們急需其他部族的援助。」

「沒錯。」隼翔站起來又嘆了一口氣。「但是一星絕對不會同意的。」

鴉羽望著在戰士窩那裡監工的一星，想起上一回他到雷族求助，結果卻出乎意料地糟。鴉羽本能地想指責一星不理性，不過他得承認自己也有錯。他不應該沒有先知會一星讓他有心理準備，就讓雷族進到營裡來。

而現在，風族真的需要雷族幫忙，鴉羽知道他過去的魯莽讓現在所有的事變得窒礙難行。不過他也明白這時候毫無選擇，他必須說服一星，他們急需葉池和松鴉羽的協助。

要說服一星就已經很難了，他想，**要再去說服棘星就更加不容易。上次棘星來的時候，被一星羞辱，再加上這次他們越過雷族領土的事，藤池也去回報了。但是跟雷族求援是最實際的做法，因為他們離風族最近。**

鴉羽站起身，「我去吧。」他喵聲說。

鴉羽踩著充滿疑慮的腳步走向族長，他沒忘記自己才剛被允許回到部族。他當初被放逐的部分原因就是他去向雷族求助，而現在他又去要求做同樣的事。

我這次一定要很小心……

「怎麼樣？」看到鴉羽走過來，一星轉身問。他的語氣和表情冷冷的，就像冰封的溪流一樣。「有什麼事嗎？」

「我很抱歉把風皮和其他貓帶出營地，」鴉羽開口，希望可以讓一星的情緒先緩和下來。「我只是太擔心夜雲了。當我知道她還活著，我就是沒有辦法放任她不管，要不然我兒子就會一直非常痛苦地想，他母親到底怎麼了。但是我現在知道我這樣做，對部族造成嚴重的影響。」

一陣低吼從一星的喉嚨升起，顯然並沒有被鴉羽的道歉感動。不過看到族長似乎有把話聽進去，鴉羽還是稍稍鬆了一口氣。

「我一直在想我們現在該怎麼做。」鴉羽繼續說。「我們只有一個巫醫，他現在已經不勝負荷了。如果我們不小心一點，他是會崩潰的。我們必須要求其他部族的巫醫來幫忙。」

一星高高豎起尾巴，全身炸毛像一隻刺蝟。「你腦袋進了蜜蜂嗎？」他質問。「你還沒學到教訓嗎？我才把他們趕走，你現在又要去跟雷族求救，這樣不是很奇怪嗎？你想要讓風族看起來很弱嗎？」

「風族現在確實很弱，」鴉羽反駁。「我們需要更多懂醫術的貓和藥草。沒錯，我們可能需要請求雷族原諒，但偶爾放低姿態是絕對值得的？拜託，一星，族貓們的生命危在旦夕。」

一星沉默不語，但他尾巴垂下來，猶豫地伸縮爪子。

「保護風族是最重要的，不是嗎？」鴉羽繼續說。「燼足的傷勢非常嚴重，需要罌粟籽止痛，但隼翔剛剛已經把僅剩的都用完了。鬚鼻和莎草鬚需要用藥膏，但是已經沒有蜘蛛網可以把藥固定在傷口上了。隼翔沒有辦法同時出去補貨，又要照顧傷患。」

鴉羽說話的時候，注意到一星敵對的表情逐漸改變，身上的毛也漸漸平順下來。他不發一語，若有所思地盯著自己的腳掌。時間一點點過去，鴉羽很想施加壓力，但他明白在這關鍵時刻，最好還是把嘴巴閉上。

一星終於慢慢、不情願地點頭。「很好，」他喵聲說。「我會派貓去河族請蛾翅幫忙。」

「還有雷族，」鴉羽補充，雖然他一點也不意外，一星就是不想向棘星道歉，不過他覺得只向一個部族求助是不夠的。「他們也離我們很近，我們要盡可能尋求所有幫助。」

一星嘆了一口氣，意味深長地望著鴉羽的眼睛。「這話說得也沒錯，好吧。」他同意。

「如果你覺得你可以說服他們的話……很好，你去吧。」

鴉羽點頭向一星致謝，轉身離去時，難掩內心的喜悅。這樣的對話實在很不容易，但是他成功了。

這是算是好的了，他想，**因為下一場對話會更困難……**

第二十六章

鴉羽帶著兔躍同行，奔跑越過荒原，一路想著該怎麼對棘星說。那股為部族尋求援助的強烈期盼，帶給他全新力量，覺得自己無論如何都可以面對雷族。知道風皮和金雀尾也在前往河族的路上，他的精神更是為之一振。霧星沒有理由和風族為敵，所以至少她應該會派蛾翅和柳光來。**那麼風族今天就不會有貓會喪命了。**

到達邊界小溪的時候，鴉羽和兔躍停下腳步。「我們最好在這裡等待巡邏隊，」鴉羽望著對岸的樹林說。「我們不可以一來就越界，這樣會把他們惹毛的。」

兔躍不發一語，鴉羽感到副族長一直盯著他看。他一轉頭，發現兔躍正微微搖著頭。「怎麼了嗎？」他問。

「你真是比我樂觀多了，棘星和一星那樣針鋒相對之後，你好像還是覺得自己有辦法說服雷族來幫我們。」兔躍回應。「你那時候在想什麼，竟然沒經過一星允許就跑去找雷族。」

「我只是想做對風族有益的事，」鴉羽回答。「即使一星不這麼想。部族的利益不是應該置於個體之前嗎？就算這個體是族長也不列外。」

「話這樣說是沒錯啦，」兔躍在溪邊坐了下來，若有所思地彈彈耳朵。「不過一星是我們的族長，我們可以與他意見不同，但最後還是必須聽他的。」

鴉羽看著兔躍，一時之間無話可說。「我當初那樣跑去找雷族或許真的太莽撞了。」他躊躇著想再說些什麼，有些話他想對兔躍說，但又不太想承認。「一星選你當副手，真是選對了。兔躍，我現在才知道，我還有許多事要學習。」

兔躍鬍鬚一沉，很吃驚的樣子。「我一直覺得副手應該是你才對，鴉羽。很高興你能接受我。」

鴉羽聽了點點頭。「不管怎麼樣，」他試圖讓氣氛輕鬆點，「別傻了，你以為雷族會拒絕這大好機會，可以插手管別族的事嗎？」

兔躍捲起尾巴興味盎然的樣子。「你說的也許有道理。」他也贊同。

「葉池會幫忙的，如果我跟她碰得到面的話。」鴉羽希望這次能跟葉池說上話。這一次松鴉羽會更有敵意，到時候可能要用求的。

兔躍猶豫著似乎想說什麼，鴉羽看他一副尷尬的樣子。他不自在地左右踱步，然後很小聲說。「這樣會很奇怪嗎，」他終於開口了，「經過那麼久了再跟葉池說話？我知道你們以前的關係。」

「我們以前的關係？」這話說得真含蓄！鴉羽心想，**我對葉池還有感覺嗎？**他回頭想想，他們分開的歲月裡所經歷的種種。他們現在各自過著不同的生活，如果想要在一起的話，比從前試圖私奔時候更不可能了。現在當他想起葉池沒有他相伴，也不會再有心痛的感覺。如今剩下的只有欣賞，還有祝福。

他聳聳肩，「過去的已經過去了，」他回答。「但是我還是非常尊敬葉池，我認為她會幫助有需要的部族。」

鴉羽太專注與兔躍的對話了，沒注意到雷族巡邏隊已經出現在對岸的蕁麻叢中，著實嚇了一跳。罌粟霜和她的見習生百合掌走在隊伍的最前面，而樺落押隊走在最後面。鴉羽這才發現他和副族長說話的時候，完全忘了要留意對岸的動靜。**鼠腦袋！**他罵自己！

兔躍站起身，和鴉羽一起向雷族貓點頭致意。

「你們好，」兔躍說。「我們可以過去嗎？我們有話必須跟棘星說。」

罌粟霜瞇起眼睛。「又是你，鴉羽？你待在雷族領土的時間比待在你們自己那兒還多。」

「我很感激你們允許我們過境，」鴉羽忍住想要鬥嘴的衝動。「我們找到夜雲了。她很好，而且已經到家了。」

雷族貓聽了似乎很驚訝，也有點高興，態度這才稍稍緩和下來。鴉羽知道只要是部族貓都不樂意聽到有貓失蹤或受傷的消息，即使是別部族的也一樣。藤池上次也很關心，之前所有部族還曾經一起合作對抗黑暗森林。

我們是部族貓，部族貓就會這樣。

「很好，」罌粟霜說。「那你們現在在這裡幹麼？」

「我們有事情想請求棘星幫忙。」兔躍回答。

罌粟霜盯著他好一會兒，才明白兔躍是不會跟她透露的。

「讓他們過來吧，」樺落說。「可能很重要。」

罌粟霜猶豫了一下，然後點點頭。「我想兩隻貓還不足以構成什麼威脅，」她終於決定，「好吧，你們過來吧。」

這裡的溪流太寬，跳不過去；不過水很淺，涉水走過即可。鴉羽小心翼翼地走過去，冰冷溪水碰到他腹部時他縮了一下，不過疲憊的腳掌終於得到舒緩，為此他倒覺得十分慶幸。**我感覺已經有好幾個月沒休息了。**

到對岸之後，他們兩個甩甩身體，還特別留意避免噴到雷族巡邏隊。接著，在罌粟霜的帶領下，他們穿過樹林，往雷族營地的方向前進。

當他們到達岩石谷地的時候，整個雷族的貓似乎都在外頭。波弟在長老窩外伸展筋骨，一邊講故事給籽掌聽，一邊讓他抓跳蚤。好幾個戰士，包括副族長松鼠飛，都聚集在獵物堆那裡聊八卦。亮心和黛西躺在育兒室外享受禿葉季的陽光，而亮心的三個孩子則在附近扭打摔角。

鴉羽和兔躍從荊棘隧道口現身走向營地時，每隻貓的視線都移到他們身上。**他們看起來並不友善，顯然一星言語羞辱棘星的事他們都知道了。**

「在這裡等著。」罌粟霜簡短命令他們。

只見她穿過營地，跳上亂石堆，朝棘星位於營牆上的窩穴走去。鴉羽和兔躍交換了眼神。

「我來負責發言，」副族長喵聲說。「看在星族的份上，不要說任何激怒棘星的話。」

「我沒那麼蠢。」鴉羽低聲咕噥。

過一陣子之後，棘星從窩穴現身，走下亂石堆來到營地中央。他走近時，鴉羽看到他似乎有些意外又帶著戒心，琥珀色的眼睛冷冷地盯著他們上下看。

「你們來這裡做什麼？」他問。

兔躍點頭致敬。「棘星，你好。我們是來請求雷族援助的，我們需要巫醫。」

棘星靜默了一會兒，眼神在兔躍和鴉羽之間來回游移。「你們需要巫醫，」他重複他們的話。「我跑去說要幫你們對付白鼬，而一星卻那樣羞辱我，而現在你們還來求我們幫忙？」

「我們現在的麻煩更大了，」兔躍回應。「有很多貓都受傷了。」

棘星猶豫了一下，然後轉向松鼠飛，她早已走過來站在他身邊。「我不希望有任何貓受苦，」他喵聲說。「拜託去找葉池和松鴉羽過來。」

松鼠飛轉身離去後，棘星再次轉過頭來面對風族貓，不屑地抽動一下鬍鬚。「告訴我到底發生了什麼事。」

兔躍猶豫著，不太確定地看著鴉羽。鴉羽也跟他一樣緊張，預料得到棘星知道以後可能會有的反應。「我們想出一個對付白鼬的計畫，」兔躍終於和盤托出，「我們去把我們那邊的隧道口堵起來，結果更激怒白鼬。昨晚牠們發動攻擊，而我們——」

「所以白鼬的問題你們根本還沒有處理好？」棘星發出憤怒的嘶嘶聲，壯碩肩膀上的毛全都豎了起來。「我想如果你們把隧道口堵起來了，這種事就算沒在你們那邊發生，也會把白鼬趕到雷族的領土上？還是你們根本就知道，但你們就是不在乎？難道就從來沒想到說要來警告我們一下？」他怒噴鼻息。「我還以為一星是個經驗老道的族長，竟然還說情況都在他的掌控之下。」

兔躍根本無話可說，只是不停在地上伸縮爪子。鴉羽不知道這樣的無言要維持多久。**我很高興是兔躍負責發言，不然我也不知道該怎麼說。**

他意識到雷族貓全都逐漸靠攏過來，各個豎起耳朵想聽個清楚。**這下子全雷族都知道我們這事兒處理得有多糟了。**

松鼠飛帶著葉池和松鴉羽走過來了，他們三個穿過貓群走到營地中間。

棘星終於打破沉默。「我就這樣直說好了，」他開口，雖然語氣溫和，但每一個字卻尖銳如狐狸尖牙，「我主動去找一星，說雷族可以幫忙趕走白鼬。一星卻羞辱我和我們整個部族，還堅持要自己解決問題。結果他的計畫根本是一場災難，這問題已經失控了，而他現在才派你們來雷族尋求協助。這樣說對嗎？」

兔躍幾乎無法面對雷族族長的注視。「對。」他低聲咕噥。

「我要聽你說，」棘星怒吼。「我要聽你說，是一星的決定讓風族陷入困境，而他現在需要雷族的幫助。」

兔躍唯一的反應就是向鴉羽投以無助的眼神。**你不是要負責發言，**鴉羽心想，**那就發言啊，你難道看不出我們別無選擇嗎？**

「怎麼樣？」棘星問，尾巴尖端不耐煩地抽動著。

「是我們讓自己陷入困境，我們需要雷族的幫助，」鴉羽立即回應。「過去的事我很抱歉，」他接著又說，「但此刻我們急需的是幫助，而不是憤怒。有貓兒的命**危在旦夕**。」

棘星停頓了一下；鴉羽等待他決定時，肚子裡好像塞滿爭吵不休的白鼬似的。**他會是什麼樣的族長呢？**鴉羽自問。

最後棘星終於點頭。「很好，葉池可以跟你一起去。」

葉池這才走到鴉羽身邊，表情放鬆了下來。鴉羽非常了解她，她絕不會放任需要救助的貓不管，不管是哪一個部族的。此時他感覺到一股溫暖的愛意又從內心升起，但他立刻心一狠又把這份情感壓抑下去。

那都是很久以前的事了。但就算他這麼想，鴉羽仍捫心自問，他對夜雲有這樣強烈的情感嗎？**沒有，從來都沒有。這樣是不對的嗎？**

他強迫自己回到現實，才聽見兔躍在跟棘星道謝。「我們現在該走了，」他喵聲說。「對受傷的貓來說，實在是分秒必爭。」

棘星點頭，轉身朝著自己的巢穴走去。圍觀的貓群也開始散開，各自回去做自己的事。

葉池用尾巴尖端碰觸鴉羽的肩膀。「等我一下，」她喵聲說。「我要去拿一些藥草。」

她走回巫醫窩的時候，松鴉羽走到她身邊說了一些話，一邊說尾巴還一邊抽動著。**可想而知一定沒什麼好話，**鴉羽想。**說不定是在提醒她，要小心奸詐邪惡的風族貓。**

又過了一陣子，葉池再度從巫醫窩出現，嘴裡叼著一包藥草。三隻貓由兔躍帶頭，一起走出營地。從荊棘隧道另一端走出來之後鴉羽才鬆了一口氣，終於遠離那些雷族貓好奇的視線。

他們一走進森林，兔躍就遠遠地走在前面，鴉羽猜想他是故意製造機會讓他們講話。

我不確定這樣好嗎，我們彼此已經沒什麼話好說的了。

不過葉池對於與他獨處似乎毫不為意，雖然她曾經把鴉羽看得比自己的部族或巫醫的天職更重要。「藤池跟我說，你去尋找夜雲。」她咬著一嘴藥草說話，眼神親切又溫和。「你找到她了嗎？」

「找到了，」鴉羽回答。「有兩腳獸在照顧她，我們從兩腳獸巢穴裡把她救出來，現在她已經沒事了。」

「我真高興！」葉池猶豫了一下，接著又繼續關心地問。「現在你和夜雲又有機會可以重新開始了，畢竟孩子就是你們永遠的連結，不管曾經發生了什麼……」

她的聲音逐漸變小，尷尬地看了鴉羽一眼，接著低頭把視線釘在自己的腳上，繼續往前走。

像是我們的事……鴉羽也看著地面，想隱藏自己的不自在。葉池剛剛說的話，不是也適用於他們身上嗎？只是他倆誰也不敢說出口。

又過了一陣子，鴉羽提起勇氣繼續說，「妳說的沒錯，我也很想改善跟夜雲的關係，如果我還有機會跟她談談的話。」

他不禁想起在營救夜雲的旅程中，自己和夜雲幾乎化敵為友了，不過這樣的關係並沒有持續到家。他還是不知道該怎麼跟她說話。

就在鴉羽和葉池離開樹林、穿過邊界小溪、爬上荒原的時候，兔躍已經不見蹤影。鴉羽想說不定他已經先跑回去風族，通報說救援已經快要到了。

接著鴉羽瞥見一塊岩石背後有些許動靜，心想或許是副族長在那裡等他們。但是從那背後出現的竟不是兔躍的明亮雙眼和棕白毛髮，而是一身雪白毛皮和尖銳利牙。

竟然是一隻天殺的白鼬！

這隻小小白白的東西蹣跚朝他們而來，牠的腳看起來很虛弱，鴉羽猜牠可能生病了，或者在戰鬥中受傷了。

「那就是白鼬！」葉池大叫，感到很不可思議。「我從來沒看過，看起來……很噁心。」

「的確是，」鴉羽告訴她，想起風族見習生也曾經低估了這種生物。「牠們看起來不具威脅，但打起架來卻很難纏。我們必須——」

他話都還沒說完，那隻朝他們接近的白鼬，突然衝向葉池。葉池嚇了一大跳，藥草散落了一地。鴉羽一聲怒吼，衝上前攔截。那隻白鼬即便生病，仍舊是極度兇猛的戰士。牠撐起後腿，伸出尖爪朝鴉羽臉上劃去。

鴉羽一陣驚恐，深怕被白鼬戳瞎眼睛。他趕緊緊閉雙眼，用前掌抓住這滑溜的生物，把牠拖到地上，再用後腿連環踢這難纏的對手。

不過那白鼬的身體細長彎曲，鴉羽實在抓不住。只感覺從白鼬的掌中溜走，接著他後腿一陣劇痛。鴉羽睜開眼睛，看到白鼬的牙齒緊緊地鉗住他腳掌上方的部位。葉池這時衝了過來，伸爪朝白鼬的後腿劃去。

「不要！退後！」鴉羽大叫，深怕這邪惡的生物會轉向她。

鴉羽伸出前掌往白鼬的頭上猛揮，把牠打個正著。牠連忙爬起來，四處張望，那兇狠的眼神盯住葉池，而葉池離牠只有一條狐狸尾巴的距離而已。

就在白鼬朝她猛撲過去時，鴉羽使出全身力氣及時攔截下來。**我絕不能讓葉池死在風族領土！**他咬著白鼬肩膀，把牠拖開，伸出利爪，揮掌朝這生物的喉嚨劃過去。就在快劃到的時候，白鼬身體一扭，後腳朝鴉羽一踢，拚命掙脫。牠接著趕緊逃離鴉羽的攻擊範圍，朝隧道狂奔而去。

看來牠不敢再打了，鴉羽想。**嗯，我不會再讓牠有機會了。**

鴉羽作勢想追過去，被葉池擋了下來。「不行！」她焦急地說。「你受傷了。」

鴉羽困惑地眨眨眼，低頭看看自己的後腳。只見血從那被白鼬咬到的傷口不斷汩汩流出。

「你看看！這下我們又多一個受傷的風族戰士了。這失血的狀況很不好，鴉羽，」她接著說，「不要睡著。」

鴉羽覺得有些奇怪，他為什麼要在這遠離窩穴的地方睡覺。不過現在仗打完了，他的精力消退了，後腳的疼痛似乎蔓延到全身。他的耳邊充斥著大水洶湧流動的聲音。

洶湧的黑水？就在他蹣跚前行時，他又想起隼翔的夢境。那洞穴裡湧流出來的黑水，難道指的就是白鼬。

我要死了嗎？由我開啟一連串的死亡，最後結局……難道是部族的滅絕？他似乎看到第二波大水吞噬了所有的東西，又看到那天早晨族貓橫躺遍野的景象，兩者重疊在一起。迷迷糊糊之中，他又聽到白色長毛寵物貓訕笑的呼嚕聲。

遠方似乎傳來兔躍的聲音，「我聽到叫聲了，怎麼回事？」

葉池的聲音聽起來也很遙遠，斷斷續續的，鴉羽幾乎很難聽得懂。

「……和白鼬對打……失血過多……兔躍，幫我找一些蜘蛛網來。」

鴉羽感覺到周遭有許多動作在進行，有東西敷在他腿上，接著是葉池遙遠的聲音。「兔躍，幫我一起抬他……把他抬到營地去。」

我什麼時候昏倒的？鴉羽納悶。他感覺到強而有力的手掌把他舉起來，這樣的移動卻疼痛得讓他喘不過氣來。他喟嘆一聲之後，讓自己陷入一片黑暗之中。

第二十七章

烏雲環繞著鴉羽，數道血紅色的光線從烏雲穿透過來，好像是暴風雨過後出現的陽光。現在他又瞥見數張熟悉的臉孔：夜雲、羽尾、葉池、還有他們的小孩，不過就如同想像中，他們待在育兒室的樣子：天真無邪，不知道未來世界的凶險。鴉羽想要接近他們，但他們全都被掃進一片隆隆作響的黑暗之中。最後一陣大浪朝他襲捲而來，淹沒了他，讓他沉浮在毫無星光的暗夜之中。

漸漸地，鴉羽意識到他周圍有些動作正在默默進行，還聞到嗆鼻的藥草味。他一睜開眼睛發現自己正在隼翔的窩裡，看到離他一條尾巴遠的地方有隻虎斑貓模糊的身影。

「葉池？」他喃喃自語，試圖想要讓視線聚焦。一時之間，他搞不清楚為什麼雷族巫醫會在風族營地裡。他和葉池在一起已經是好久以前的事了，他揣想自己可能還在做他的春秋大夢。

葉池轉向他，只見她睜大眼睛開心地說，「喔，你醒了啊！」她發出呼嚕聲。「感謝星族！」

「我為什麼在這裡？」鴉羽迷迷糊糊地想讓自己清醒些。「妳為什麼在隼翔的窩裡？發生什麼事了？」

「你不記得你到過雷族，之後還跟白鼬大戰一場？」葉池問。「白鼬在你腿上咬了一口，讓你失了很多血，不過你會沒事的。」

「白鼬……」鴉羽困惑地眨眨眼，突然想起所有的事：隼翔的夢境、營地被襲、以及他到雷族去找葉池來。

「我最好沒事，」他咕噥著掙扎站起來，甩甩一身床鋪上的碎屑。這時腿上的一陣劇痛，讓他記起自己被咬到的部位。「一星需要戰士——」

「一星暫時不需要這樣的戰士。」葉池毫不客氣地說。「你現在很虛弱，需要時間恢復。」就在鴉羽想抗議的時候，她舉起尾巴要他安靜。「你最好不要跟我爭辯。」她走到窩穴後方，不久之後咬了一團溼溼的青苔回來。「給你，」她喵聲說著把青苔放在鴉羽身邊。「喝水，我去看看有誰可以幫你弄些獵物來。」

鴉羽看著她走出窩穴，然後低下頭來舔舔青苔上的水。這水感覺清涼解渴，讓他精神為之一振。他不禁嘆了一口氣不再反抗。

受了傷倒也不錯，他想。**可以暫時放鬆一下，還能被照顧。**

當隼翔進到窩裡查看鴉羽傷口時，他又在床上半睡半醒的。隼翔聞聞他腳上的傷口，「恢復得還不錯，」他喵聲說。「沒有感染的跡象。」

「其他的貓怎麼樣了？」鴉羽問。

「大家都漸漸好轉，」隼翔很滿意地發出呼嚕聲。「謝謝你說服一星讓你們去找其他部族來幫忙。霧星派蛾翅來，她幫忙照顧傷患，我們也才有足夠的藥草醫治大家的傷口。」

「那真是好消息，」鴉羽說。「不知道我們接下來要怎麼對付白鼬。」

「目前先按兵不動，什麼都不要做，」隼翔回答。「我們必須先等大家都恢復健康再說。」

這時候，葉池重新出現在窩穴入口，嘴裡還咬著一把葉子。「羅勒葉，」她說完順勢把葉子放在鴉羽面前。「吃下去，這對休克有幫助。」

「我不需要——」鴉羽還沒說完就被打斷，葉池這時候把葉子又再推向他。

「聽話照做，你這蠢毛球。」

鴉羽翻了個白眼，不過還是乖乖舔起葉子。

隼翔的視線在鴉羽和葉池之間來回移動，一副小心翼翼的樣子。「鴉羽，我先把你交給經驗老道的葉池，」他喵聲說。「待會兒再回來看你。」

「妳剛剛不是說什麼去拿獵物，」隼翔走了之後鴉羽抱怨。「我已經餓到前胸貼後背了。」

「待會兒就來了，」葉池莞爾回答，在他身邊坐下，接著說，「你現在覺得怎麼樣？」

鴉羽試著動了一下。「我的腳痛得好像獾把它咬掉一樣，除此之外都還好。」

葉池琥珀色的眼眸溫柔地看著他，「真的嗎，鴉羽？」她問。「實話實說吧。」

我要怎麼回答呢？鴉羽自問。**我怎麼能跟葉池說，我和風皮、夜雲有很多問題，一星差點兒就把我永久放逐了？**他在床上不自在地動來動去；感覺胸口很緊，腿上的疼痛幾乎讓他忘掉了飢餓。「一切都還不錯啦，」他這樣說，希望能夠擺脫葉池的追問，接著又說，「那妳在雷族好嗎？」

葉池抖抖耳朵，對他這樣突然岔開話題的意圖瞭然於心。「我還好，」她回答。「星族又接受我了，所以我又可以全心投入巫醫的角色。」

「聽到妳這樣說我很高興。」鴉羽停頓了一下，又繼續說道。「那麼獅焰和松鴉羽呢？他們還——」

「他們也願意接受我了，」葉池回答。「我想他們會永遠把松鼠飛當成他們真正的母親，不過——反正，我們相處得還不錯。只有冬青葉沒有辦法接受自己是兩個部族的混血貓。」

而且冬青葉已經死了。鴉羽想到這兒不禁悲從中來。**我甚至都還沒有機會認識她**。

「冬青葉是為了保護雷族而死的，死得很有尊嚴，」葉池似乎看出他的思緒。「不管過去如何，你都可以以她為榮。鴉羽，你可以以你所有的孩子為榮。」

包括風皮嗎？

鴉羽突然有一股衝動，想對葉池說出心底話。曾經，他什麼話都能跟她說，雖然這樣的日子已經過去了，如今他仍然覺得她比誰都值得信任。而且，葉池是雷族貓，不會像自己的族貓一樣對風皮有成見。他大可以坦白說，不用擔心異樣的眼光。

「但願我也能以風皮為榮，」他老實說。「不過很難，他內心累積了許多憤怒。我知道他是個英勇忠誠的戰士，不過他似乎就是不知道該如何好好表現出來。對我或對部族都一樣。」

「事情總會有轉機的，」葉池回答。「我聽說他奮勇對抗白鼬，而且跟你去尋找夜雲的時候也表現得非常好。」

鴉羽點點頭，感受到些許安慰。「為了他母親，他什麼都願意做。」接著他長嘆了一聲。「夜雲……我做了很多事想拉近與她和風皮關係。但不知怎麼搞得，老是出差錯？葉池，妳覺得呢？」

葉池差點笑出來。「鴉羽，這點你可就要問問其他貓的建議了！」她聲明。「還有嗎？」接著，她又恢復嚴肅，「不管怎麼樣，風皮和夜雲都是你的親屬。沒錯，你過去很辛苦，但是你可以擁有一個美好的未來。」

她又湊近鴉羽一點，琥珀色的眼睛盯著他，「鴉羽，承認吧，」她溫和地說，「你們今天會有這些問題，你自己也有責任。在這森林裡，你可說是出了名的不好相處。」

「妳是說我很難搞嗎？」鴉羽有些生氣，但過了一會兒，他逐漸明白葉池說的話一點也沒錯。「我的確踩到一星的界限了，」他承認。「而且我應該更支持風皮一點。我以為……」他咕噥著。「所以妳覺得我應該再更努力一點？」

「沒錯，」葉池贊同。「試著跟他們說出你真實的感受。」

難道她跟他死去的母親談過話嗎？怎麼跟灰足給他的建議幾乎一模一樣。「我會試試看，但是——」鴉羽開口想再說。

這時窩外傳來一陣腳步聲，夜雲走了進來，嘴邊還叼著一隻田鼠。「獵物。」她喵聲說完就順勢把獵物放在鴉羽床邊，並且瞇起眼睛盯著葉池。

同時跟這兩隻曾經是他伴侶的母貓近距離在一起，鴉羽豎起毛髮渾身不自在。葉池向他使個眼色，鴉羽明白她的意思。

「謝謝妳，夜雲，」他喵聲說。「妳真好，要一起享用嗎？」

夜雲驚訝地撐大眼睛，朝葉池望去，似乎懷疑鴉羽想藉著這樣的舉動讓葉池嫉妒。

「不用，我已經吃過了。」夜雲斷然拒絕，不過她還是在鴉羽旁邊坐下，把腳掌收進身體底下。

「我該走了，」葉池這時插話，隨即站起身，向夜雲禮貌性地點頭。「我得去查看其他受傷的貓。」說完就叼起一把山蘿蔔根，向窩外走去。

鴉羽咬了一大口田鼠，很快地吞下去。雖然他還是不知道該說些什麼，但想起葉池的建議，覺得還是要努力一試。「夜雲，對不起，如果我昨天冒犯了妳，」他繼續說，「因為我不知道說些什麼好，還好妳現在回來了。」

夜雲狠狠瞪他一眼，一時之間鴉羽還以為自己又說錯了什麼。不過接著這黑色母貓的態度似乎軟化了。

「其實，我在隧道裡的時候就已經受重傷了，」她遲疑了一會兒又開始說。「就像我跟那些寵物貓說的，我是一隻部族貓，我屬於我的部族……老實說，兩腳獸救了我之後，我不太確定自己是不是想再回到風族。」

「不回來？」鴉羽身上每根毛都震驚得豎了起來。他不敢相信這話是夜雲說出來的。**她是我所知道最忠誠的風族戰士！**

「至少，不是馬上回來。」夜雲繼續說下去。「我當時又累又虛弱……我倒也不是真心想離開，只是在那個當下暫時當隻寵物貓也不錯——溫暖安全，不用狩獵就有食物吃，也不用冒險去和狐狸作戰。而當時的我……沒錯，就毫無條件地被疼愛。我從來沒有過那樣的感覺，其實也很不錯。就算我發脾氣，我的兩腳獸和酸黃瓜還是不停地關心我、照顧我。酸黃瓜雖然是一隻寵物貓，但是他對我很好。他把他的床鋪跟我分享，還把最好的位置讓給我睡。還跟我分享他的玩具，就算我跟他說其實我並不玩玩具。他簡直就把我當成世界上最重要的貓那樣對待我。」

酸黃瓜？愚蠢的名字！愚蠢的貓！

不過再怎麼藐視酸黃瓜，也擋不住夜雲說的話進到鴉羽耳裡……甚至引起他深深的內疚。**我從來沒有這樣對待過她**，他明白。**我從來沒有重視過她**。當夜雲描述她和酸黃瓜的那段生活，語氣中充滿了溫暖。不管是寵物貓與否，他都盡力讓她快樂了。

我以前是她的伴侶……是我應該要讓她快樂、是我應該要珍惜她才對，而我竟然都沒做到。我失敗了。

深深的愧疚感讓他全身發熱，想想自己從來沒關心過夜雲的生活起居，連她懷孕的時候也沒有。他一直都認為她可以照顧自己。他明白，他之所以會這樣想，是因為他從來沒像愛羽尾和葉池一樣愛過她。突然間，他深刻體會到夜雲的感覺，不禁心如刀割。

「我得提個醒，」夜雲繼續說，「如果你把我剛說的話講出去，我會把你的皮剝了，拿來當床墊。」

鴉羽發出一陣喵喵笑聲，「這種事妳絕對做得出來！」

突然間他們之間的緊張氣氛消失了。鴉羽吞下幾口田鼠，接著鼓起勇氣低聲說，「夜雲，對不起，我從來沒有重視過妳的感受。抱歉一直到如今妳才從一隻寵物貓那裡得到這樣的感覺。」

夜雲什麼話都沒說，不過低頭看他時，眼中的溫和是他從未見過的。

「我們……我們要恢復伴侶的關係嗎？」鴉羽說得有些猶豫，**我應該這樣說嗎？**

夜雲搖搖頭，但她開口說話時的語氣卻很溫和。「不，鴉羽，如果你對你自己夠誠實的話，你其實也不想，承認吧：我們彼此並不相愛，而且或許永遠也不可能。」

雖然有些勉強，鴉羽還是必須承認她說的話非常有智慧，不過他仍帶著一絲心痛的懊悔回應。「我想妳說的沒錯。不過……我真的非常欣賞妳，夜雲。妳是非常棒的戰士。」

夜雲輕輕哼了一聲。「你也不賴呀。另外要記住，」她繼續說，「風皮永遠是我們的孩子。我們沒有辦法好好在一起，這是我們欠他的。」

「沒錯。」鴉羽嘆了一口氣。「夜雲，很抱歉我以前對妳不好。現在我們可以當朋友嗎……就為了風皮？」

「我很樂意，」夜雲發出呼嚕嚕的聲音。說完她起身，蹲低身體用臉頰碰碰鴉羽。「你該休息了，鴉羽。或許我們晚一點再聊。」

鴉羽看著她走出窩穴的背影。她說的沒錯，他需要休息。這樣的對話比起巡邏整塊領土讓他感到更加疲憊。他吃完最後一口田鼠之後就蜷伏著，閉起眼睛。

喔，星族，請不要再把我帶進那可怕的夢境裡……

⚡⚡⚡

鴉羽一睡著，眼前就出現一道淺灰色的身影，他的母親，灰足。這一次鴉羽不再像從前一樣在隧道裡追著祂；這一次祂坐在一處茂密森林空地的水池旁，池邊長滿蕨類植物，還有一條小瀑布從上方岩石涓涓流下。

「你好，鴉羽，」灰足喵聲說，這次祂語帶認同。「你終於把夢裡的功課當回事了。」

「功課？」鴉羽問，難以置信地忍住笑意。「這是什麼功課？我都快想破頭了，就是搞不懂我怎麼會做這些夢！」

「我已經告訴過你了，這是最重要的功課。」灰足低聲溫柔說。「去愛，你必須再度敞開心胸去愛。我讓你夢到鷹霜和冬青葉，就是要讓你知道你非常在乎你的孩子，不管他們發生了什麼。你必須再度對風皮敞開心胸，成為他的父親。」

沉重的罪疚感壓在鴉羽肩頭，他回答。「我現在知道了，」他承認。「但願我能做好風皮的父親，就像祢對我一樣。」

灰足的眼神明亮又溫暖。「我以你為榮，鴉羽。」祂發出呼嚕聲。「你終於開始改變了。」

鴉羽凝望著母親。就在這一瞬間，他心痛地明白他們這樣的親密對話就要結束了。他對祂的愛是那麼單純又濃烈——就是一隻小貓咪對媽媽的愛。

或許風皮對我的感覺也一樣，他恍然大悟，**即使我再怎麼不配。不過我會努力的，**他一邊告訴自己，一邊看著母親逐漸退去的身影。

就在夢境消散後鴉羽睜開眼睛，發現自己又回到巫醫窩，此時的他下定決心要改變一切。

我要讓風皮知道我愛他，就像灰足愛我一樣，他暗自發誓。**要改變很難……但如果能因此救得了風皮，那一切就值得。**

第二十八章

湖面上一輪明月高掛天空，這時鴉羽鑽過灌木叢，前往大集會小島上的空地。風族是最後到的，其他三個部族的成員早就已經散布在那片月光草地上，三三兩兩交頭接耳互換資訊和八卦。一星穿過貓群，跳到大橡樹上加入族長的行列。

白鼬攻擊風族營地以來，已經過了許多時日。雖然鴉羽受傷的後腳用力時還感到一絲疼痛，不過大部分的傷貓都已經恢復了。葉池和蛾翅也早已回到自己的部族，現在正和其他巫醫一起坐在大橡樹附近。

等一星在樹枝上就定位，黑星隨即抬起頭要大家注意：「大會開始之前，讓我們先紀念那些殞落的……」

就跟上次大集會一樣，黑星把所有在大戰役中犧牲的戰士名都唸過一遍。

黑星唸完之後，棘星才走上前，大會真正開始。雷族族長報告時，廣場上嘈雜聲逐漸安靜下來。他說雷族巡邏隊一直密切注意他們領土出現的狐狸，還說他們趕走了一隻兩腳獸走失的狗。

「沒錯，你們把那條狗趕到我們領土上了，」黑星舉起腳掌抱怨。「還真是多謝啊，兩腳獸還跑來找，用牠們的大腳掌踩遍了我們的森林。不過現在都已經走了，所以還不構成任何威脅。」

棘星禮貌性地點點頭，接著揮動尾巴向霧星示意，換她報告。

「河族一切安好，」霧星報告。「以禿葉季來說，獵物算是很不錯了，而且湖裡的魚也很多。一星，」她一邊說，還一邊轉向風族族長，「你們受傷的戰士還好嗎？」

「希望他們都恢復了。」棘星接著說。

一星向這兩個族長禮貌點頭。「他們都好多了，」他回應。「謝謝你們的幫忙。我想你們也都聽說了，夜雲其實沒有死，我們歡迎她回來。」

「夜雲！夜雲！」廣場上的貓都呼喊著回應一星。

這隻黑色母貓正坐在離鴉羽一條尾巴遠的地方，她點頭感謝，看到所有的部族貓都歡迎她回來，眼中閃爍著喜悅的光芒。

這種感覺妳是沒有辦法在酸黃瓜和兩腳獸那裡體會到的，鴉羽想。

「隧道裡的白鼬呢？」霧星問。「已經處理掉了嗎？」

鴉羽強迫自己不要迴避，這問題連一星也很難啟齒。

「我沒有忘記，不過我們還在復原當中。」風族族長回答。

「所以你們什麼都還沒有做？」雖然棘星的語氣尊重，但他顯然想追根究柢。「白鼬仍然是個威脅——而且不僅只是一個部族的威脅？」

「我們還沒有處理，」一星說得很勉強。「那些白鼬把我們之前堵起來的隧道口又打開了，所以那個計畫行不通。」

「你們還有另外的計畫嗎？」棘星問。

「我和幾個資深戰士討論過了，」一星告訴他。「不過到目前都還沒有想出其他方案。」

鴉羽想起被攻擊過後，他們召開的那場會議。除了再去跟雷族求助之外，大家都想不出其他對策，可是他們誰也都不願意再去測試棘星的好意。

鴉羽感覺到周遭一陣騷動，貓群紛紛交頭接耳。當他明白大家是在責怪風族為什麼不趕快處理入侵者時，背脊上的毛都豎了起來。就連他自己都想要跟著起鬨了，不過他又想想，問題只要不是自家的，就似乎顯得特別容易解決。

「哼！我真想讓他們和那邪惡的髒東西對打看看。」夜雲嘶吼。

鴉羽也點頭贊同。「他們根本不知道我們面對的是什麼。」

棘星提高音量，壓過廣場上的騷動。「各族的夥伴們！他大聲宣布。這不只是風族的問題，在雷族的領土上我們也遇到這種生物了。如果不阻止牠們，牠們很快就會跑到影族和河族。」

「什麼？」黑星一驚，猶如大夢初醒，眼睛睜得大大的。

他看起來愈來愈老了，鴉羽想。**還有多少能耐可以處理這樣的危機呢？**

「一星，」棘星繼續說，「之前的建議我再提一遍，雷族可以幫忙。我們必須通力合作，才有辦法趕走這些白鼬。」

「偉大的星族啊！」夜雲在鴉羽耳邊低聲說，「千萬別再像上次那樣又吵起來。風皮跟我說了，我真不敢相信之前一星竟然會那樣說。」

「一星這次不會那樣了，至少在大集會不會。」鴉羽說，儘管他自己也不太確定。

一星猶豫了好一會兒，盯著雷族族長看。然後，緩緩點頭。「很好，風族謝謝你，棘星。」

「河族也會幫忙，如果有需要的話，」霧星說。「影族也會嗎，黑星？」

黑星甩甩身體。「應該會吧。」他低聲咕噥。

對策決定好了，廣場上的貓也都安定下來，就在這時候鴉羽注意到他兒子獅焰非常不安的樣子，一直不耐煩地動來動去，似乎想說什麼。**他哪裡不對勁了？**鴉羽覺得很奇怪。

獅焰突然一躍而起。「棘星，我有話想說！」

他的族長俯視著他，眼神有些不贊同。「很好，說吧。」他喵聲說。

鴉羽只見獅焰的眼神環視廣場，然後停留在風皮身上。一時之間，這兩個同父異母的兄弟彼此互瞪。鴉羽內心恐懼的情緒油然升起，他開始明白怎麼一回事了。

「我不想和風皮並肩作戰，」獅焰怒吼，還繼續怒目盯著那風族戰士，此時風皮正和石楠尾坐在灌木叢樹蔭底下。「在和黑暗森林作戰的時候，他還想要殺死我。」

我還以為這一切已經都結束了。鴉羽的心一沉，顯然他錯了。部族裡的貓批評風皮已經是好久以前的事了，他幾乎忘了獅焰還在忿忿不平。

「而且我認為風族一直在刺探我們，之前鴉羽和風皮就被我們抓到出現在隧道口。」莓鼻也跟著起鬨，還跑出來站在獅焰身邊。

鴉羽聽到其他雷族戰士也跟著低聲附和，他只好挺身而出。他其實也不想把場面搞得太難看，他有種不好的感覺，不管他怎麼做，就是沒有辦法讓他兩個兒子都開心。但這次他不想錯過力挺風皮的機會。

不過，就在鴉羽還在想該說什麼的時候，棘星再度揮動尾巴要大家安靜。

「黑暗森林的攪擾已經過去了，」雷族族長果斷地說，並冷冷地看著獅焰和莓鼻。「不斷揭舊瘡疤對誰都沒有好處。我們必須學習彼此信任，必須往前走而不是一直往後看。」

獅焰顯然對族長的斥責不太高興的樣子，不過還是點頭坐了下來。莓鼻坐在一旁，在他耳邊竊竊私語。

鴉羽聽到周遭議論紛紛，雖然都說得很小聲聽不清楚，不過不用想也知道可能會說些什麼。

「雷族會那樣想也無可厚非。」這說話的聲音是颱毛，他坐在鴉羽附近，所以聽得比較清楚。「他們也有一些貓在黑暗森林受訓，但就是沒有真正的叛徒。」他眼睛瞇成一條線，懷著敵意地轉頭看風皮。

鴉羽從風皮怒瞪薑黃公貓的眼神中看出，風皮聽出颱毛口中所說的叛徒就是指他，因為他曾經與黑暗森林並肩作戰。

風族貓兒還是不信任他，鴉羽這麼一想有些難過。**就算經歷過白鼬大戰、幫忙把夜雲帶回家，這一切還是不夠。**

這一次，鴉羽既不生氣也沒覺得不舒服，他只是設身處地體會兒子的感受。他站起來想要講話，但還來不及開口，風皮就一躍而起，非常有自信地開口說話，聲音響徹廣場。

「你們誰也用不著信任我，或信任其他黑暗森林戰士。我們會自己證明，到時候誰還敢再懷疑我們的忠誠。」

「對！你們等著瞧！」鬚鼻附和。

「比起你們的忠誠，我們絲毫不遜色！」雲雀翅說。

兔躍也力挺自己的夥伴。「我們當初會在黑暗森林受訓，都是為了幫助自己的部族！」

此時廣場上支持風皮的聲音此起彼落，這聲音也有來自別族曾被黑暗森林蠱惑的貓兒。**他們一定也都想要證明些什麼，**鴉羽明白，**不僅是風皮而已。**一星選了黑暗森林戰士當他的副手，但並非所有部族的族長都像他一樣公開表示接納與支持。**真不曉得那些黑暗森林貓在其他部族過得如何。**

其他的貓都安靜下來了；鴉羽環顧四周，他看得出來至少有些貓已經被風皮這樣大膽的宣言說服了。

在大橡樹樹枝上的霧星開口說話了，她一雙藍眼閃閃發亮，灰色毛髮在月光下呈現銀白。「那就決定了，」她喵聲說。「風族和雷族會一起合作對付白鼬，如果有需要的話河族和影族也會加入。」

四下沒有反對的聲音，雖然鴉羽注意到引起爭端的獅焰和莓鼻，還是看起來一副不高興的樣子。

「大集會結束。」棘星宣布。

四族族長從大橡樹上跳下來。霧星和黑星集合他們的戰士返家的同時，一星和棘星則留下來討論，並示意他們的夥伴先往前走，不用等他們。

從樹橋上跳下來之後，鴉羽看到風皮和石楠尾沿著湖邊在前面走著。他趕緊加快速度趕上他們，當他看到風皮向他投以警戒的眼神時，不禁有些退縮。不過如果鴉羽有學到些什麼，那就是絕對不能錯過這樣的時刻，以父親的身份支持他。

「風皮，」他說，「你剛剛說的話真的讓我很感動。」

一時之間，風皮似乎很驚訝。「呃，」他喵聲說，「我如果沒這樣想的話，我就不會這樣說。」

「我一點都不懷疑，」鴉羽繼續說，他驚訝發現自己竟說出內心真話了。「不管你需要什麼……我都支持你。」

風皮有點不自在，而鴉羽發現石楠尾落在後頭，好像故意要讓他跟兒子獨處。他突然感覺到自己暴露在非常容易受傷的景況，好像在曠野中有老鷹盤旋。

風皮尷尬地低頭看著自己的腳。**他看起來跟我一樣不自在，**鴉羽想。

「我在黑暗森林受訓成為強壯的戰士。」風皮終於解釋。「我當時需要有貓相信我，黑暗森林的貓相信——或者至少他們假裝相信。但我並沒有跟部族對立，我總是以身為風族貓為優先。這次與白鼬的戰役是我證明自己的機會。」他的語氣充滿決心。

聽他說話的時候，鴉羽想起大戰役時風皮攻擊獅焰的可怕的片段。那並非叛徒的舉動，他現在終於明白了，而是一隻貓被失敗和孤獨逼到絕境的反撲。

現在，看著風皮堅定的臉龐，似乎觸及鴉羽內心最柔軟的部分。他似乎又看到了夜雲剛生下的那隻天真無邪的小貓——熱切追尋挑戰和冒險，從前種種都弄錯了。

「就像我剛說的，我會盡力幫忙的，」他要風皮放心。他語帶沙啞地說出他平常不會說的話，而且還擔心兒子不接受。「我知道我一直都沒有扮演好父親的角色，」他接著又說，「不過現在我想改變。」

風皮什麼都沒說，只是尷尬地低著頭，不過他溫和的眼神已經道出了一切。

他和兒子繼續並肩前行，鴉羽感覺到內心一股溫暖湧流。

真正的父親就應該像這樣，他想。

第二十九章

大集會隔天早晨潮溼陰鬱，風從荒原頂端吹來感覺就要下雨了。現在除了一些隱密洞穴還留有積雪外，大部分的雪都已經消融了，不過荒原的草上還綴著絨毛般的霜，每個小水漥邊緣也還結著冰。

我的腳凍得都快要掉下來了，鴉羽心想。

他顫抖著朝雷族邊境走，身邊還有一星和幾個被揀選出來的風族戰士。兔躍和族長並肩而行，夜雲和風皮緊跟在後，石楠尾殿後。

大集會結束之後，一星和棘星曾留下來討論。他們決定要在邊界再開會一次，討論如何合作趕走白鼬。鴉羽希望這次他們真的能夠想出一個萬全的對策。

當他們穿過荒原進入溪邊樹林時，鴉羽聞到前方傳來一股濃濃的雷族氣味。靠近邊界的時候，他看到一大群雷族貓已經在對岸集結；棘星和松鼠飛站在正中央，松鴉羽和獅焰隨侍兩側。

正當風族逐步接近邊境的時候，鴉羽注意到許多雷族戰士露出警戒、不信任的表情，彼此交頭接耳。

如果我們連相處都沒有辦法的話，又如何能同心擊敗白鼬呢？

尤其，鴉羽還看到獅焰和風皮兩個彼此怒目而視。

不過就在兩族族長隔溪對望時，棘星向一星點頭示好，「你好，一星。」他喵聲說。

一星也同樣禮貌回應，鴉羽這才鬆了一口氣。顯然，誰也不會再提什麼棘星缺乏經驗、一星無法自行處理白鼬問題的事了。

「所以，」棘星開口，「你會建議怎麼做，一星？」

「我們在隧道裡跟白鼬對打過，」一星回答，「結果慘敗。白鼬比我們更了解隧道裡的地形，有太多地方可以躲。牠們為數眾多，體型又比我們小，狹窄的空間對牠們比較有利。我覺得應該把牠們引到空曠的地方來。」

棘星看起來若有所思的樣子。「當然，不過雷族在地底作戰這方面比較有經驗……」他沉吟。

鴉羽伸出爪子。很久以前，火星還是雷族族長的時候，風族在隧道裡攻擊雷族，結果慘敗。後來他才知道，冬青葉曾經住在裡面，而且還用特殊戰鬥技巧訓練她的部族。

難道棘星真的想分享他們的特殊戰技嗎？他想，**還是這只是對一星的另類羞辱？不過或許一星也是罪有應得啦，**他尖酸地想，想起在風族營地時一星對棘星嚴厲的攻擊。

不過一星似乎沒有意識到任何被羞辱的感覺，又或許他知道自己承擔不起。「我還是覺得必須把牠們引出來，」他喵聲說。「不過不管怎麼做，我們都必須大開殺戒，把牠們徹底趕走才行。」

鴉羽看到玫瑰瓣和鼠鬚互使眼色一副不屑的樣子。「我真是想不到，風族戰士竟然會被比他們小那麼多的東西打敗。」玫瑰瓣低聲說。

「對啊，牠們那麼小。」鼠鬚附和。

松鼠飛立刻扭頭瞪著他們兩個，「閉上你們的嘴！」她怒斥。

「顯然你們沒跟牠們對打過，」荊豆皮不屑地說。「牠們很兇猛，牙齒很尖，而且會出其不意地攻擊。」

「你們應該看看牠們在空中跳躍扭動的樣子，」雲雀翅接著說。「雷族有比這個更厲害的戰鬥招式嗎？我想可能也沒有。」

鴉羽這時候看到好幾個年輕雷族戰士面面相覷，驚恐地睜大雙眼，然而比較有經驗的戰士卻一副不相信的樣子。

「我想牠們不過就只是一群餓壞了的野獸罷了。」刺爪一副自大的樣子。

「我們的戰士說得一點都沒錯，」兔躍告訴他。「當然我以前也見過白鼬。其實我們都見過——但是從來沒有看過這麼一大群。這些雪白的東西非常兇猛，我們絕對要嚴陣以待。」

「那是當然，」棘星又把場面控制住。「那麼大家有什麼對策，可以不用和白鼬在隧道裡對打，避免讓我們處於劣勢。」

「我覺得我們應該再去把所有的隧道口堵起來，就像我們以前做過的那樣，」鴉羽建議，他在大集會之後就不斷琢磨出這想法，「然後派一組貓去把那些白鼬趕出來，我們其他的貓就在外頭等。」

「這個計畫可行，」石楠尾附和。「我們必須把所有的隧道口都封起來。」

「沒錯，」獅焰也贊同，「不過要確定白鼬不會從雷族領土這邊跑出來。如果可以把牠們困在風族那邊的地底河流會更好。」

這時正站在獅焰身邊的煤心，也就是他的伴侶，抖動耳朵好像在看好戲；在這同時，鴉羽看到這金棕色虎斑公貓突然間一副做錯事的樣子，石楠尾也趕緊把眼神移開。他知道石楠尾非常熟悉這些兩族之間的隧道，他一直在想，她到底是自己去探索的，還是跟這隻雷族貓一起。

鴉羽似乎感覺到，在他身邊的風皮全身的毛都豎了起來。顯然，現在他心裡想的也跟他一樣。

為什麼不放下過去的一切呢？鴉羽心想。**石楠尾的心現在明明就在風皮身上了，而他偏偏要抓住所有機會和獅焰為敵。**

「我有一個更好的主意。」風皮大聲說，鴉羽懷疑他只是想把石楠尾的注意力從那金棕色雷族戰士身上引開。不過他連看獅焰一眼都沒有，似乎這個同父異母的哥哥根本不在場。「與其讓許多貓冒險去把白鼬從隧道裡趕出來，但卻有可能會把牠們趕到雷族。那還不如派一隻貓去激怒牠們，把牠們引誘出來。」

獅焰嗤之以鼻，「你的意思是說要只派一隻貓去，讓那隻貓獨自陷入險境嗎？」接著又對風皮說，「還是你自願要去把牠們引出來？」

風皮轉頭瞪著他。「當然我自願去，」他立刻回應。「蠢貨。」他低聲說。聲音小到只有鴉羽、或許還有夜雲聽得到。

鴉羽緊閉著嘴，不讓自己介入。他非常以風皮為榮，但一想到自己的兒子要獨自冒險深入白鼬出沒的隧道，身上的毛全都恐懼地豎了起來。

然後他又記起自己曾經這麼想，隼翔異象裡趕走洶湧大水的風，指的或許就是風皮。或許風皮命中注定要冒險拯救部族。

「你確定嗎？」一星問風皮。

風皮點點頭，「我在大集會上承諾過，我會證明自己是忠誠的戰士，」他喵聲說，「現在就是我兌現承諾的時候。」

就在風皮說出這番話的時候，鴉羽的目光環顧四周貓群，他看到一星讚許的眼神，大多數的貓似乎也受到感動。不過當他滿懷期盼地望著獅焰的時候，看到這隻雷族貓仍然一副冷漠不悅的表情。那表情就像利爪一般劃過鴉羽的心，顯然風皮這麼做還不足以讓獅焰原諒他。

鴉羽此時滿懷著想支持風皮的心。身為父親的他長久以來一直沒為風皮做的，現在他知道該怎麼做了。而且他也同時可以表示自己以部族的利益為優先。

雖然很危險，不過如果風皮能冒這個險，那我也可以。

「我也去。」他一邊說，一邊走到兒子身旁。

驚訝的低語在族貓們之間傳開。「你沒有必要這樣做。」兔躍告訴他。

「我想要支持我的兒子。」鴉羽此話一出，就看到獅焰和松鴉羽驚訝的表情。**我這樣說對**

嗎？他自問，不禁有些焦慮。**他們會覺得我沒把他們當兒子嗎？**然後他馬上拋開這些憂慮，現在不是考慮這問題的時候。他轉向一星說，「我也想要證明我對風族的忠誠。」

一星顯然也跟其他夥伴一樣驚訝，不過鴉羽從他眼神中看出，他也非常感動。「我認為我們可以把這些計畫結合起來，」他跟棘星建議。「我們把所有的隧道口都堵住，只要在風族這邊留一個出口。」

棘星贊同點頭。「然後風皮和鴉羽負責激怒白鼬——」

「這對他們來講應該很容易。」松鴉羽插嘴。

他的族長瞇著眼睛瞪他一眼，「謝謝你，松鴉羽。」他的語氣並不太高興。「就像我剛剛說的，」他繼續說，「鴉羽和風皮負責去激怒白鼬，把牠們引出隧道，然後其他的戰士會在洞口等著。」

「這計畫一定能奏效，」一直坐在溪邊靠近一星附近的兔躍，一躍而起。「我負責帶巡邏隊去把隧道口堵起來，如果獅焰和石楠尾也來一起幫忙的話。」

「當然。」石楠尾說，而雲雀翅也馬上附和，「我也要幫忙。」

對岸的樺落也從雷族陣營裡走出來，鼠鬚也在一旁。「我們會組織戰士做好準備，隨時發動攻擊。」

「我會等牠們出來。」花落也挺身而出，刺爪緊跟在後。

「還有我！」風族的鬚鼻也喊著。一星對這淺棕色的長老猛搖頭，但鬚鼻就是不理會他。

鴉羽注意到這些志願者都是曾經在黑暗森林受訓的貓兒，他們都曾被他們自己的族貓懷疑、害怕、不信任；如今他們都挺身而出，急著想證明他們對部族的忠誠。

他環顧四周，看到大家也都瞭然於心：讚美的低語四起，彼此交換認同的眼神。

但願從今以後他們的生活會好過些，鴉羽心想。

第三十章

鴉羽站在隧道口，也就是呼掌第一次看到白鼬的地方，那似乎是好幾個月以前的事了。荒原上的天空一片腥紅，夕陽把貓兒們身後的影子拉得長長的。昨天才和棘星、雷族戰士在溪邊開會，而現在一切就緒，就準備發動最後攻擊了。

白鼬似乎是晚上比較活躍，所以趁著牠們白天睡覺的時候，貓兒們就把所有找得到的隧道口都封死了，現在只剩下這個入口了。鴉羽舉起腳掌，舔舔腳底，舒緩白天因搬運石頭與樹枝造成的疼痛。雖然工作了一天灰頭土臉，不過他卻感到十分滿足。

白鼬應該就要醒過來了，但願牠們能被引誘出來。

鴉羽還舔著他痠痛的腳底，風皮就走上前來。「準備好了嗎？」他問。

鴉羽點點頭，並抬起頭看兒子。他看到風皮抬頭挺胸自信滿滿的表情，有些驚訝。**我知**

道他怕隧道，鴉羽想，**但他現在竟然絲毫害怕的樣子都沒有。**

風皮向鴉羽點頭回應，眼神柔和了一些。

「我們做得到的，」鴉羽說。「為了風族。」

「我們可以的，」風皮同意。「我已經準備好了。」

他的語氣果敢堅定，鴉羽不禁想到他們正要面對的危險。對他來講，已經無所謂了；但是對風皮來說，如果他被殺或是受傷了，那代價可是一輩子的事。包括他在部族的地位；與伴侶結合的機會，可以擁有自己的孩子，並把他們培養成戰士。他願意犧牲一切，來證明他的忠誠。鴉羽一想到這裡，更為他兒子的勇氣感動不已。**或許我這父親在他成長過程中缺席了，但風皮仍然長成不折不扣的英勇戰士。**

鴉羽環顧周遭地形，他知道岩石背後、金雀花叢底下都躲藏著雷族和風族的戰士，他們各個摩拳擦掌等待戰鬥。雖然有一股濃濃的貓味，但就是完全不見貓的蹤影，連一根鬍鬚和一點尾巴尖端都沒有。

到時候會把白鼬嚇得半死。

不過鴉羽想他必須自我克制一點，不能讓報復的心沖昏了頭。他內心的興奮與信心像飛瀑一般翻騰不已，但他知道他還需要智慧與冷靜的頭腦。

石楠尾從半山坡上的岩石背後出現，朝鴉羽和風皮走來。「你們都知道自己該怎麼做吧？」她問。

這話問得好像我們很沒經驗一樣！鴉羽想，但他並沒有把這想法說出來。他很清楚石楠尾並不是真的在問問題，她想知道的是，風皮是否確定自己想做這件事。

她知道他是個有能力的戰士，只是她想成為他的伴侶，當然會擔心。

「沒錯，我們不會有事的。」風皮回答。

「你們都進去過了，所以應該還記得裡頭的樣子，」石楠尾繼續說。「有一條很清楚的環繞路線，可以深入到隧道底部又再繞出來。看在星族老天的份上，你們千萬不要走上岔路了。」

「我們會小心的。」風皮答應她。

鴉羽不確定用「小心」這個詞是否恰當。他和風皮到時候會拚命跑，還要一邊對白鼬揮拳叫囂，引起注意讓牠們追上來。

但願到時候我們不會被白鼬困住。要引起牠們注意很容易，要被困在黑暗隧道裡孤立無援就更簡單了。**我知道那種感覺，我絕對不想再經歷一次——不過這也只能求星族保佑了。**

風皮和石楠尾緊緊相依，在一起低聲說話，而一星就在這個時候走過來。看著這兩個年輕貓兒突然不好意思地跳開，鴉羽強忍住一陣笑意。

「是時候了，」一星宣布，他就當什麼也沒看到，不做任何評論。「你們準備好了嗎？」

鴉羽點點頭；風皮更是站得直挺挺的。

「那麼，願星族照亮你們的路，」族長說。「出發！」

鴉羽讓風皮帶頭衝進隧道，他們身後隧道口的光線很快地就不見了，雖然還有些許微弱光線從隧道頂部岩縫中透出來。

最先襲來的是氣味。一聞到白鼬和獵物腐爛的味道，鴉羽不禁皺起鼻子。然後一股更濃烈的味道迎面而來，他知道這條路線的側邊會有窩穴，他隱約看到一些白色軀體擠在裡面。

風皮毫不遲疑地衝進去，伸爪劃過最接近他的那隻白鼬的臉，然後又衝出來繼續跑。「接招，髒東西！」他叫囂著。那受傷的白鼬發出痛苦哀嚎，激起夥伴們一陣憤怒的嘰喳聲。

鴉羽緊跟著風皮跑過那窩穴的時候，聽到整群白鼬緊追過來的聲音，小小的爪子噠噠掠過地面，牠們的氣味就像濃霧般瀰漫四周。鴉羽深怕被牠們追上了，不禁繃緊全身肌肉，加速向前奔跑。

我們一定是腦袋進了蜜蜂，才會自願扛下這種任務。

他和風皮繼續向前跑，經過每個窩穴都攻擊挑釁，鴉羽感覺到有愈來愈多的白鼬都追過來了。他匆匆往後瞥一眼，看到排山倒海的白鼬幾乎要把他們吞噬了。

還有多遠呢?他拚死命地自問。**我們應該快到出口了!**

鴉羽眼看他們就要到達最後一個窩穴了，風皮又跳進去發動最後一次攻擊。不過這一次這窩白鼬似乎有所防備，可能是早已察覺夥伴們不斷接近的嘈雜聲跟氣味。那隻帶頭的白鼬跳過來抵擋風皮飛撲的腳掌，然後利牙猛咬，鉗住他的喉嚨。

只聽見風皮發出驚恐的嚎叫，就在這一瞬間所有白色生物全都蜂擁而上；他就好像陷入雪堆裡一樣，只不過那不是白雪，而是一堆齜牙咧嘴的扭動身軀。

鴉羽根本沒多想，他立刻衝入那團白鼬當中，利爪全開殺出一條血路到兒子身邊。到了風皮身邊的時候，他全力擊打那隻緊咬風皮不放的白鼬，打到那隻白鼬鬆嘴，跌撞到窩壁。

「快跑——就趁現在！」他對風皮大喊。

風皮轉身沿著隧道跑，鴉羽也趕緊跟上去，只聽見背後有一整群白鼬窮追不捨的聲音。不久隧道裡微弱的光線愈來愈亮，鴉羽終於在幾條狐狸尾巴遠的地方，看到隧道口不規則的圓形輪廓。

風皮衝出隧道口，發出勝利的歡呼，鴉羽也隨後衝出來。而他們身後源源不絕、蜂湧而出的是白鼬。

他們眼前，貓群從原本空蕩蕩的山坡四處竄出來。風族和雷族一起發動攻擊，從山坡上衝下來。他們的眼神在暮光中閃閃發亮，同聲發出攻擊的嚎叫。

鴉羽拚命跑，一直跑到他和風皮都遠離隧道了，然後他用肩膀把兒子頂到一塊突岩背後躲著。

「先喘口氣。」他氣喘吁吁地說。

風皮點點頭，他也上氣不接下氣的，幾乎說不出話來。「我真不敢相信你的力氣這麼大，竟然有辦法把牠們都拽開！」

鴉羽哼了一聲，「我也不敢相信，不知道從哪裡來的力氣，或許是因為看到我的孩子被攻擊吧！」

風皮捲起尾巴覺得有點好笑，不過眼神卻出乎意料地溫暖。「如果沒有你的話，」他喵聲說。「我不知道會出什麼事，或許現在就沒有辦法在這兒講話。」

「你還好嗎？」鴉羽問。風皮的脖子流著血，不過情況還不算太糟，看來似乎並沒有被咬得太深。

「還好，」風皮回答。「你呢？」

鴉羽點點頭。「那我們再一起去殺白鼬吧！」

風皮立刻跳進戰場，而鴉羽則是先觀看一下戰況。在金雀花山坡和隧道口之間的那塊空地裡，布滿了貓和白鼬互相扭打的身軀。兔躍和刺爪駐守在唯一的隧道口前，確保不讓白鼬再躲回去。此時尖叫聲此起彼落，貓和白鼬的氣味已經和血的味道混雜在一起了。

那血除了是白鼬的之外，還有我們的，想到此，他感到憤怒不已。

那激起的憤怒讓他無視於身邊的危險，沒注意到一隻白鼬從戰場裡跳出來衝向他，幾乎就要跳到他身上了。就在牠撲過來的時候，鴉羽掌子一揮，利爪朝他身側劃去。白鼬立刻倒地掙扎，癱軟過去。接著周圍的戰況愈演愈烈，他能做的就是讓自己站穩腳。

雖然貓的體型比白鼬大，但就算兩個部族的貓加起來，數量還是比白鼬少很多。白鼬的牙齒尖，動作也很快；鴉羽看到牠們出其不意地往空中翻騰，然後跳到對手背上，朝脊椎和肩膀撕咬。他看到荊豆皮的肩膀上就有一隻白鼬緊扒著不放，只見她拚命打滾想擺脫，還用自己的重量壓制牠。一隻白鼬把燼足推倒在地，旁邊的鼠鬚揮爪朝牠身側劃過去，這時灰公貓趕緊爬起來，兩隻貓合力把那隻白鼬逼退到牠的同伴堆裡。

鴉羽朝戰況最激烈的地方前進，凡是擋路的白鼬，都會被他的利爪劃過臉龐。雖然滿地白鼬的屍體讓他舉步維艱，但有許多貓也受了重傷。他看到樺落，受傷的耳朵的血汨汨流到嘴角；雲雀翅身上有一道長長的傷痕。即使他們都受了重傷，仍然挺住奮勇應戰，絲毫沒有因為受傷而退卻。

當中打得最認真的就是那些在黑暗森林受過訓的貓。鴉羽發現，他們把自己投身於最危險的戰況。

當鴉羽環顧四周看到部族夥伴時，不禁深深以他們為榮。他們因為過去犯下的錯誤而被懷疑誤解，如今他們甘冒生命危險來證明自己的忠誠。與白鼬奮戰的同時，又重新給予他們力量與活力。

一隻白鼬突然衝向他，撐起後腿用前掌猛撲過來。鴉羽一閃、蹲到牠前掌底下，就在牠快落地時，一轉身往牠喉嚨猛咬下去，然後把牠壓制在地，腳掌緊扣直到溫暖的血流出為止。白鼬全身癱軟後，他隨即把牠拋到一旁。鴉羽抬起頭，正好與夜雲打個照面。

「身手乾淨俐落，」她喵聲說。「留一些給我們好嗎？」

就在她說話的時候，一隻白鼬撲向她，跳上她的背。不過牠還沒有抓穩，鴉羽就揮出前掌，把牠打到地上。夜雲立刻伸出利爪往牠的喉嚨劃過去，那白鼬抽搐一下就靜止不動了。夜雲向鴉羽點頭致謝之後，立刻又轉身投入戰場。

接著鴉羽和夜雲聯合作戰，他們尾巴對著尾巴形成一個圓圈，朝著無數進攻的白鼬揮掌。他們殺掉或是打傷一隻的時候，就有另一隻遞補上來。這些小眼尖牙的白色壞東西，就像鴉羽的惡夢一樣難以擺脫，只能持續不斷地奮戰。還好有夜雲在他身邊穩定的支持。

鴉羽的肩膀突然一陣疼痛，轉頭看一隻白鼬正用爪子扒住他，接著他感到有口水滴到他的嘴邊，這才發現這隻白鼬正朝他的喉嚨咬過去。鴉羽一直擺脫不了，只好倒在地上爭取時間，不過這隻發狂東西的重量壓得他無處逃脫。牠們身體的角度又讓他的後腿踢不到牠。**星族啊，救我！**他祈禱。

突然間白鼬不見了，鴉羽抬頭一看，看到夜雲把白鼬從頸背提起來，用力一甩，拋到白鼬群裡。

「謝謝妳。」鴉羽喘著氣，站了起來。

「不客氣。」夜雲回答。

他們再度合體迎擊從另一個方向衝過來的兩隻白鼬。即使鴉羽所有戰鬥招式都很熟稔了，與夜雲合作起來，更讓他感到他們默契十足、所向披靡。

我們或許無法相愛，但在戰場上我們是最佳拍檔。我知道她會為我奮勇而戰，也會為所有的夥伴而戰。

鴉羽的思緒被一陣痛苦嚎叫打斷。他一轉頭看到獅焰倒下，一群白鼬立刻蜂擁而上，這隻金棕色虎斑戰士隨即被淹沒了。鴉羽衝上前去，但就是無法攻進這白色圍牆。他試圖殺入一條路，但白鼬實在太多了。想到他雷族兒子的安危，鴉羽一陣恐慌，但就是無法攻進去救他。

他不斷想要突圍，一切的努力只是徒勞，眼看就要來不及了。這時風皮不知從哪兒跑出來，突然加入戰局。鴉羽看到他身上有好幾處傷口還流著血，但這些都擋不了他的雷厲攻勢。他連續咬起兩隻壓住獅焰的白鼬，猛力一甩，撕裂牠們的喉嚨。

獅焰努力站了起來，他和風皮尷尬地對看了一眼，然後轉身，又投入戰局。

鴉羽對於剛剛發生的事有點難以置信。「你看到我們的兒子了嗎？」他喘著氣說。

夜雲重重推他一把，「別站在那兒喘氣，蠢蛋！」鴉羽看到她溫暖的眼神中充滿了驕傲。

鴉羽四處張望想要尋找下個對手，這才發現戰爭已經結束了。金雀花叢和隧道口之間的空地，布滿白鼬的屍體。最後幾隻倉皇逃走的，也都身負重傷。

一星和棘星走向這片狼藉的戰場中間，彼此點頭致意並互相道賀。

「雷族和風族的夥伴們！」一星大聲宣布。「你們打了一場美好的仗，這一仗打贏了。」

「而且白鼬全被趕走了，但願永遠不要回來。」棘星接著說。

這時原本在戰場外金雀花叢等候的隼翔、葉池和松鴉羽，開始在受傷的貓群之間移動，檢查他們的傷口，並幫傷患敷上他們帶來的藥草。

鴉羽環顧四周尋找風皮，看到他站在幾條狐狸尾巴距離以外的地方，舔著肩膀上的傷口。鴉羽正想走過去，只見獅焰蹣跚走向他。鴉羽停在一旁，看他兩個兒子對峙著。

「謝謝你救了我，」獅焰說，他在距離風皮一、兩步的地方停了下來，他的眼神和語氣充滿戒心。「不過為什麼你要這樣做？你不是說希望我從未被生出來，你要我死。」

風皮抬起頭來看著他，也一樣的不自在。他眼中滿是愧疚地回答，「我不應該聽信黑暗森林貓的慫恿，」他生硬地說，「你是部族貓，我應該對部族忠心才對。」

鴉羽明白這幾乎就是風皮在為大戰役時攻擊獅焰的事道歉了。他全身緊繃等待獅焰的回應，這才知道自己是多麼盼望他們能夠好好相處。**拜託，**他默默催促獅焰，**接受他的道歉！**

顯然，獅焰也知道要風皮說出這一切有多難。「你打得很好，」他說得有點勉強，「很高興這一次能跟你站在同一陣線。」

這兩隻公貓對望了一陣，尷尬點頭之後快速回到各自的陣營。

鴉羽的內心突然升起一股對風皮莫名的疼惜之情。他有時候真的是一個難搞的渾球，不過他很努力地想改變一切。如果風皮可以做到，那他也可以。**我可以把我內心的感受告訴他。**

鴉羽走向他兒子，而他也正好轉頭看著他。風皮張開嘴，顯然想說些什麼，不過就在他說出口之前，他的腳突然一跪，整個癱軟倒地。

鴉羽趕緊衝到風皮身邊，看到他的身體底下有一灘血，然後，慢慢把他翻過身來，赫然發現他腹部有一個可怕傷口，似乎是被白鼬狠狠咬開的。風皮一直站著，所以這個傷口一直沒有被察覺。血汩汩地不斷流出，把他的毛都染紅了。鴉羽幾乎喘不過氣來，他知道這個傷口非常嚴重。

「救命啊！」鴉羽用盡力氣大聲嚎叫。「隼翔，快過來！」

不過第一個到達的是夜雲，她蹲在兒子旁邊，瘋狂地舔舐他耳朵並呼喊著他的名字。風皮毫無反應。

鴉羽低頭看著兒子，腳爪掐住地面。**你現在不能死**，他無助地想。**喔，星族啊，不行——我們才要開始互相了解而已。**

第三十一章

鴉羽和夜雲扛著失去意識的風皮到達風族營地時，已經天黑了。如果不是風皮胸膛還微微起伏，無數傷口還滴著血，鴉羽會以為他兒子已經死了。

隼翔已經在巫醫窩裡為風皮搭好床位，也準備了一大團蜘蛛網開始幫他止血。鴉羽和夜雲則在窩穴入口焦急地走來走去。

有好幾個風族戰士在附近休息，有些舔著自己的傷口，有些則閉著眼睛躺著休息。他們全都沒有像風皮傷得這麼嚴重。

隼翔開始把風皮身上多處傷口的灰塵舔掉，風皮在無意識的狀況下還發出疼痛呻吟。鴉羽和夜雲焦慮地對望了一眼，然後都擠到窩裡靠近兒子床位的地方。

隼翔抬起頭，一副被打攪的眼神。「你們到外面等好嗎？」他喵聲說。「如果我一直被你們兩個絆倒的話，我實在沒有辦法治療風皮。」

鴉羽開始退出去，一時之間夜雲還愣愣地望著失去意識的兒子。鴉羽輕輕推她一下。「走吧，」他輕聲說。「讓隼翔好好工作。」夜雲這才跟著他出去，出去之後他們兩個仍在窩穴入口觀望。

隼翔通常不會這麼兇的，鴉羽想。**他一定非常擔心風皮。**他感覺肚子裡好像有一大塊腐肉似的。**我才剛跟風皮和好，難道就要失去他了？**

鴉羽回想起風皮還在育兒室的時候，當時風族爆發白咳症，而風皮的病情已經轉為致命的綠咳症了。鴉羽幾乎每晚都沒睡，只是一直摟著小貓咪好像光靠著他的愛就可以治好兒子一樣。一天早晨風皮醒來，咳嗽也好了，當時鴉羽欣喜若狂，那種感覺之後再也沒有過了。

我不應該忘記的，他想。**我曾經是一個好爸爸，我不應該過度懷疑自己。**

鴉羽和夜雲等待的時候，石楠尾蹣跚走向他們。「風皮怎麼樣了？」她問的時候眼神非常擔憂。

鴉羽只是搖搖頭，而夜雲回答，「不太樂觀。」

石楠尾伸出腳爪抓著地面，頭和尾巴都垂了下來。鴉羽看到夜雲朝他投以疑問的眼神，他點頭回應。**沒錯，她將會是風皮孩子的母親。**風皮很幸運，他想，在他生命中能遇上這麼強的戰士，忠於他、也忠於部族。

夜雲用尾巴輕撫石楠尾。「隼翔正在盡力醫治他，」她喵聲說。「現在一切就掌握在星族手中了。」

石楠尾點點頭，然後深吸一口氣，在一旁靜靜等候。

就在鴉羽快要失去耐性的時候，隼翔站起身走到窩外。「風皮的傷勢非常嚴重。」他喵聲說道。

告訴我一些我不知道的吧，鴉羽顯得有些不耐煩。

「不過他會沒事吧？」夜雲問。

隼翔考慮好一會兒才點點頭。「讓他多休息，應該會好轉的。」

夜雲這才大大鬆了一口氣，「感謝星族！」

「如果可以的話，」巫醫繼續說，「你們其中一個可以留下來陪他過夜，如果他醒過來的話，身邊就有貓陪。這樣我也才有辦法去照顧其他傷患。」

鴉羽看了夜雲一眼，其實他很樂意留下來陪兒子，不過風皮醒來時可能會比較想看到夜雲。

不過在他們開口說話前，石楠尾熱切地走上前來。「那我留下來好了。」然後她也看著夜雲，隨即不好意思地低下頭來。「當然，如果你們同意的話。」她又補上一句。

鴉羽覺得夜雲可能會反對，他知道她對風皮一向都非常占有保護。她顯然非常掙扎，剛開始可能想嚴峻拒絕，鬍鬚還不悅地抖動了一下；不過過了一會兒，她往後退一步，轉頭看鴉羽。他對她讚許地點點頭，知道要她就此放開風皮的手，是多麼地困難。

最後，夜雲終於發出愉悅的呼嚕聲，尾巴一甩讓石楠尾進到窩穴裡去。石楠尾走進去之後，這隻黑色母貓才和鴉羽一起等候隼翔來檢查他們的傷口，為他們敷上細香芹預防感染。

「你們沒事的，」巫醫說。「去休息一下，明天早上我再幫你們檢查一遍。」

鴉羽實在是累壞了，再也沒有力氣多說什麼。他直接回到戰士窩，不管傷口的疼痛、也不管對風皮的擔憂就睡著了。他甚至在眼睛還沒閉起來之前，就睡著了。

感覺才睡了一下子，就有一隻腳掌戳他肩膀吵醒他。他打開眼睛看到太陽已經升起，夜雲正站在他面前。

「你以為你是睡鼠嗎？」她問。「走吧，去看看風皮怎麼樣了。」

鴉羽趕緊起來跟著走到巫醫窩，他壓抑著內心的忐忑不安，不知道到那裡會發現什麼。當他走近聽到風皮的喵聲，終於鬆了一口氣，那聲音聽起來強而有力，不帶一絲痛苦。

鴉羽跟著夜雲走進窩裡的時候，發現隼翔並不在那裡。風皮正坐在床上，石楠尾則蹲伏在一旁。這兩隻年輕貓兒正彼此凝視著，鴉羽感受到他們之間濃濃的愛意。

他清了一下喉嚨，風皮聽到聲音立刻轉頭看，石楠尾也趕緊坐好、離他遠一點。

「早啊，」夜雲說，「風皮，你覺得怎麼樣了？」

「感覺好像隧道裡的每隻白鼬都咬了我一口，」風皮苦笑。「不過我會好起來的。」

「風族和雷族要組織一支隊伍再去隧道裡巡邏一次，確定白鼬是不是都走了。」夜雲繼續說，「石楠尾，如果妳想去的話，我可以留下來陪風皮。」

「喔，如果兔躍要你們去的話，我很樂意留下來陪他。」石楠尾熱切地回應。

我想也是，鴉羽興味盎然地跟夜雲對望了一眼。這兩隻年輕貓兒又彼此凝望，這時夜雲靠到鴉羽耳邊竊竊私語。

「我想部族裡不久之後又要迎接新生命了。」

第二天早晨，鴉羽跟著兔躍帶領的巡邏隊在幽暗的隧道裡行走，巡邏隊的其他成員還有夜雲、獅焰、雲尾。隧道裡的白鼬氣味讓鴉羽不禁皺起鼻子。

如果不趕快離開這臭味，我簡直就要吐了，他想。**這味道已經要滲進到我的毛裡……那我就還得忍受好幾個月！但只要不再看到白鼬，那就算還好啦。**

巡邏隊看到許多白鼬留下的痕跡：塞滿腐爛獵物的洞穴、用草和樹枝做成的窩巢。不過就是沒有任何牠們回來的跡象。

巡邏的時候，鴉羽一直敏銳感受到獅焰在他們當中。他一直注意他，好幾次試圖想接近他，最後終於鼓起勇氣走到他身邊。

「我有話想跟你說。」他跟這雷族貓說。

獅焰歪著頭，有些懷疑地看著他。他金棕色毛皮上露出撕裂的傷痕，他的一隻前腳也還一跛一跛的，不過他仍舊是非常威武雄壯的雷族戰士，鴉羽根本不敢相信這就是他兒子。

「好，」獅焰終於說。他放慢腳步，讓他和鴉羽慢慢落在隊伍後面。「風皮還好吧？」他問得有些遲疑。

「他會好起來的。」鴉羽回答。獅焰聽完後點點頭，接著鴉羽有些尷尬地，把他等了好久想說的話全說出來。

「我很抱歉，當我發現你們兄弟姊妹的時候，沒有立刻接受你們。我很抱歉，當初我說我只有一個孩子，還有其他的那些話都不是真的。如果我早知道……」這時獅焰毫無表情地聽著，他一時語結說不出話來，然後接著又說。「如果在你們還小的時候我就知道了，在你們還需要我的時候，事情當然就大不相同了。我沒有藉口，不過……我希望你能原諒我之前的反應。」

獅焰停頓了一會兒才回答，他琥珀色的眼睛在幽暗隧道裡流露出難以置信的目光，好像覺得很奇怪，這種事幹麼再提起。「沒關係啦，」他終於回應。「我發現你和葉池是我親生父母的時候，都已經長大成為戰士了。我不需要再回去變成你的小貓咪。棘星是我們當時唯一知道的父親，而且是最棒的父親。無論如何，他會是我永遠的父親。」

鴉羽點點頭，感覺到被拒絕的心痛。他很高興自己把話說出來了，不過孩子要怎麼回應他也無法控制，他只能接受。**我想獅焰和松鴉羽會永遠厭棄我。**

「我並不生你的氣，」獅焰補充說。「我接受你道歉，而且對這一切的結果心存感激。」

鴉羽稍感寬慰，再次點頭接受。他伸出尾巴想要碰碰獅焰的肩膀，卻又趕緊收回來，他知道他們之間絕對不會變成那樣的關係。

不過能這樣好好把話說開，已經是最好的結果了。**我必須要學習釋懷。**

想到事情會變成這樣，鴉羽的內心有些感傷；不過基本上他還是鬆了一口氣，他和獅焰已經達成共識了。這感覺好像是乾季過後，下了一場涼爽的及時雨。

有一瞬間，鴉羽還在想，如果他跟葉池當時沒回部族的話，那生活會變成什麼樣子。他們可能會找個地方幸福快樂地生活在一起，帶著獅焰、松鴉羽、和冬青葉，或許還會有更多的孩子。不過鴉羽又趕緊推開這樣的異想。如果這三個孩子被他和葉池一起撫養長大的話，那他們現在的生活會大不相同；他又想，到頭來，葉池對部族的愛還是會再召喚她回去，完成巫醫的天職。這樣想雖然心很痛，但每件事似乎早已注定本該如此。而今獅焰願意原諒他，就已經非常值得感謝了。

鴉羽和獅焰從隧道裡走出來趕上巡邏隊，強烈的陽光對比幽暗的隧道，不禁讓他們猛眨眼睛。帶隊的兔躍快速走向一星。

「隧道裡完全沒有白鼬了。」他報告。

「那我們就要告辭了，」松鼠飛說完尾巴一甩，把所有雷族貓都集合在一起。「如果又有任何麻煩的話，讓我們知道。」

「我想應該不會有了，」一星充滿敬意地點個頭。「白鼬全都走了，如果沒有你們幫忙的話，是沒有辦法辦到的。請代風族向棘星致謝。」

松鼠飛點點頭，同樣帶著敬意。「我會的，願星族照亮你們的路。」

「你們也一樣。」一星回應。

鴉羽看著松鼠飛帶著雷族貓走向邊境。想到兩族可以這樣通力合作，鴉羽內心感到心滿意足，不禁默默期望他們未來還可以互相倚賴。就在他們漸行漸遠時，鴉羽瞥見夜雲的眼神也非常地平靜溫和。

過去她對雷族總是帶著憤怒與輕蔑的態度，絕對不會錯過任何吵架或是指控他們的機會。這是第一次，鴉羽感覺到過去種種都是因為他的緣故。

這一路來，她一定很辛苦，鴉羽和族貓回營的路上，一邊走一邊想，**長久以來她都知道我的心在邊界另一邊。**或許她現在已經沒有那麼生氣了；或許未來部族之間總算可以和平相處。

第三十二章

一道冷風掠過荒原吹打在鴉羽身上，此時他正站著看他的見習生。羽掌察覺一隻躲在草叢裡的兔子，正把牠往山坡上追趕，她全身肌肉不斷收縮伸展，眼看就要捉到獵物了。看她的速度跟體力，好像不曾受傷過一樣，鴉羽內心感到十分寬慰。

兔子突然折返跑，羽掌毫不遲疑地改變方向，不過她靜止不動，好像直覺知道牠會往哪裡跑。她毫不費力地撲到兔子身上，鴉羽聽見兔子一聲驚叫，在羽掌咬下牠喉嚨的一霎那，叫聲戛然而止。

鴉羽站著等見習生走向他，只見羽掌嘴裡叼著獵物。「怎麼樣，還好嗎？」她眼光炯炯有神地問，一邊把兔子放在他面前。

「不，這樣不算好，」鴉羽說，在羽掌露出失望表情之前，又趕緊補了一句，「這樣的表現實在太棒了，很讚！」

羽掌開心地對他眨眨眼。「這成果其實是

你的，真的，」她喵聲說。「你是很棒的導師！」

鴉羽不禁感到一絲安慰，回想過去儘管自己不是個好父親，至少現在是個好導師。**或許可以彌補我一些缺憾。**

「我們最好回去了。」說完就叼他先前抓到的獵物，帶頭往下坡走，一路走回營地。

「我們現在該做什麼呢？」羽掌問，一邊把兔子放到獵物堆裡。

鴉羽環顧營地四周，看到另外三個見習生正忙著清理長老窩，把髒掉的床墊拖出來。「去幫他們忙吧。」他用耳朵指向那個方向。

羽掌尾巴垂下來。「我一定要去嗎？」

「是的，妳一定要去。生活並不是只有抓兔子這件事而已，妳知道的。」鴉羽發出一陣滿意的低吟。「告訴他們，我說這一季妳的表現最棒。」

「好耶！」羽掌立刻精力旺盛的起來，衝過去加入夥伴的行列。

她成為戰士時，我一定會非常想念她的，鴉羽看著她離去的背影，心中默想。**她一定會成為出色戰士的。**

他轉身走向隼翔窩穴去看兒子。與白鼬大戰以來已經過了好幾天，風皮是唯一還沒有回到崗位的受傷戰士。他的傷勢並不如預期恢復得快，大部分的時間都睡得很不安穩，而且醒的時候又無精打采。就在前一天，他看到鴉羽時，還把他喊成獅焰，甩甩頭之後才恢復清醒。

或許他今天會好一點，鴉羽告訴自己，**不過連他自己都不太相信。**

當鴉羽走近巫醫窩時，石楠尾正好從裡面出來，匆匆走向他。「夜雲在哪？」她問。

鴉羽用尾巴指向獵物堆附近，那黑貓正和莎草鬚分食一隻鴿子。石楠尾立刻奔向她，鴉羽也後面跟上。

「我想請你們兩位趕緊到隼翔窩裡。」石楠尾一到夜雲面前就這樣說。

夜雲一臉震驚，隨即跳了起來，吞下口中的獵物。「怎麼了？」她追問。

「早上我去看風皮的時候，」石楠尾一邊解釋，一邊帶頭走向窩穴，「他的病情直轉急下，你們必須來看看。」

鴉羽和夜雲驚恐地互望一眼，緊跟著石楠尾。進到窩裡時，鴉羽看到風皮醒著，不過眼睛呈現呆滯狀態。當鴉羽碰他肩膀的時候，感覺到他全身發熱。而且他似乎誰也不認得了，只是不斷喃喃自語。「蠢白鼬……把你們全部都殺掉……」他的頭垂向一邊，好像半夢半醒一樣。

隼翔從窩穴後面現身，嘴裡還咬著一把琉璃苣葉子。

「把這些吃掉，」他一邊說，一邊把葉子放在風皮面前。「有助於退燒。」

「他到底怎麼了？」夜雲焦慮地問。

「他大部分的傷口都恢復得很好，」隼翔告訴她，這時石楠尾正努力哄著風皮吃藥草。「不過有一個傷口比較嚴重，就是在他腹部那一個，已經感染了。如果再惡化下去，我怕他撐不了多久。」

鴉羽驚恐地看著巫醫。**撐不了多久？那他和石楠尾的未來呢？我想要好好當他父親的機會呢？**「你一定還有辦法吧。」他喵聲說。

「我有很多止痛和退燒的藥草，但是要治療傷口感染的話需要牛蒡根，」隼翔解釋。「我已經全都用完了，這一次大戰之後，存貨全都用在風皮和其他受傷戰士身上了。」

鴉羽抬起頭，表情凝重而堅定。「那這樣吧，我們去找牛蒡根。告訴我們牛蒡根長什麼樣子，要去哪裡採。」

「現在是禿葉季，」隼翔回答。「葉子都枯萎了，沒有葉子的話很難找到根在哪裡。不過我們可以派貓去其他部族找他們的巫醫，或許他們還有存貨。我是很想自己去，但我需要密切留意風皮的狀況。」

夜雲猛然轉頭盯著鴉羽。「你快去雷族找葉池，」她喵聲說。「她不會拒絕你的。」

隼翔趕緊別過頭去舔著自己的肩膀，顯然聽到鴉羽和雷族貓的往事又被提起，感到非常不安。

鴉羽也感到很尷尬，一時之間有些猶豫。**夜雲是真的要我去找葉池嗎？**只見夜雲的眼裡閃著熟悉的怒氣，不過並非因為嫉妒。「你一定要去！」她非常堅持。「如果葉池幫得了忙的話，她不會讓你兒子死掉的。鴉羽，這是你欠我跟風皮的，你一定要想辦法做到。」

鴉羽明白她這話說得沒錯。**現在不是翻舊帳的時候**。「當然，我會去。」他喵聲說。

ϟϟϟ

鴉羽站在邊境溪邊，拱著肩膀對抗綿綿細雨，這雨在他出發的時候就開始下了。他在等候雷族巡邏隊，爪子不耐煩地抓著草地，心想到底還要等多久他們才會出現。

如果他們等到雨停才出來的話，那風皮就等不及了。

鴉羽實在想乾脆就自己跳過去，直接跑到他們的營地，不過再想想，他是來求人家幫忙的，還是不要這樣魯莽的好。

真希望我帶了個夥伴一起來，他想。**比如說……羽掌，我們還可以做些訓練什麼的，這樣我就不會所有時間都在擔心風皮了。**

不過鴉羽在取得一星允許時，族長還特別要他單獨前往。「你不會碰上麻煩的。」一星向他保證。「因為你是去執行巫醫任務的。」

總算，鴉羽聞到一股新鮮的雷族氣味，又聽到對岸傳來巡邏隊穿過樹叢的聲音。他趕緊走向岸邊，看到沙暴、莓鼻和藤池從樹叢裡鑽出來。

「星族老天啊，怎麼又是你！」莓鼻大叫。

怎麼又是你，沒禮貌的毛球。鴉羽並沒有把這話說出來。「你們好，」他禮貌性地打招呼，接著跟沙暴說，「可以請讓我過去嗎？巫醫隼翔要我來的，有事情必須跟葉池說。」

「這是邊界，」沙暴還來不及回應，莓鼻就尖酸地說。「聞到記號的氣味了嗎？你不能想來就來，好像是寵物貓自由進出兩腳獸巢穴一樣。」

聽到自己竟然被比擬成寵物貓，鴉羽背脊上的毛開始豎了起來，不過他又強迫自己壓抑下去。他必須跟這些貓好好講，才能儘快得到他所需要的幫助。不過看到莓鼻一副沾沾自喜的樣子，鴉羽實在很想摑他一巴掌。

「夠了，莓鼻。」沙暴制止他，鴉羽還看到藤池也翻了個白眼。

看來雷族對莓鼻也很傷腦筋，鴉羽想。

「你可以過來，鴉羽，」沙暴繼續說。「我們正準備要回去了，可以帶你一起走。」沙暴帶路穿過樹林，鴉羽緊跟上去，莓鼻和藤池押隊走在最後。當冰涼的草叢、蕨叢、以及樹上掉落的水滴碰到他身體時，鴉羽不禁退縮了一下。**看來森林似乎比荒原潮溼多了，**他一邊想一邊低著頭往前走。

他們到達岩石谷地時，沙暴直接把鴉羽帶到巫醫窩，然後把他留在那裡。「進去吧，」她告訴他。「我去跟棘星報告你在這裡。」

鴉羽穿過入口的荊棘垂簾走進窩裡，一邊喊著葉池的名字。不過他進到窩裡時，才發現葉池不在，只有松鴉羽和正在床上睡覺的薔光。他停下腳步，愣在那裡。

現在我該怎麼辦？

正在窩穴後面整理藥草的松鴉羽轉過頭來。「是風族貓的氣味，」他一邊低聲咕噥，一邊嗅著空氣中的味道。過一會兒他又接著說，「喔，是你啊，鴉羽。」他的語氣並不是很高興，「你要幹麼？」

「我要找葉池。」鴉羽解釋，他知道他現在把情況弄得很尷尬。

「她出去採藥草了，」松鴉羽簡短回應，「不過如果你來是因為巫醫的事的話，那我完全可以代替葉池處理。她絕對不需要你再占據她任何時間，你以前做的已經夠了。」

鴉羽聽了有些退卻，還好松鴉羽看不到。「隼翔要我來問問你們，有沒有多的牛蒡根。」他喵聲說。

松鴉羽尾巴一甩。「獅焰告訴我，風皮在大戰中受重傷，」他語氣尖銳地回應。「牛蒡根就是要給他用的嗎？隼翔就是為了這件事派你來的？」

松鴉羽精瘦的肩膀線條、傾斜的背、憤怒時耳朵的角度、甚至不悅時的語氣，都像極了鴉羽。說話的樣子跟語氣也跟風皮生氣的時候很像。

事實上，鴉羽這時內心激盪，突然有所領悟，**他們兩個其實都像我啊，像我發脾氣的時候。**

雖然鴉羽明白，現在才發現已經太晚，這是第一次，他對松鴉羽產生一種認同。就算把他扶養長大的是棘星，這盲眼巫醫確實是他兒子，這點是絕對無庸置疑的。

「沒錯，牛蒡根是要給風皮用的，」他回答，語氣裡還故意帶著一點不耐煩。**松鴉羽必須知道我是認真的。**「他的傷勢很嚴重，隼翔說他的傷口感染了。他現在發高燒，而且誰也都不認得了，隼翔說他急需要牛蒡根。他——」

「很抱歉。」松鴉羽打斷他的話，毫不掩飾一臉蔑視的表情。「我們沒有多的。」

失望感重重打擊鴉羽。剛才一瞬間，他還以為自己了解這個愛生氣的盲眼巫醫……**不過我錯了，我怎麼可能了解呢？我幾乎不認識他。**

鴉羽感覺胸口沉重得不得了，正當他要轉頭離開時，突然想到：松鴉羽說他沒有多的牛蒡根，而不是說他完全沒有。

「如果你可以借給我一些，只要一陣子就好了，」他乞求，「我會還你更多的，我——」

松鴉羽又再次打斷他的話，說出的每個字就好像壞掉的腐肉一般。「風皮想要殺掉我的哥哥，他還說很高興冬青葉死了，還說我們都不應該被生出來。獅焰可以原諒風皮，那是因為獅焰比我高貴，或許應該說比我笨。」他用看不見的眼睛瞪著鴉羽，削瘦身軀上的毛全炸開來。「我就是不能原諒風皮，我也不能原諒你，我沒有任何多的牛蒡根可以給你。」

鴉羽愣愣地站著，垂著肩膀面對著兒子充滿敵意的表情。有個念頭突然閃過，他可以不管松鴉羽硬闖進去，拿了牛蒡根就走，不過他知道這是一個蠢主意。**我這樣做根本出不了貓營。**一想到救命的牛蒡根就近在眼前，他實在很難受。

「對不起，當我發現你是我孩子的時候，我對你很不好，」鴉羽終於打破沉默，把話說出口。「而且我知道風皮對於當初和黑暗森林作戰的所作所為，也覺得很抱歉。」

如果他期待松鴉羽有一絲善意回應的話，那他可就大失所望了。這巫醫什麼話都沒說，只是不屑地尾巴一甩。

鴉羽只好點頭接受。「再見了，」他低聲說。「我早該知道你會拒絕的。」然後轉身離開窩穴。

我可以沿著湖邊繞到影族暫停一下，如果他們也沒有的話，往回家的路上再去河族。如果蛾翅有牛蒡根的話，她不會拒絕的。不過即使如此，每多一段路程都必須花時間，到時候風皮可能就……

雨還是不停地下，鴉羽的心情更加低落了。他朝荊棘隧道走去，不過還沒有走到，就聽到松鴉羽的聲音從背後傳來。「鴉羽，等一下！」

鴉羽停下腳步轉過身來。這時松鴉羽朝他走來，嘴裡還咬著東西。不管怎麼樣，看到他雖然眼睛看不到，卻還能俐落地繞過路上的小水窪走過來，鴉羽內心感到佩服不已。

松鴉羽走到他身邊時，鴉羽發現他帶過來的東西正是牛蒡根；他把牛蒡根放在鴉羽腳下。

「我還是不原諒你，」松鴉羽說。「我剛說的都是事實。只不過我是巫醫，不能見死不救。就算是風皮也不行，所以牛蒡根拿去吧。」

鴉羽幾乎喘不過氣來，「謝、謝謝你！」他支支吾吾地說。

松鴉羽沒有回應，轉身就往窩穴走去，消失在荊棘垂簾之後。鴉羽從泥濘的地面叼起牛蒡根，隨即往風族飛奔。

撐著點，風皮，他心想。**我就要回來了。**

第三十三章

鴉羽走進巫醫窩的時候，夜雲和石楠尾都趕緊站了起來。風皮還蜷伏著，翻來覆去睡不安穩。

「怎麼樣？葉池有牛蒡根嗎？」夜雲追問。

「我見到的是松鴉羽，沒見到葉池，」鴉羽一邊回答，一邊把牛蒡根放在隼翔面前。「他把牛蒡根給我了。」**至於他怎麼給的，就不用說了。**

隼翔立刻叼起牛蒡根，在口中嚼成泥狀。做成藥膏之後，他就趕緊把藥塗在風皮的傷口上，再用蜘蛛網固定。

「這樣應該能夠止痛，而且治療感染。」他解釋。

隨著太陽升起落下，鴉羽、夜雲、和石楠尾都一直留在巫醫窩裡，焦急地看顧著他。剛開始不見風皮有任何好轉，不過漸漸地他似乎開始睡得比較深沉、比較安穩了。

「這是好現象，」隼翔說。「不像之前那樣不安穩，睡得好就表示身體開始恢復了。」

他們三個聽完你看我、我看你，鴉羽從母貓們看他的表情得知，自己也放下心中一塊大石了。他注意到她們兩個因徹夜不眠地守候，看起來十分疲憊。

「妳們應該去吃些東西，休息一下，」他告訴她們。「妳們已經在這裡擔心了一整天了。」夜雲才張嘴想要說些什麼，就被鴉羽搶先。「我在這裡陪風皮，」他喵聲說，「如果有任何動靜，我會叫妳們的。」

「鴉羽說得沒錯，」隼翔贊同，「妳們應該去休息，如果妳們也生病了，那就不能照顧風皮了。」

夜雲和石楠尾對看了一眼，然後才勉強走出巫醫窩。鴉羽在風皮的床邊趴下來，看著兒子睡著的臉龐。隼翔在一邊靜靜地來回走動，忙著他巫醫的工作。

這時鴉羽回想起風皮剛出生的時候。雖然他對夜雲的情感並不像他對羽尾和葉池那樣；但他欣賞她的能力和對風族的忠誠。當初她懷上他孩子的時候，他也很得意；但當風皮終於平安出生時，他實在沒做好準備接受這份讓他心痛的愛。

夜雲生產的過程很辛苦。那一胎有另外兩隻小貓沒撐過來：一隻出生時就死了，另外一隻只活了一下下，而風皮是唯一安然無恙的。

那感覺怎麼離我那麼遙遠？

鴉羽感覺到日落霞光從窩外穿透進來，然後天色逐漸變暗。隼翔在他床上睡著了，當風皮醒來時，鴉羽也打著盹。

鴉羽抬起頭看到兒子睜開眼睛，那銳利的眼神，已經完全看不出之前那呆滯、眼中帶水的樣子了。

「現在感覺怎麼樣？」鴉羽問他。「你病得很厲害，我們都很擔心你。」

「我很好……」風皮喃喃地說。他抬起頭環顧四周，略微驚訝地發現隼翔在睡覺，而窩外一片漆黑。「你一整晚都在這裡嗎？」他問。

「呃……對啊，」看到風皮好像有點感動的樣子，鴉羽覺得不太自在。「石楠尾一直在照顧你，」他趕快接著說，「不過看她實在太累了，我才叫她去休息一下。她和夜雲天亮之後會再來看你。」

「那好，」風皮回應。「石楠尾實在……太好了。」

「沒錯。」鴉羽贊同。

「我有點不敢相信她真的想跟我在一起。」風皮繼續說，臉上帶著開心又困惑的表情。

「為什麼不呢？」鴉羽用尾巴尖端碰觸風皮肩膀，「你是忠誠的風族戰士，而且是最勇敢的。」

風皮難以置信地看著他，「你真的這樣想嗎？」

「當然。」

能與兒子這樣輕聲夜談，鴉羽感覺到一切似乎有所轉變。他做到答應灰足的事了，這也是他對自己的承諾。**這樣真好**，他心想，**為什麼之前會那麼難呢？**

風皮很快又睡著，而鴉羽也能安心地入睡了。他隨即發現自己站在山坡上，風吹過草原，拂掠過他身上的毛，空氣中帶著原野的氣息。夜空中星光點點，從他背後投射過來的光線，把他的影子拉得長長的。鴉羽一轉身，看到了灰足。

他母親站在他面前，灰色的毛帶著淡淡的白光，就跟他之前夢裡看過的一樣，不過這次祂的耳畔閃閃發亮，足下還環繞著一團金光。

「祢已經到星族了！」他大叫，被眼前母親美麗的樣子驚呆了。

灰足低下頭來，「時候到了，」祂喵聲說。「我非常以你為榮，鴉羽。你終於聽進去了。如果心門一直關著的話，是永遠沒有辦法成為忠誠的好戰士的。現在你已經敞開心房了……而風族也因此變得更好。」

聽到母親的稱讚，鴉羽感到喜悅不已，不過也帶著一絲憂慮。「我還是有些害怕，」他承認。「付出關愛，是長久以來我不敢做的。因為只要你有所付出，就會有失去的一天。」

「這樣的失去是值得的，」灰足溫柔地說。「我曾經非常愛你……現在雖然要悲傷分離了。我慶幸曾經愛過，你也會一樣的。」

「我不會再見到祢了嗎？」鴉羽問，感覺自己好像被一棵樹幹壓在身上。

「不會再以這種方式了，」灰足回答。「不過我在星族會一直看顧著你的。」

鴉羽深深嘆了一口氣，強迫自己接受。「那麼，再會了，」他喵聲說。「我永遠愛祢，想念祢。」

「照顧你的至親，」他母親說。「記住我永遠與你常在……」

祂的聲音逐漸消逝，身影也逐漸淡去，慢慢只剩下一點亮光，最後終於消失無蹤。

第三十四章

太陽幾乎就要碰到荒原頂端了，鴉羽和羽掌正小心翼翼地把一塊扁平的岩石擋在隧道口邊緣，頂住不斷崩落的泥土。

「很好，」鴉羽說，他往後退一步發出滿意的呼嚕聲。「天黑之前我們應該就可以把工作做完。」

跟白鼬大戰已經過了半個多月了，到目前為止並沒有任何白鼬又回來的跡象。牠們的氣味也散得差不多了。一星命令大家把所有隧道口再封得嚴實一點，但唯獨留下了這個隧道，而且風族必須定期巡邏這條隧道，以防任何動物又住進來。

「想想看如果有獾的整個家族住進來的話怎麼辦！」他喵聲說。

就在羽掌去找尋更多石頭的時候，夜雲和呼掌從隧道口裡鑽出來，走到鴉羽身邊，還一邊甩掉滿身的塵土。

「做完了！」夜雲大叫。「所有的獵物殘

骸都被清乾淨了。」

「真是噁心死了！」呼掌補上一句，舌頭還在嘴邊舔啊舔的，好像吃到什麼不乾淨的東西一樣。「我還以為我們永遠做不完呢。」

「做得好。」鴉羽點頭稱許，他很訝異自己現在竟然可以和夜雲這麼自在相處。

「好了，你可以了！」石楠尾的聲音從溪邊傳來，鴉羽一轉頭，看到她和風皮在一起。「一星選了你去參加大集會，所以你現在要先休息。」

風皮輕輕地推了她一下，「我沒事的。」他喵聲說。

鴉羽簡直不敢相信，風皮的語氣竟然那麼輕鬆自在，看來他不只外傷好了，內心也得到療癒。**聽到他這麼說，真好。**

聽著這兩隻年輕貓兒親暱地拌嘴，他和夜雲興味盎然地互望一眼。

夜雲靠到鴉羽耳邊低語，「如果育兒室又要迎接小貓咪的話，我一點也不驚訝。」

「真的嗎？」鴉羽問。「我知道，這話你以前說過，不過——」

「你鼠腦袋啊，看看他們的樣子！」夜雲雖然話說得有點衝，不過她目光閃亮，尾巴愉快地捲著。

「小貓咪……」鴉羽喃喃自語。「星族老天啊，這麼快嗎……」**我才剛學習要怎麼當爸爸呢……**

一星召喚大家集合的聲音響起，打斷了他的思緒。太陽就要下山了，一片紅色晚霞映照在荒原上。冷風吹起，不過天空一片清朗，這是大集會的好兆頭。

「白天的工作結束了，」族長向集合的貓群宣布。「我們現在回營，被我選上參加大集會的貓，要先回窩休息。」

至少，鴉羽一邊想，一邊跟著族長往上坡走。**這一次我們總算有好消息可以報告了。**

⚡⚡⚡

鴉羽鑽進大橡樹樹枝底下不斷竄動的貓群中。這次風族又是最後到達，不過族長們似乎並不急著開會。風族貓就還有機會跟其他早到的部族朋友一起寒暄聊天。

鴉羽在靠近大橡樹根部的地方，為自己找了一個位子，兔躍也在那附近和其他部族副族長在一起。不遠處，他看到葉池和松鴉羽也跟他們的巫醫夥伴在一起。

在黑暗森林大戰之前有好一段時間，鴉羽幾乎連看都不敢看他們一眼，現在他對他們只有滿心的感激。

是葉池，在羽尾過世之後，療癒安慰了他的心，雖然他們終究還是無法在一起；而松鴉羽或許還在恨風皮，但他仍選擇救了他。

終於，黑星抬起頭要貓群注意。「在集會開始之前，我們要紀念那些隕落的……」

又來了，鴉羽心想，縱然不要忘記大戰中犧牲的戰士的確蠻重要的。

黑星唸完之後，接著報告影族領土的獵物都充裕。「我們的巡邏隊在兩腳獸地盤附近聞到狐狸的味道，」他繼續說，「不過那味道很快就不見了，而且也沒有再回來過。我們認為那狐狸可能只是路過而已。」

他往後退，揮動尾巴示意霧星報告河族的事。這隻灰色母貓在開始前，先點頭致意。

「河族一切安好，」她喵聲說，「上個月我們有好幾個白咳症的病例，不過蛾翅和柳光處理得宜，在轉成綠咳症之前都控制下來了，感染的貓也都恢復得很好。蛾翅、柳光，河族要謝謝妳們。」

河族的貓兒全都齊聲喊著這兩個巫醫的名字，接著換棘星走上前去開始報告。

「雷族的生活一切都好，」他喵聲說。「有兩個見習生，櫻桃掌和錢鼠掌，已經完成了他們的訓練，多虧了白翅接手櫻桃掌的培訓。我們歡迎這兩個新戰士，櫻桃落和錢鼠鬚。」

「櫻桃落！錢鼠鬚！」集合的貓群全都大聲呼喊，這兩個新戰士低著頭，看起來既高興又難為情。

鴉羽還以為棘星會提到白鼬大戰，不過雷族族長什麼話也沒有說，就把位子讓給一星。

他一定是想把這件事讓給一星說，鴉羽想，棘星又坐回樹枝上，朝一星點個頭換他報告。

鴉羽看著他的族長驕傲地站起來，環顧樹下群聚的貓群。**這也難怪，上次大集會以後經歷了許多難題。現在情況大不相同了。**

「風族和隧道裡的白鼬大戰一場，」一星開始說。「很多白鼬都被殺死，倖存的也逃跑了，現在隧道都清空了。不過風族並非單獨作戰，我們有雷族的支援，沒有他們英勇慷慨的援助，我們是絕對沒有辦法贏得勝利的。棘星，風族衷心感謝你和你的部族。」

一星停頓了一下，深深向棘星鞠了個躬；鴉羽看得出來，現在他真的佩服這年輕的雷族族長了。棘星琥珀色的眼睛發亮，似乎這資深族長的讚許對他來說意義重大。

「我還要提提另外一隻貓，」一星繼續說。「他是我族裡的一名戰士。我之前跟他有不同的看法，不過他總是沒放棄要趕走白鼬的決心。鴉羽，雖然我們意見相左，但我很欣賞你對風族的全心投入。」

當一星點頭指向他的方向時，鴉羽感到一股暖流流過全身。**別對我太好**，他心想，他有點難為情地點頭表示感謝。一星也點頭回應，然後繼續說。

「我還必須要感謝在大戰中表現得特別英勇的戰士，」一星繼續說。「他們是來自雷族的鼠鬚、樺落、刺爪、和花落；來自風族的兔躍、雲雀翅、鬚鼻、還有風皮。」

就在一星提及這些名字的時候，貓群裡傳來一陣騷動，他們發現這些貓都是曾經背著自己的部族，在黑暗森林裡受訓的。

一星話一說完，影族副族長，花楸爪，就從他在大橡樹根部的位子跳出來。鴉羽感到一陣不安，他知道花楸爪的出現，就是要把部族之間好不容易建立起的友誼，又撕裂開來。

「他們本來就應該要勇敢作戰！」他嗆聲。「想要重新被信任，那可有好多得彌補。」

棘星站起來，俯視瞪著花楸爪，不過在他開口之前，獅焰跳出來面對這影族副族長。

「你真可恥，花楸爪！」他喵聲說。「大家都知道他們是被迷惑的。他們以為讓自己變得更強，就可以保護部族。他們發過誓要盡忠，而且也以行動證明了。當我被白鼬群起攻擊的時候，是風皮救了我。如果連我都可以原諒風皮在大戰役時的所作所為，那你，花楸爪，就更沒有藉口了。」這隻金棕色虎斑公貓轉過頭來，琥珀色的眼光停留在風皮身上。「我，身為部族的一員，認為過去的事就讓它過去吧。」他把話說完。

花楸爪一臉不高興退回他原來的位子，不過也不再說什麼。就在棘星向一星致謝並結束會議的同時，鴉羽一直定睛在獅焰身上。

獅焰真是一隻坦率、正直、又慷慨的貓，他想。**他是強壯的戰士，任何他的親屬都會以他為榮。**他帶著一絲酸楚地承認，讓棘星扶養長大對他應該有很正面的影響。**或許有一天我應該好好謝謝棘星。**

ϟϟϟ

穿過荒原回去風族的路上，鴉羽走在一星和兔躍之間。疾風吹拂，薄雲快速掠過天邊，不過月亮卻靜靜高掛空中，滿天的星族戰士也在地平線之間閃閃發亮。

「那真是一場超棒的大集會。」兔躍一邊說一邊欣慰地眨眨眼。「各族之間一片祥和的感覺真好。」

「對啊，」鴉羽贊同。「現在各族就可以在彼此沒有威脅的情況之下，休養生息。」

一星默默不做聲，眼神陰鬱，一副若有所思的樣子。「你還好嗎？」兔躍問。

一星看著兔躍，然後鴉羽，最後低頭看著自己的腳，緩緩往上坡走。「我不知道這樣的和平能維持多久，」他輕聲說。「我總覺得似乎有什麼不好的事情即將發生。」

「你知道是什麼事嗎？」兔躍問族長。

一星搖搖頭。「不知道，」他顫抖回應。「不過有時候我會做噩夢。」

鴉羽想起隼翔的異象，從隧道湧出來的滾滾洪流，淹沒了所有部族。**我也一直認為，白鼬**

還不足以代表這樣恐怖的意象。他內心一震，**如果我想的沒錯怎麼辦？如果還有第二波洪流，即將吞噬一切怎麼辦？**

他們回到了營地，鴉羽蜷伏在自己窩裡。拋開一星的疑慮，他終於感到一絲寧靜。風族已經學到教訓：我們必須與他族互相信賴。

沉睡中，鴉羽夢到他躺在荒原的一塊陽光低地，空氣中充滿新鮮成長的氣息。健康又有活力的小貓咪簇擁著他，用柔軟的掌子撲打他，翻滾時還發出尖叫的聲音。他發現，其中有一隻有著石楠尾大大的藍眼睛，另外兩隻則和風皮一樣一身全黑。

「唉唷！下去啦！」鴉羽大叫，他收起爪子輕輕拍打他們。

「你是獾！」一隻小貓咪尖叫。「我們是戰士要來抓你了！」

「沒錯，離開我們的領土，臭獾！」另外一隻伸掌掐進鴉羽身上的毛。

其中一隻更調皮的小貓咪，朝荒原上跑去。夜雲及時阻止她，把她帶回兄弟姐妹之間。風皮和石楠尾的尾巴交纏著，看著一切眼中盡是笑意。

鴉羽從來沒有感受過這樣深刻的幸福祥和。他抬起頭，看到頭上一朵雲突然變成他熟悉的形狀。那是灰足俯視著他的臉，鴉羽此時正徜徉在母親充滿驕傲的愛中。

謝謝祢，灰足，他想。**祢教導了我必須學習的功課。我承受一切才能走到這裡，也才能讓我有為風族而戰的動力。**

如果真的又出現什麼危機的話，他跟自己說，**那麼風族絕對有辦法處理。經歷了大戰役、與白鼬大戰、再也沒有什麼我們無法面對的困難。**

貓戰士讀友會

VIP 會員盛大招募中！

會員專屬福利 VIP ONLY!

◆申辦會員即可獲得貓戰士會員卡乙張
◆享有貓戰士系列會員限定購書優惠
◆會員限定獨家好康活動
◆限量貓戰士週邊商品抽獎活動
◆搶先獲得最新貓戰士消息

即刻線上申辦

掃描 QR CODE，線上填寫會員資料，快速又方便！

貓戰士官方俱樂部
FB 社團

少年晨星 Line
ID：@api6044d

國家圖書館出版品預行編目(CIP)資料

貓戰士外傳. XV：鴉羽的試煉 / 艾琳．杭特（Erin Hunter）著；謝雅文、鐘岸真　譯. -- 初版. -- 台中市；晨星 2020. 08
面；公分. --（貓戰士外傳；15）（貓戰士；55）

譯自：Warriors : crowfeather's trial.

ISBN 978-986-5529-25-3（平裝）

873.596　　109008200

貓戰士外傳之XV Warriors Super Edition

鴉羽的試煉 Crowfeather's Trial

作者	艾琳．杭特（Erin Hunter）
譯者	謝雅文、鐘岸真
責任編輯	陳品蓉
文字校對	陳品蓉、許仁豪
封面繪圖	萬伯
封面設計	陳柔含
內文編排	曾麗香
創辦人	陳銘民
發行所	晨星出版有限公司 407台中市西屯區工業30路1號1樓 TEL：04-23595820　FAX：04-23550581 行政院新聞局局版台業字第2500號
法律顧問	陳思成律師
初版	西元2020年08月01日
再版	西元2023年02月15日（二刷）
讀者訂購專線	TEL：（02）23672044 /（04）23595819#212
讀者傳真專線	FAX：（02）23635741 /（04）23595493
讀者專用信箱	service@morningstar.com.tw
網路書店	https://www.morningstar.com.tw
郵政劃撥	15060393（知己圖書股份有限公司）
印刷	上好印刷股份有限公司

定價399元

（缺頁或破損的書，請寄回更換）

ISBN 978-986-5529-25-3

☐ 我已經是會員，卡號 ______________

☐ 我不是會員，我要加入貓戰士會員

姓　名：______________ 性　別：__________ 生　日：______________

e-mail：________________________________

地　址：☐☐☐ ______ 縣／市 ______ 鄉／鎮／市／區 ______ 路／街

______ 段 ______ 巷 ______ 弄 ______ 號 ______ 樓／室

電　話：________________________________

☐ 我要收到貓戰士最新消息

貓戰士鐵製鉛筆盒抽獎活動

將兩個貓爪和一顆蘋果一起貼在本回函並寄回，就可以獲得晨星出版獨家設計「貓戰士鐵製鉛筆盒」乙個！

貓爪在貓戰士書籍的書腰上，本書也有喔！蘋果則是在晨星出版蘋果文庫的書籍書腰上！

哪些書有蘋果？科學怪人、簡愛、法布爾昆蟲記、成語四格漫畫...更多請洽少年晨星官方Line ID：@api6044d

點數黏貼處

請填妥後對折裝訂，再貼妥郵票寄出

請黏貼
8 元郵票

407

台中市工業區30路1號

晨星出版有限公司

TEL：（04）23595820　FAX：（04）23550581

e-mail：service@morningstar.com.tw

http://www.morningstar.com.tw

請沿虛線摺下裝訂，謝謝！

加入貓戰士俱樂部

【貓戰士會員優惠】

憑卡號在晨星出版社購書可享優惠、擁有限定商品、還能獲得最新消息等會員福利。

【三方法擇一，加入貓戰士會員】

1. 填妥本張回函，並寄回此回函。
2. 拍照本回函資料，加入官方Line@，再以Line傳送。
3. 掃描後方「線上填寫」QR Code，立即填寫會員資料。

Line ID：api6044d

「線上填寫」QR Code

★寄回回函後，因郵寄與處理時間，需2～3週。